HEYNE <

AF170075

ANDREA TOZZIO

AVE MARIA

EIN TOSKANA-KRIMI MIT GABBIANO UND CARLUCCI

WILHELM HEYNE VERLAG
MÜNCHEN

Der Verlag behält sich die Verwertung der urheberrechtlich geschützten Inhalte dieses Werkes für Zwecke des Text- und Data-Minings nach § 44 b UrhG ausdrücklich vor. Jegliche unbefugte Nutzung ist hiermit ausgeschlossen.

Penguin Random House Verlagsgruppe FSC® N001967

Originalausgabe 03/2024
Copyright © 2024 dieser Ausgabe
by Wilhelm Heyne Verlag, München,
in der Penguin Random House Verlagsgruppe GmbH,
Neumarkter Str. 28, 81673 München
Dieses Werk wurde entwickelt in der lit.factory, Germany.
Redaktion: Dr. Loel Zwecker
Umschlaggestaltung: Cornelia Niere unter Verwendung von Stocksy.com
(Studio Marmellata)
Satz: satz-bau Leingärtner, Nabburg
Druck und Bindung: GGP Media GmbH, Pößneck
Printed in Germany
ISBN: 978-3-453-42936-9

www.heyne.de

PROLOG

SIE STOLPERTE VORWÄRTS und spürte, wie eine breite Laufmasche an ihrem Oberschenkel nach oben kroch. Ihr Knie blutete, aber es war der wandernde Riss in dem dünnen Stoff, der sich ihr einprägte. Die schmerzenden Abschürfungen an ihrem Bein und den Innenseiten ihrer Hände erreichten kaum ihr Bewusstsein. Adrenalin pumpte durch ihren Körper. Sie keuchte leise und spürte das Brennen in ihrer Lunge, als sie weiterhastete.

Wäre sie doch nur im Büro geblieben und hätte auf Alonzo gewartet. Aber nein, sie hatte die Firma verlassen, um den Bus zu nehmen. Jetzt rannte sie, hörte hinter sich die schnellen Schritte ihres Verfolgers, sein Atmen und wie er sich ihr näherte, Schritt um Schritt. Sie hatte dem dunkel gekleideten Mann ausweichen wollen und war Richtung Fluss gerannt, weg von der Via dell'Argingrosso, wo ihre Bushaltestelle lag. Weg von den Menschen, der Cantina und der Transportfirma.

Sie sah vor sich den Arno. Wenn sie die Ponte all'Indiano

erreichte, wäre sie in Sicherheit. Es war spät, aber dort herrschte reger Verkehr, mehr als hier in dem heruntergekommenen Industriegebiet. Doch aus ihrem Plan, am Ende der Straße nach rechts abzubiegen, wurde nichts. Ihr Verfolger tauchte direkt neben ihr auf, ein dunkler, bedrohlicher Schatten. Seine Finger streiften ihre Schulter, ein Paar Haare verfingen sich in ihnen, als sie nach links stürzte, um ihn abzuschütteln, und dann noch schneller lief. Sie konzentrierte sich auf ihre Schritte und rannte um ihr Leben. Ihr Atem ging stoßweise, ein Stechen in ihrer Brust kam zusätzlich zum brennenden Schmerz in ihren Beinen, die immer schwerer wurden. Die hinderlichen Pumps hatte sie schon im Rennen von sich geschleudert.

Ob sie sie später wiederfinden würde?

Der Gedanke, absurd und abwegig, blitzte kurz auf. Die letzten langen Schatten der Dämmerung verschwanden, die Sonne hatte schon vor ein paar Augenblicken den Himmel verlassen, und die Strahlen verblassten über den hohen Baumkronen, die den Arno säumten. Das Wasser hörte sich friedlich an, der Fluss floss ruhig dahin.

Ihre Schritte wurden gedämpft, als sie den Teer der Straße verließ und auf die Uferböschung zulief. Die Kühle des Grases fühlte sich tröstlich an. Sie wünschte sich, sie wäre zu Hause, könnte ihre Tür schließen, und ihre Katze Matteo würde ihr um die Beine streichen, wie immer, wenn sie nach einem langen Tag endlich Feierabend hatte.

Sie hörte den Verfolger nicht mehr. Ihr eigener keuchender Atem und das Pochen ihres Blutes dröhnten laut in ihren Ohren.

War der Mann noch da? Hatte sie ihn abgehängt?

Sie wusste es nicht, doch sie würde weiterlaufen. Er konnte direkt hinter ihr sein. Umzudrehen traute sie sich nicht.

Sie war jetzt direkt am Fluss, das dunkle, nahezu schwarze Wasser des Arno zog träge den berühmten Brücken und Sehenswürdigkeiten von Florenz entgegen.

Ein Geräusch hinter ihr, ein knackender Ast, kleine Steine, die die Böschung hinunterrollten. Das leise Platschen, als die Kiesel in den Fluss fielen.

Der Schreck über die Geräusche, viel zu nah, wie ein Schuss, der ihren Körper traf und einen klaren Befehl in jede Zelle sandte: keine Verschnaufpause, kein Zögern.

Sie rannte, rannte weiter, während sie versuchte, sich allein auf die eigenen Schritte zu konzentrieren und ihr Tempo beizubehalten. Ihr Fuß trat in etwas Spitzes, Scharfes. Ihr Schrei wurde gedämpft, als sie in das hohe Gras fiel. Tränen rannen ihr über das Gesicht. Sie zitterte unkontrolliert, als sie versuchte, sich hochzustemmen. Schweiß stand auf ihrer Haut, ihr Fußballen pochte, und Blut rann aus der klaffenden Schnittwunde.

War er noch da? Hatte sie sich die Geräusche vielleicht doch nur eingebildet?

Sie lauschte in die Dunkelheit, versuchte, etwas zu erkennen, Töne wahrzunehmen, die nicht dem Arno und der nächtlichen Umgebung geschuldet waren. Voller Furcht fokussierte sie sich auf die Schwärze um sich und das, was darin lauern mochte ...

KAPITEL 1

DAS CAFÉ 12oz an der Piazza della Stazione lag gegenüber dem Park Giardino del Valfonda und ganz in der Nähe der Questura. Es war kein schönes Café, hatte nur wenige Sitzplätze mit abgewetzten roten Kunstlederbezügen und war in erster Linie auf Kunden ausgerichtet, die vom Bahnhof kamen und einen Coffee-to-Go oder einen Snack im Vorübergehen wollten. Dennoch brühten sie den besten Doppio, den man hier im Westen der Altstadt bekommen konnte. Dazu reichten sie hervorragendes Gebäck, Biscotti oder Cantuccini, und auch die obligatorischen Panini mit fruchtigen Tomaten und herzhaftem Mozzarella di Bufala Campana.

Vito hatte beschlossen, es nach seinem Urlaub erst einmal ruhig angehen zu lassen und Laura, die bereits vor einer Woche den Dienst wiederaufgenommen hatte, an seinem ersten Arbeitstag zu einem Frühstück im Freien einzuladen. Die muffige Questura konnte warten. Es blieb noch genug

Zeit, den heißen Julitag im stickigen Büro mit Schreibtischarbeit zu verbringen.

Laura verspätete sich, und Vito bestellte bereits seinen zweiten Doppio, als sich seine junge Kollegin, zwei Taschen in der Hand, durch den Strom der Menschen kämpfte, die gerade mit dem Zug angekommen waren und vom Bahnhof aus zu ihren Arbeitsplätzen in der Stadt strebten.

Sie trug eine blaue Leinenhose, Riemensandalen, eine weiße Bluse, dazu einen weiß-blau geblümten Sommerschal. Ihre Haare hatte sie hochgesteckt. Sie sah atemberaubend aus. Vito hatte sie seit drei Wochen nicht mehr gesehen. Zielstrebig kam sie auf ihn zu, an diesem Montagmorgen war er der bislang einzige Gast im Café.

»Du bist spät dran«, sagte er und erhob sich. Er rückte ihr einen Stuhl zurecht und wartete, bis sie mit einem lauten Seufzer Platz genommen hatte.

»Der Verkehr ist heute wieder unmöglich«, erklärte sie etwas außer Atem. »An der Ponte Giovanni da Verrazzano gab es einen Unfall, und ich musste über eine halbe Stunde warten.«

Vito lächelte. »Ich sagte dir schon einmal, fahr über die Via Aretina, da kommst du schneller durch die Stadt.«

Sie schüttelte den Kopf. »Wenn die Gemüsehändler nicht wieder in zweiter Reihe parken. Außerdem hat es ewig gedauert, einen Parkplatz zu finden.«

Vito wies auf die beiden Taschen, die Laura neben sich abgestellt hatte. »Hast du Arbeit mit nach Hause genommen?«

Laura schüttelte den Kopf und fasste an die schwarze Ledertasche zu ihrer Linken. »Das ist unser neuer Laptop. Ich wollte ihn nicht im Auto lassen. Jede Abteilung hat einen bekommen. Er ist mit einem Modem ausgestattet, damit kannst du draußen auf der Straße arbeiten, aber auch jederzeit im Homeoffice, falls du dir mal den Weg in die Questura sparen willst.«

Vito winkte dem Kellner. »So weit kommt es noch, dass ich die Arbeit mit nach Hause nehme.«

Die Bedienung eilte herbei. Laura bestellte einen Caffè Latte und dazu zwei Cornetti al Cioccolato.

Sie hob die Tasche hoch, platzierte sie auf dem Tisch und öffnete sie. »Schau, der gehört uns. Modernste Technik, hat Conte gesagt. Und das Beste daran ist, dass du damit auch von außerhalb Zugriff auf all unsere Systeme hast. Ich helfe dir später beim Einrichten. Du musst einen eigenen Account eröffnen, damit du Zugriff hast.«

Vito winkte ab. »Das hat Zeit, ich brauche das nicht.«

»Na ja, wir werden sehen«, entgegnete sie, schloss die Tasche und stellte sie wieder neben ihrem Stuhl auf den Boden.

»Was hast du in der anderen Tasche?«

»Abendgarderobe«, entgegnete Laura. »Ein Kleid, das ich von der Reinigung abgeholt habe. Ich habe später noch eine Verabredung.«

Vito wiegte den Kopf hin und her. »So? Wohin soll's denn gehen?«

»Ich will heute Abend noch zu einer Ausstellung in den Palazzo Strozzi, Gemälde von Francesco Madena und Susanna Borg.«

Vito zuckte mit den Schultern. »Klingt interessant.«

Der Kellner erschien und servierte die Hörnchen und den Caffè Latte.

Vito fragte sich insgeheim, mit wem sie wohl zur Ausstellung ging, doch als der Kellner verschwand, wechselte sie auch schon das Thema.

»Jetzt sag, wie war dein Urlaub?«

Vito griff nach seinem Doppio. »Marina Grande war toll, da solltest du auch mal hin. Sonnenschein den ganzen Tag, und eine frische Brise weht vom Meer über den Strand. Das Wasser ist kristallklar und hat beinahe an die dreißig Grad.«

Sie schüttelte den Kopf. »Nicht jeder hat das Glück, einen Onkel zu haben, dem eine Villa mit Meerblick auf Capri gehört.«

»Wenn ich ein gutes Wort für dich einlege, dann überlässt er sie sicherlich auch dir für ein paar Wochen. Und wie war dein Urlaub?«

»Ich habe mit meinem Bruder Antonio in den Weinbergen meiner Eltern geschuftet und bin jeden Abend todmüde ins Bett gefallen«, entgegnete sie. »Ich wusste gar nicht mehr, wie viel Arbeit so ein Weinberg machen kann. Auch mein Bruder war platt und meinte, dass er lieber tausend Knochen schient, als sich den Weinbau anzutun. Als wir Kinder waren, hat es uns überhaupt nichts ausgemacht, wenn wir den ganzen lieben langen Tag auf dem Weinberg verbracht und Blätter gezupft oder Reben zurückgeschnitten haben.«

»Dann musst du dich im Dienst erholen«, scherzte Vito. »War denn was los, als ich weg war?«

»Fraccinelli hat seinen ersten Totschlag selbst bearbeitet und abgeschlossen«, erklärte Laura. »Eine Kneipenschlägerei unter betrunkenen Kumpels in Rifredi ist aus dem Ruder gelaufen. Einer zog sein Messer, und plötzlich lag der andere in seinem Blut auf den Dielen. Ihm war nicht mehr zu helfen. Fünf Zeugen, Täter und Tatwaffe vor Ort, ich dachte, das ist ein guter Einstieg für Fraccinelli. Ich musste ihm nur sehr wenig helfen.«

Vito hob den ausgestreckten Zeigefinger in die Höhe. »Mach ihn nur nicht zu schnell zum Ispettore, sonst müssen wir uns bald einen neuen Primo Assistente suchen, und die sind rar, wie du weißt.«

»Was war in Rom, hat mein Tipp dich weitergebracht?«

Vito seufzte. »Es war genau so, wie du es mir erzählt hast. Eine üble Spelunke an der Ponte Flaminio und Pico mittendrin. Ich habe ihn sofort erkannt, er mich aber wohl auch und ist durch die Hintertür verschwunden. Die riechen einen Polizisten schon einen halben Kilometer gegen den Wind.«

»Sagte ich dir doch.«

»Ja, und genau deshalb habe ich mir zuvor den Hintereingang genau angeschaut. Er also durch die Hintertür, ich vorne raus und durch den kleinen Schlupf runter zum Tiber. Und genau da habe ich ihn in der dunklen Gasse abgepasst ...«

Gianna Nannini meldete sich auf Vitos Handy lautstark zu Wort. Auch Lauras Telefon klingelte, und zusätzlich gab die schwarze Tasche, die neben ihr am Boden stand, einen hellen Dreiklang von sich.

»Was ist denn jetzt los?«, fragte Vito überrascht und griff zum Telefon. Laura warf lediglich einen Blick auf ihr Display und wartete, bis Vito das Gespräch angenommen hatte. Maria, die Sekretärin des Morddezernats, war am Apparat.
»Hallo, Vito«, sagte sie. »Conte braucht euch. Dein erster Arbeitstag beginnt schon mit einer Leiche. Ihr müsst sofort kommen. Ich versuche noch, Laura zu erreichen.«
»Alles klar«, entgegnete Vito. »Laura ist bei mir und hört mit. Wo geht es denn hin?«
»Nach Camaioni in die dortige Nudelfabrik.«
»Mamma Marelli?«
»Richtig, zu Mamma Marelli«, bestätigte Maria.

*

Ihr Weg führte sie mit dem Dienstwagen am Arno entlang über die Staatsstraße in die westlichen Außenbezirke der Stadt. Camaioni lag knapp fünfzehn Kilometer von der Questura entfernt direkt an einer sanften Schleife des Arno.

Die Pastificio Mamma Marelli war über die Grenzen der Stadt hinaus bekannt und exportierte Nudelspezialitäten in viele europäische Nachbarländer. Eine besondere Spezialität der Nudelmanufaktur waren Raviolacci aus Kastanienmehl mit einer feinen Füllung aus polpa di granchio, erlesene Nudeln mit einer delikaten Krebsfüllung, die in einigen ausgewählten Restaurants der Stadt und der Region auf der Speisekarte standen. Knapp achtzig Mitarbeiter beschäftigte der Betrieb, der sich noch immer im Familienbesitz befand.

Maria hatte in der Kürze der Zeit das Internet bemüht, um möglichst viel über die Firma herauszufinden, in der es den mysteriösen Todesfall gegeben hatte. Sie hatte Vito kurz eingewiesen, während sie in der Questura den Dienstwagen geholt hatten.

»Was ist so sonderbar an dieser Leiche?«, fragte Laura, als sie sich in den Wagen setzten und losfuhren.

»Conte erwartet uns in der Firma«, entgegnete Vito. »Ich weiß nur, dass es wohl wie ein Unfall aussehen sollte, aber vor Ort werden wir mehr erfahren.«

Eine halbe Stunde später bog der rote Alfa auf das Gelände der Nudelfabrik ab. Nachdem Vito dem Beamten an der Zufahrt seinen Dienstausweis gezeigt hatte, tastete er sich an einem quer stehenden Streifenwagen der Carabinieri vorbei.

Noch während der Alfa hinter Contes weißem Bus langsam ausrollte, kam der Spurensicherungsexperte der Florentiner Polizei auf die beiden Kommissare zu. Sie waren kaum ausgestiegen, da winkte er sie schon zu sich. »Kommt mal mit!«

Sie überquerten den Parkplatz, auf dem sich mittlerweile die Mitarbeiter der Firma hinter einer mit blau-weißem Flatterband notdürftig eingerichteten Absperrung versammelt hatten. Ihr Weg führte sie in den hinteren Teil der Fabrik, wo ein mächtiger Silozug mit der Aufschrift *Farina del Mulino Porponi* parkte. Ein Rettungswagen mit blinkenden Blaulichtern stand direkt neben dem großen Lastwagen.

»Die Tote lag dort hinten in einem der Silos«, erklärte

Conte. »Sie ist erstickt. Kohlenmonoxydvergiftung, meint der Gerichtsarzt. Der Fahrer der Mühle hat sie entdeckt, als er das Silo befüllen wollte. Den hat es glatt umgehauen. Zum Glück hat er zuvor noch mal einen Blick ins Silo geworfen, sonst hätte man sie erst entdeckt, wenn das Mehl schlecht geworden wäre.«

»Die Tote«, wiederholte Laura. »Eine Frau?«

Conte nickte, während er mit eiligen Schritten voranging.

»Wie kommt die in das Silo?«, fragte Vito.

»Sie arbeitete hier bei der Qualitätskontrolle«, fuhr Conte mit seinem Vortrag fort. »Fraccinelli ist im Personalbüro und erhebt die Daten der toten Frau. Offenbar hat das Opfer gestern Abend noch einmal das Silo überprüft. Dann wurde sie dort eingeschlossen.«

»Eingeschlossen, wie meinst du das?«

Sie umrundeten den hinteren Bereich der Fabrik und blieben vor dem ersten der drei Silotürme stehen. Die Tür des Silos stand offen.

Der beleibte Spurensicherer blieb vollkommen außer Atem vor einem Klapptisch stehen, der zur Ausrüstung seines Teams gehörte, und deutete auf das ausgebaute Schloss der Silotür.

»Es war reiner Zufall«, erklärte Conte. »Wenn der Fahrer nicht noch einmal die Tür geöffnet hätte, dann …«

»Ich weiß schon«, fiel ihm Vito ins Wort. »Dann hätte man sie nicht so schnell entdeckt, aber jetzt mal der Reihe nach. Weshalb war die Frau im Silo? Es weiß doch jeder, dass dort Erstickungsgefahr droht.« Vito zeigte zur Bekräftigung seiner Aussage zu den roten Warnschildern neben der Tür des Silos und blickte sich suchend um.

»Falls du eine Kamera suchst, die haben wir auch noch nicht entdeckt.«

»Gibt es hier überhaupt welche?«

Conte zuckte mit den Schultern, während Vito seinen Block aus der Jackentasche zog und etwas notierte.

»Also«, sagte Conte und räusperte sich. »Der Betriebsleiter, Signore Emoli, meinte, dass sie am gestrigen Abend wohl noch einmal das Silo überprüfte, weil für den heutigen Tag neues Mehl bestellt war. Dabei wurde sie eingeschlossen.«

»Eingeschlossen, mit einem Schlüssel, meinst du?«

Conte schüttelte den Kopf. »Nicht mit einem Schlüssel, da reicht ein einfacher Vierkant. Den hat auch der Fahrer. Nein, die Tür ist so konstruiert, dass man sie auch von innen öffnen kann, sollte sie einmal versehentlich zufallen. Was eigentlich kaum passieren kann, da sie in einem bestimmten Winkel angebracht ist, bei dem man regelrecht mit Kraft dagegendrücken muss. Und wie gesagt, sollte sie dennoch einmal geschlossen werden, dann kann man sie jedenfalls von innen wieder öffnen.«

»Ohne Schlüssel?«

»Ja, ohne Schlüssel, nur über eine einfache Türklinke. Das Mehl wird über die Leitung von oben hineingepumpt. Davor sollte man nur überprüfen, ob die Tür auch wirklich zu ist.«

»Verstehe«, sagte Vito, der Contes Handbewegungen bei der Erklärung der Befüllung des Silos mit seinem Blick gefolgt war.»Aber in diesem Fall ließ sie sich nicht von innen öffnen.«

Conte schnippte mit seinem Finger.»Genau, darauf wollte ich hinaus. Die Tür ließ sich nicht öffnen. Zuerst dachte ich an einen Unfall. Es kann ja immer mal vorkommen, dass etwas an einem Schloss kaputtgeht. Aber diese Silos sind ja relativ neu. Deshalb habe ich das Schloss auch sofort ausgebaut.«

Conte umrundete den Tisch und ging zu einem aufgeklappten Werkzeugkoffer. Dort zog er ein kleines Plastiktütchen hervor und hielt es mit stolzgeschwellter Brust in die Höhe.»Da habe ich dann das entdeckt.«

Vito griff nach dem Tütchen und warf einen nachdenklichen Blick darauf. Laura trat an Vitos Seite.

»Das ist Staub oder so was Ähnliches«, sagte sie.

»Genau«, bestätigte Conte und nahm das Tütchen wieder an sich.»Feiner Metallstaub, und ich kann euch auch genau sagen, woher er stammt.«

Er legte das Tütchen zurück in den Werkzeugkoffer, lief erneut um den Tisch herum und blieb vor einem daraufliegenden zylindrischen Gegenstand stehen.

»Das ist der Schließzylinder«, erklärte er und zeigte mit dem Kugelschreiber in die Mitte der silbern glänzenden Röhre.»Und hier, wo ihr die aufgeraute Stelle seht, da sollte sich eigentlich eine kleine Zunge befinden, doch die fehlt. Und das noch gar nicht so lange.«

»Abgebrochen?«, fragte Vito.

Conte schüttelte vehement den Kopf.»Die Zunge wurde sauber herausgefeilt. Das war ein Profi.«, sagte er.»Damit ließ sich der Zylinder von innen nicht mehr öffnen, und die Klinke ging ins Leere, versteht ihr?«

Laura nickte. »Das heißt, da wollte jemand, dass man die Tür nicht mehr öffnen kann.«

»Ganz genau!«, bestätigte Conte.

»Das heißt, wir reden hier von Mord«, fügte Vito hinzu und wandte sich zum Silo.

»Wollt ihr meine Theorie hören?«, fragte Conte.

»Ich bin gespannt«, erwiderte Laura.

»Die Frau kontrolliert kurz vor Feierabend das Silo. Ihr Mörder hat sich hier irgendwo versteckt, wartet, bis sie drinnen ist, und dann schlägt er die Tür zu. Da es kurz vor Feierabend ist und die meisten der Belegschaft schon den Heimweg im Sinn haben, fällt ihr Fehlen nicht weiter auf, und sie erstickt langsam und qualvoll.«

Vito klopfte Conte anerkennend auf die Schulter. »Ich sehe es genauso wie du, eine Nacht im Kohlenmonoxyd reicht für einen Mord vollkommen aus.«

»Der Rechtsmediziner meint, dass der Tod noch vor Mitternacht eintrat. Ihre Finger waren aufgeschürft und die Nägel abgebrochen. Sie muss noch versucht haben, irgendwie herauszukommen, doch das hat sie nicht geschafft, die Tür ist massiv, schließlich muss sie ja Tonnen von Mehl im Silo halten.«

»Wer weiß am besten über die Abläufe hier Bescheid?«, fragte Vito.

»Der Betriebsleiter, Signore Emoli, würde ich sagen.«

»Wo finde ich ihn?«

Conte zeigte zum Fabrikgebäude. »Irgendwo dort drinnen

am Cutter, hat er gesagt. Eine Firma zur Reparatur ist hier, und er will dabeibleiben, um das Ganze zu überwachen.«

»Okay«, sagte Vito und wandte sich Laura zu. »Dann spreche ich mit Signore Emoli, und du nimmst dir mit Fraccinelli bitte die Belegschaft und den Lkw-Fahrer vor.«

KAPITEL 2

LAURA GING ZUR ABSPERRUNG hinüber. Die Angestellten dahinter standen in kleinen Gruppen zusammen, sahen verstohlen zu ihr hinüber und tuschelten miteinander. Fraccinelli, der kurz zuvor aus einem der Gebäude getreten war, unterhielt sich mit zwei der Carabinieri, die den Tatort sicherten.

Er sah wie immer ein wenig fehl am Platz aus in seinem einmal mehr missglückten Versuch, sich modisch zu kleiden. Das grell karierte Hemd betonte seine sehr lange, schlanke Gestalt, und dessen Farbe biss sich mit dem Ton der Leinenhose.

Sein Grinsen wurde breiter, während er mit den beiden jungen Kollegen sprach. »Und dann habe ich dem Täter im Verhör ganz deutlich auf den Kopf zugesagt, dass er es war, der das Opfer abgestochen hatte. Dass die Beweise unzweifelhaft auf ihn hindeuten. Das Geständnis aufzunehmen, war quasi Formsache.«

Laura wartete kurz, um Fraccinellis Erzählung nicht zu unterbrechen. Er war stolz auf seinen ersten Fall, und sie gönnte es ihm von Herzen, auch wenn er ein klein wenig übertrieb. Ihr Kennenlernen war etwas holprig gewesen, aber mittlerweile mochte sie den Assistente.

»Das war auch gute Arbeit, Fraccinelli. Kommen Sie, wir befragen den Fahrer des Lkw, Vito nimmt sich den Betriebsleiter vor. Sie können mir helfen.«

Fraccinelli nickte und war sichtlich erfreut. Laura schätzte seine Arbeit, auch wenn er verbal oft wie ein Elefant im Porzellanladen agierte. Er hatte noch viel zu lernen.

»Haben Sie die Personalien der Toten bekommen?«

Der Assistente nickte. »Eine Signora Maria Rossi. Ich habe in der Questura angerufen, Maria wird die Verwandtschaft ihrer Namenskollegin ausfindig machen.«

Laura nickte – auf sie oder Vito würde heute noch eine nicht so angenehme Aufgabe zukommen: der Familie die Nachricht vom Tod der Frau zu überbringen. Sie seufzte leise und fröstelte bei dem Gedanken. Dann zwang sie sich ein freundliches Lächeln für ihren Kollegen auf die Lippen.

»Kommen Sie, Fraccinelli, wir sehen nach dem Fahrer. Wo ist er?«

Er deutete zum Krankenwagen, dessen Blaulicht noch immer Lichtreflexe auf die Silos und Gebäude um sie herum warf. Die Fabrik und ihre Gebäude waren modern, alles sah recht neu aus und machte einen sehr guten Eindruck auf sie. Wäre da nicht die Tote aus dem Mehlsilo gewesen.

»Die Sanitäter versorgen den Fahrer gerade. Der arme Kerl war komplett geschockt. Er hat die Frau mit einem

Angestellten der Firma aus dem Silo gezogen. Sie dachten, sie wäre noch am Leben, und als sie mit der Reanimation anfangen wollten, merkten sie, dass die Leiche schon steif war.«

Laura schauderte. Der Leichenwagen fuhr gerade vor, und sie sah neben dem Krankenwagen eine abgedeckte Trage stehen. Als sie an der hinteren Tür ankamen, konnte sie den Lkw-Fahrer beim Einstieg sitzen sehen, der in den Innenraum führte. Ein Sanitäter zog gerade eine Spritze auf und injizierte dem Mann dann etwas.

»Kann ich mit ihm sprechen?« Laura zeigte ihre Dienstmarke, als sie sich an den Sanitäter wandte, der kurz nickte. »Und stellen Sie das Blaulicht aus, bitte. Wir sind hier nicht in der Disco.« Sie sah, wie Fraccinelli schmunzelte und der Sanitäter zur Fahrertür des Wagens eilte. Laura wandte sich an den Lkw-Fahrer, einen kleinen, rundlichen Mann, der so glatt rasiert war, dass sein Gesicht wie der Vollmond wirkte, blass und kreisrund. Um die Schultern hatte er eine graue Decke geschlungen. Seine blaue Latzhose war voller Mehlstaub.

»*Buongiorno, Signor ...?*« Laura sah den zitternden Mann an, der tief ein- und ausatmete.

»Barollo, Stephano Barollo.« Er konnte das Zittern nicht aus seiner Stimme halten.

»Es tut mir sehr leid, aber ich muss Ihnen ein paar Fragen stellen.« Laura beobachtete den Mann, der nervös seine Finger ineinander verschränkte. »Meinen Sie, das wäre möglich?«

Er nickte, sein Adamsapfel hüpfte auf und ab, während er

sie mit weit aufgerissenen Augen ansah. Ihr Anblick schien ihm zu helfen, er wurde ein wenig ruhiger.

»Die arme Frau.« Die Worte purzelten aus dem Mann heraus, es schien ihm ein Anliegen, sein Erlebnis zu schildern. »Ich konnte sie mit dem Mitarbeiter, der mir beim Umfüllen des Mehls helfen sollte, rausholen. Ich dachte, sie lebt noch.« Er schauderte und blinzelte hektisch.

»Lassen Sie sich Zeit.« Laura setzte sich neben ihn auf die Ladekante des Krankenwagens und folgte seinem Blick zum Silo, wo noch immer Contes Mitarbeiter Spuren sicherten, Bilder schossen und herumliefen wie geschäftige Ameisen.

»Sie haben getan, was Sie konnten«, sagte Laura mit ruhiger Stimme. »Ist Ihnen irgendetwas aufgefallen, bevor Sie ins Silo gesehen haben? Etwas Ungewöhnliches?«

Signore Barollo schüttelte den Kopf. »Nein, Commissaria, es war alles wie sonst.« Der Blick des noch immer blassen Mannes glitt zu dem Lkw mit dem glänzenden Siloauflieger, der neben den Mehltürmen stand. »Ich müsste schon längst wieder in der Mühle sein und neu laden.«

Laura erhob sich. »Fraccinelli, nehmen Sie bitte die Personalien des Fahrers auf und rufen Sie seine Firma an, damit er keinen Ärger bekommt. Ich werde kurz mit Vito sprechen.«

Laura bedankte sich bei dem Fahrer und ging zu dem Gebäude, in dem Vito verschwunden war. Er sprach gerade mit einem Mann mit grauen struppigen Haaren und einem zerknautschten Gesicht, der weiße Hygienekleidung trug und sie böse ansah, als sie eintrat. Ihr Blick fiel auf Vitos Schuhe, die in blauen Überziehern steckten. Sie musste sich ein Lächeln verkneifen, was ihr nur mit Mühe gelang.

»Das ist kein Eingang, Signora! Wir sind ein Hygienebetrieb! *Maledetto inferno!*« Nachdem er seinem Unmut Luft gemacht hatte, schimpfte der Mann in der weißen Kleidung noch leise etwas weiter vor sich hin. Vito sah zu ihr herüber und rollte mit den Augen. In der Halle stand eine riesige Maschine, und der Seiteneingang, durch den sie gekommen war, offenbarte sich als Notausgang. Laura wollte sich schon zurückziehen, als ihr Kollege auf sie zukam und den schimpfenden Mitarbeiter hinter sich stehen ließ.

»Das ist der Betriebsleiter, Signore Emoli. Ich habe gerade versucht, eine Schilderung von ihm zu bekommen, wie der gestrige Abend des Mordopfers abgelaufen sein könnte, was es da im Betrieb noch gemacht hat. Aber er will erst die Reparatur des Cutters beaufsichtigen und sich dann Zeit für mich nehmen.« Vitos Tonfall verriet Laura, dass er mit seiner Geduld schon ziemlich am Ende war. Bei einer Ermittlung konnten die Kommissare oft keine besondere Rücksicht auf normale Abläufe nehmen, und es gab immer Leute, die das wiederum nicht einsehen wollten oder denen nicht viel an der Aufklärung von Morden zu liegen schien.

»Ich werde den Kerl gleich befragen, ob er will oder nicht. Bist du mit dem Fahrer fertig?«

»Ja. Der Mann steht noch unter Schock. Ich wollte dir nur Bescheid geben, dass ich jetzt mit Fraccinelli die Angestellten und Kollegen der Toten befrage. Hören wir mal, was sie zu berichten haben.«

Vito nickte, und Laura verließ rasch die Halle, als sich der Betriebsleiter mit einem grimmigen Blick näherte.

Die Schatten waren kürzer geworden, die Sonne stand schon relativ hoch, und die Luft begann in der Hitze des späten Vormittages zu flirren. Laura stopfte ihren dünnen Schal in ihre Handtasche und war froh, die leichte Bluse gewählt zu haben. Der Juli hatte sich bisher von seiner besten Seite gezeigt und schien noch weiter an Fahrt aufzunehmen. Fraccinelli war noch am Telefonieren, weshalb sie zu den Kollegen hinüberging, die zusammen mit der Belegschaft vor dem Haupteingang der Firma herumstanden.

»Warum sind alle hier draußen?« Lauras Frage war an einen der Carabinieri gerichtet, aber eine junge Frau mit dunklen, schulterlangen Haaren antwortete.

»Die Idioten, die die Leiche gefunden haben, haben den Feueralarm betätigt. Deshalb wurde das Gebäude evakuiert. Als wir festgestellt haben, dass es nicht brennt, war die Polizei schon da, und keiner hat uns bisher erlaubt, wieder die Arbeit aufzunehmen.« Sie sagte es freundlich, ohne gereizten Tonfall oder eine Anklage in der Stimme.

Laura wandte sich der Frau zu. »Darf ich fragen, wer Sie sind?«

»Ornella Abate, ich bin stellvertretende Qualitätsbeauftragte.«

»Interessant. Dann waren Sie eine direkte Kollegin der Toten?« Ihre Frage wurde mit einem Nicken beantwortet. Signora Abate schien nicht sehr betroffen über den Verlust ihrer Vorgesetzten zu sein, zumindest wirkte sie nicht traurig oder bestürzt.

Fraccinelli näherte sich.

»Können wir die Mitarbeiter irgendwo drinnen versammeln?«, fragte Laura ihn. Er zuckte mit den Schultern. Erneut schaltete sich die junge Frau ein. »Wir haben einen Aufenthaltsraum, da könnten die Mitarbeiter warten.«

Laura nickte und wies die Carabinieri an, Fraccinelli dabei zu helfen, die Angestellten dorthin zu begleiten, alle Personalien aufzunehmen und jeden Einzelnen zu befragen, bevor die Leute entlassen werden konnten.

»Dürfen wir denn die Produktion wieder aufnehmen?« Signora Abate sah Laura neugierig an.

»Heute würde ich damit nicht rechnen. Sie wirken nicht besonders betroffen, dass Signora Rossi tot ist.«

Ein Schulterzucken war die Antwort. »Wir waren keine Freundinnen. Wir haben erst seit kurzer Zeit zusammengearbeitet, ich bin gerade erst mit der Ausbildung fertig. Sie war nett, aber auch sehr von sich eingenommen und neuen Ideen gegenüber nicht aufgeschlossen.«

»Wenn Sie erst seit Kurzem hier arbeiten, war sie sicher nicht begeistert, dass Sie schon versucht haben, ihr in die Arbeit hineinzureden.«

Signora Abate zog eine Augenbraue hoch und sah Laura hochnäsig an. »Ich bin mit dieser Firma groß geworden. Mein Onkel leitete sie jahrelang, und ich habe hier schon gearbeitet, als ich ein Teenager war. Ich habe jedes Recht, Vorschläge zu machen. Signora Rossi war eine Angestellte, die manchmal vergaß, wo ihr Platz war.«

»Also ist das hier ein Familienbetrieb?«

Die junge Frau schnaubte laut. »Sie sind wohl nicht aus Florenz, Signora. Wir sind eine hoch angesehene und traditionelle Pastificio und natürlich ein Familienbetrieb. Seit einigen Jahren exportieren wir in die gesamte EU und sind *die* Adresse, wenn es um Pasta-Spezialitäten geht. Meine Familie hat schon zu Zeiten der Medici Pasta hergestellt und die Fürstenfamilien damit beliefert! Wir produzieren noch nach alten, florentinischen Originalrezepten.« Der Stolz in den Worten der jungen Frau war unüberhörbar.

»Bei so viel historischem Überblick sind Sie sicher auch in der Lage, mir zu sagen, wo Sie gestern Abend waren?« Laura betrachtete die Gesichtszüge der Frau, die jetzt genervt mit den Augen rollte.

»Sie glauben doch nicht etwa, ich habe die arme Maria auf dem Gewissen! Zu Ihrer Information: Ich war gestern essen, Signora. Wir haben den Geburtstag meines Bruders Ignazio im Nuovo Bianco gefeiert. Mein Bruder Roberto und seine Freundin waren ebenfalls dort sowie noch ein paar Freunde von Ignazio und meine Mutter.«

Das klang nach einem hieb- und stichfesten Alibi, aber Laura würde dem Restaurant trotzdem einen Besuch abstatten, um die Aussage zu überprüfen. Sie hatten beim letzten Fall den Besitzer kennengelernt, und seine Kochkünste waren wirklich fantastisch.

»Danke, Signora Abate. Wer hat noch mit der Toten eng zusammengearbeitet und könnte etwas über ihr Privatleben wissen?«

Signora Abate deutete auf eine Frau, die sich gerade dem Strom der Mitarbeiter ins Hauptgebäude anschließen wollte. Sie hatte eine stachelige blonde Kurzhaarfrisur und war um die dreißig Jahre alt.

»Das ist Nina Corlione. Sie ist die Schreibkraft, die auch für unsere Abteilung arbeitet. Sie hat eng mit Signora Rossi zusammengearbeitet.«

»Danke. Ach ja, es kann sein, dass ich noch mal auf Sie zukommen werde«, verabschiedete sich Laura.

Fraccinelli und die Carabinieri waren wie die meisten Arbeiterinnen und Arbeiter schon im Gebäude verschwunden, aber die Schreibkraft zog noch einmal an einer E-Zigarette. Ein süßlicher Geruch nach Melone kam Laura entgegen, und sie versuchte, nichts von dem chemisch angehauchten Aroma einzuatmen.

»Signora Corlione? Könnte ich Sie kurz sprechen?« Die Frau nickte und inhalierte erneut tief, bevor ihr Gesicht in einer Wolke des weißen Dunstes verschwand.

»Dürfte ich Sie bitten, kurz das Rauchen einzustellen?«

Nina Corlione nickte hektisch, und Tränen sammelten sich in ihren Augen. »Tut mir leid, mir geht das sehr nahe. Wir haben jetzt über sechs Jahre zusammengearbeitet. Wie konnte das nur passieren? Maria wollte gestern nur noch ein paar Abklatschproben nehmen, bevor heute die neuen Lieferungen kommen.«

Laura nickte mitfühlend, während Nina Corlione dem Weinen nahe schien. »War irgendetwas ungewöhnlich? Hatte sie Feinde oder Neider?«

Die Frau starrte sie an, dann schluchzte sie auf. »Nein. Sie hat sich zwar vor einiger Zeit von ihrem Freund getrennt und sich eine neue Wohnung eingerichtet, aber in der letzten Zeit hatte sie sich wieder ein wenig gefangen. Sie war voller Tatendrang und hatte eine Verabredung mit einem

Mann am kommenden Wochenende. Maria war sehr liebenswert. Wer würde einer so netten Person etwas so Grausames antun wollen? Sie war immer freundlich und hilfsbereit. Alle hier mochten Maria.«

Laura deutete zum Haupteingang, über dem in verschnörkelter roter Schrift *Mamma Marelli Pasta* prangte und in dem gerade die letzten Mitarbeiter verschwunden waren. »Lassen Sie uns doch drinnen weiterreden. Dort ist es bestimmt kühler, und ich denke, ein Glas Wasser würde Ihnen guttun.«

Die Signora nickte, und Laura ging mit ihr hinüber.

Maria Rossi klang nicht nach jemandem, der Feinde hatte. Eher wie eine nette Frau von nebenan, die jeder mochte. Wer also hatte sie in dem Silo einem so grausamen Tod überlassen?

KAPITEL 3

NACH DEM KURZEN GESPRÄCH mit Laura erschien nun auch Conte in der Halle und teilte Vito mit, dass sie am Silo so weit fertig waren. Zwar hatte man genügend Spuren gefunden, doch da im Prinzip jeder das Silo betreten konnte, gab es dort jede Menge überlagerter, verwischter und auch überalterter Fingerabdrücke sowie eine Melange von DNA, deren Extrahierung sehr viel Zeit in Anspruch nehmen dürfte, falls sie sich überhaupt noch verwerten ließ.

Vito war wenig begeistert über Contes Neuigkeiten. Als er sich umwandte, war der Betriebsleiter verschwunden. Er blickte sich um, entdeckte aber lediglich einen jungen Mitarbeiter, der gerade Säcke mit Hartweizengrieß neben der großen Maschine auf eine Palette stapelte. Vito rief ihn zu sich und fragte nach Signore Emoli.

»Ich führe Sie zu ihm«, sagte der Mann.

Bevor Vito die nächste Fertigungshalle betreten durfte, musste er sich in einen engen weißen Arbeitsmantel zwängen, dazu bekam er Latexhandschuhe im selben Blau wie der Latexüberzug seiner Schuhe. Doch damit nicht genug, auch seine Haare verschwanden unter einer blauen Schutzhaube. Am Ende sah er aus wie einer von Contes Spurensicherungsbeamten.

»Tut mir leid, Commissario, das ist Vorschrift«, entschuldigte sich der junge Mitarbeiter, der sich als Florent Sacci vorstellte. »Ich führe Sie jetzt zu Signore Emoli, wir finden ihn in der Fleischerei.«

»Fleischerei?«, fragte Vito. »Ich dachte, hier wird Pasta produziert.«

»Das ist schon richtig, Commissario. Aber unsere Pasta, ob Ravioli oder Tortellini, enthalten nur selbst gefertigte Füllungen. Das ist Tradition bei Mamma Marelli.«

Auf dem Weg durch die Halle befragte Vito den jungen Angestellten, ob er die Tote gekannt hatte, doch der schüttelte nur den Kopf. »Gekannt ist zu viel gesagt, vom Sehen natürlich, aber Kontakt hatte ich nicht zu ihr. Ich arbeite in der Teigzubereitung, das ist eine andere Abteilung.«

Die Fleischerei befand sich am Ende der benachbarten Halle, die durch einen langen Flur zu erreichen war. Als sie die Fleischerei durch die Sicherheitstür betraten, stand der Betriebsleiter vor einem Monteur im blauen Arbeitsanzug und redete lautstark auf ihn ein.

»Wir sind da«, flüsterte Vitos Begleiter kleinlaut. »Sie brauchen mich dann wohl nicht mehr?« Noch bevor Vito antworten konnte, verschwand der junge Mann durch die Tür.

»… das ist unerhört, so etwas darf es nicht geben, wozu

gibt es die Vorschriften, wenn sich niemand daran hält!«, schimpfte Emoli.

Der Monteur zuckte mit den Schultern und wandte sich wieder zu der großen Maschine, zu der ein Förderband führte.

»Es ist ein ungeschriebenes Gesetz, dass niemand etwas in seinen Taschen hat, wenn er hier am Cutter arbeitet«, fluchte Emoli. »Doch scheinbar scheint das keinen zu interessieren.«

Vito trat an ihn heran und sprach den wütenden Mann mit lauter Stimme an. »Signore Emoli.«

»Was ist jetzt, soll ich die Messer auswechseln?«, fragte der Monteur, der inzwischen auf die Maschine geklettert war.

»Tun Sie es, damit wir nicht noch mehr Zeit verlieren«, knurrte der Betriebsleiter.

»Signore Emoli«, versuchte Vito noch einmal sein Glück.

Emoli drehte sich zu ihm um. »Was wollen Sie denn noch hier, und wer hat Sie hier hereingelassen?«, schnauzte er ihn an. »Ich habe Ihnen doch schon gesagt, dass ich nicht weiß, wie das passiert ist. Allerdings, wenn sich die Mitarbeiter an die Vorschriften ...«

»Hören Sie, Signore, ich entscheide, wann wir fertig sind«, fiel ihm Vito kühl ins Wort. »Und ich bin noch lange nicht fertig.«

»Nur weil sich wieder jemand nicht an die Vorschriften gehalten hat«, lamentierte Emoli weiter und wies auf ein rotes Schild, das an der Maschine klebte. »Dabei weiß jeder, dass man nicht allein in ein Silo geht. Wozu haben wir überall die Warnhinweise angebracht.«

»Signore Emoli, beruhigen Sie sich, oder sollen wir diese Unterhaltung in der Questura fortsetzen?«

Emoli atmete tief ein. »Wenn es nach mir gegangen wäre, dann würde sie längst nicht mehr hier arbeiten, aber leider war der Chef anderer Ansicht. Er meinte, sie hätte noch eine Chance verdient. Nun sehen wir ja, was wir davon haben.«

Vito runzelte die Stirn. »Was meinen Sie damit?«

»Was ich damit meine?«, wiederholte Emoli. »Maria war unzuverlässig, kam oft zu spät und hielt sich nicht an die Vorschriften. Und jetzt hat sie dieser Leichtsinn das Leben gekostet.«

»Sie meinen, sie war selbst schuld?«

Er zuckte mit den Schultern, bevor er sich wieder dem Monteur zuwandte.

»Wird das heute noch was!«, rief er dem Mann zu, der mit einem Schraubenzieher an der Maschine hantierte.

»Ich muss zuerst die Sicherungsstifte lösen«, entgegnete der Monteur.

Die Schleusentür wurde geöffnet, und ein weiterer Mitarbeiter trat ein. Er trug zwar einen Mantel, doch die Kopfbedeckung fehlte. Wie von der Tarantel gestochen, stürzte Emoli auf den Mann zu.

»Nur in vollständiger Kleidung!«, schnauzte er ihn an. »*All'inferno*, wo kommen wir hin, wenn sich niemand an die Kleiderordnung hält!«

Vito folgte ihm und hielt ihn an seinem Mantel fest. »Jetzt bleiben Sie endlich hier und reden mit mir«, sagte er mit lauter Stimme. »Das hier ist eine Mordermittlung und kein Schmierentheater!«

Emoli wirkte verunsichert, schließlich blieb er stehen.

»… eine Mordermittlung«, stammelte er unsicher. »Wie meinen Sie das?«

»Wo können wir uns ungestört unterhalten? Oder muss ich Sie tatsächlich mit zur Questura nehmen?«

Emoli wies auf eine Tür auf der gegenüberliegenden Seite der Halle. Er ging voraus und führte Vito in ein kleines Büro. Dort bot ihm der Betriebsleiter einen Platz vor dem Schreibtisch an und nahm ihm gegenüber Platz.

»Darf ich jetzt erfahren, was hier los ist?«, fragte Emoli, diesmal eine ganze Spur leiser und mit einer hörbaren Unsicherheit in seiner Stimme.

»Signore Emoli, so, wie es aussieht, wurde das Schloss an der Silotür manipuliert, sodass sich die Verriegelung von innen nicht mehr öffnen ließ.«

Emoli wurde bleich. Er fuhr sich mit der flachen Hand, die in blauen Latexhandschuhen steckte, über das Gesicht. Seine Erschütterung war nicht zu übersehen und wirkte ehrlich.

»… und ich dachte … das ist unmöglich … wer sollte … das verstehe ich nicht.«

Vito wartete, bis sich der Betriebsleiter wieder einigermaßen beruhigt hatte.

»Wie lange arbeiten Sie schon hier in diesem Betrieb?«, fragte Vito, um die Situation etwas zu entspannen.

Emoli schüttelte den Kopf. »Das ist unfassbar, Commissario. Ich bin schon seit beinahe vierzig Jahren hier. Bereits unter dem Seniorchef, Gott hab ihn selig, leitete ich den Betrieb, aber Mord, das habe ich hier noch nicht erlebt. Ist das denn sicher?«

Vito sparte sich die Antwort und zückte seinen Notizblock. »Wie lange arbeitete Signora Rossi schon hier?«

Emoli legte den Kopf zurück und überlegte. »Sechs, sieben Jahre. Wenn Sie es genau wissen wollen, müsste ich in der Personalabteilung nachfragen.«

Vito winkte ab. »Das reicht mir. War sie schon immer im Qualitätsmanagement tätig?«

Emoli schüttelte den Kopf. »Sie fing in der Fertigung an und wurde dann krank, sie hatte wohl Probleme mit ihrer Lunge. Was genau, weiß ich nicht. Wir setzten sie um, und seit zwei Jahren macht sie nun diese Aufgabe. Machte ...«

»Zufriedenstellend?«

»Mehr oder weniger, aber Signore Marelli, der verstorbene Seniorchef, und auch Alberto, sein Sohn, der den Betrieb übernahm, waren zufrieden.«

»Das heißt, Sie waren anderer Ansicht, sonst hätten Sie vorhin nicht so reagiert?«

Erneut fuhr sich der Betriebsleiter mit der Hand über die Stirn. »Da wusste ich ja noch nicht ... ich hätte doch niemals ...«

»Wenn Sie bitte meine Frage beantworten, es ist wichtig«, mahnte Vito.

»Schon gut«, sagte Emoli. »Man soll über Tote ja nichts Schlechtes sagen, aber bei Gott, sie war nicht immer sehr arbeitsam. Vor allem, als sie noch mit diesem Kerl zusammen war.«

»Kerl, Sie meinen ihren Freund?«

»Abschaum, das war Abschaum, sage ich Ihnen, Commissario. Ein ganz übler Bursche. Der war mir nie geheuer.

Ich muss zugeben, ich hatte sogar ein klein wenig Angst vor ihm. Ich war immer froh, wenn er das Gelände verließ, wenn er sie abholte, als sie noch zusammen waren«

»Wissen Sie, wie der Mann hieß?«

Emoli überlegte. »Sie nannte ihn Dante oder so ähnlich, aber mehr weiß ich leider nicht, Commissario. Offenbar hat sie ihm vor einem halben Jahr den Laufpass gegeben, dann wurde es auch mit ihr besser.«

»Besser, was heißt das?«

»Ich meine, als sie noch mit ihm zusammen war, da war sie oft unpünktlich und auch unkonzentriert. Er war nicht gut für sie, das meine ich.«

»Und wie war Ihr Verhältnis zu ihr?«

»Distanziert, aber professionell, würde ich sagen«, erklärte Emoli. »Schließlich hängt der ganze Betrieb an mir, und ich muss schauen, dass alles klappt. Und jetzt, wo uns Alberto leider viel zu früh verlassen hat und die Nachfolge erst noch geregelt werden muss, da lastet noch mehr Verantwortung auf meinen Schultern. Wissen Sie, Commissario, wir sind ein Familienbetrieb, der schon seit ewigen Zeiten existiert, aber die Herrschaften ganz oben in den Büros, die interessieren sich nicht für meine Probleme. Die lesen am Ende nur Bilanzen, und die müssen stimmen. Aber welche Anstrengungen es braucht, damit der Betrieb läuft, das will dort oben keiner hören, verstehen Sie, Commissario.«

»Ich verstehe, Sie leiten den Betrieb und tragen die Verantwortung ...«

»Richtig, Commissario. Und bei achtzig Mitarbeitern ist das nicht immer einfach«, seufzte er. »Schauen Sie nur, unser Cutter, nur weil irgend so ein hirnverbrannter Idiot eine Kelle auf das Förderband fallen gelassen hat, liegt der ganze Betrieb lahm, und wir müssen die Messer austauschen. Das kostet Zeit und natürlich auch Geld, dabei haben wir überall Warnhinweise ...«

»Ich verstehe«, fiel ihm Vito ins Wort. »Können Sie mir sagen, wie Marias gestriger Arbeitstag aussah?«

Emoli kratzte sich mit der behandschuhten Hand am Kinn. »Sie war so gegen neun Uhr im Betrieb. Wir mussten Teigproben nehmen und ans Labor schicken, das dauerte den gesamten Vormittag. Nach der Pause sagte ich ihr, dass Sie das Silo eins überprüfen muss, weil wir heute eine neue Lieferung erhalten. Das muss sie kurz vor Feierabend gemacht haben, weil Ornella da schon weg war.«

»Ornella?«

»Ornella Abate, die Tochter von Signora Abate, der Schwester des verstorbenen Seniorchefs«, erklärte Emoli. »Sie hat erst vor Kurzem in der Qualitätskontrolle begonnen. Die Familie feierte gestern in einem Restaurant in Florenz Geburtstag. Wahrscheinlich war Maria deshalb alleine am Silo.«

»Wann hatte sie Feierabend?«

»Normalerweise gegen fünf, aber ich habe sie nicht mehr gesehen. Als man sie heute fand, habe ich in der Zeiterfassung nachgesehen. Sie hat gestern nicht ausgestempelt.«

»Wann haben Sie die Firma verlassen?«

»So gegen sieben. Sonst war niemand mehr hier, alle waren schon nach Hause gegangen.«

»Gab es sonst etwas Ungewöhnliches gestern?«

Emoli zuckte mit den Schultern. »Als ich Maria so gegen drei im Büro aufsuchte, um ihr von der Lieferung zu berichten, da telefonierte sie. Ich bin sicher, dieser Verbrecher war am Apparat, denn sie hatten einen handfesten Streit. Übrigens stellte der ihr sogar nach. Auch im Betrieb war er schon, um mit ihr zu reden. Wir haben ihn rausgeworfen und ihm Hausverbot erteilt. Da stand er dann sogar manchmal vor dem Tor, sodass Maria nicht alleine das Gelände verlassen wollte und jemand sie nach Hause begleiten musste.«

»Hat er sie geschlagen?«

Emoli zuckte mit den Schultern. »Private Dinge unserer Mitarbeiter gehen mich nichts an, solange der Betrieb nicht darunter leidet. Aber bei ihm würde ich schon sagen, dass er gewalttätig war.«

»Wer wusste im Betrieb, dass Maria das Silo überprüfen würde?«

Emoli hob abwehrend die Hand. »Auch wenn Sie jetzt einen anderen Eindruck gewonnen haben und ich mich manchmal über sie aufregen musste, im Betrieb war sie gut angesehen, und da würde keiner ... Sie wissen schon, da lege ich meine Hand ins Feuer.«

»Das beantwortet meine Frage nicht, Signore Emoli.«

Der Betriebsleiter nickte. »Klar, außer mir wussten natürlich das Büro, die Disposition und die Fertigung über die neue Mehllieferung Bescheid, und da ist es üblich, dass das Silo in Augenschein genommen wird ... aber jetzt, wo ich darüber spreche, das Handy von Maria lag auf dem Tisch, wer auch immer am anderen Ende des Apparats war, der könnte es ebenfalls mitbekommen haben.«

»Und meist machte diese Überprüfung Maria, richtig?«
Emoli nickte wieder. »Ich würde sogar sagen, ausschließlich. Es sei denn, sie war krank oder hatte Urlaub.«
Vito blätterte in seinem Notizblock. »Gibt es hier in der Firma eine Videoüberwachung?«
Emoli hob abwehrend die Hände. »Nein, Commissario. Unser Seniorchef, Gott hab ihn selig, war immer dagegen. Er wollte nicht, dass sich unsere Mitarbeiter überwacht fühlten. Außerdem leben wir in einer friedlichen Stadt. Hier ist noch nie etwas vorgefallen.«
Vito klappte das Notizbuch wieder zu und steckte es weg.
»Danke, Signore Emoli, das war's erst einmal. Es kann sein, dass ich noch einmal mit Ihnen sprechen muss.«
»Sie wissen ja, wo Sie mich finden, Commissario.«
Vito verließ die Halle, entledigte sich der Schutzkleidung und atmete erst einmal durch, bevor er hinaus in den Hof trat, in dem die Sonne den Asphalt kräftig aufgeheizt hatte. Er suchte einen Schattenplatz und wartete auf Laura, die aus dem Verwaltungsgebäude kam und zum Wagen ging.
»Hast du etwas herausgefunden, das uns weiterbringt?«, fragte er, als er auf dem Beifahrersitz Platz nahm.
»So, wie es aussieht, war sie nicht bei jedermann beliebt«, entgegnete Laura und startete den Motor. »Sie hat sich offenbar kürzlich von ihrem Freund getrennt. Und der war wohl kein feiner Mensch. Aber beobachtet hat bislang niemand etwas. Allerdings haben heute einige Mitarbeiter frei, da müssen wir die Befragung nachholen.«
Sie legte den Gang ein und fuhr los, während Vito zu seinem Handy griff und die Nummer der Questura wählte.

Die Stimme einer jungen Frau war am anderen Ende zu hören. Vito warf einen Blick auf das Display seines Handys, doch er hatte sich nicht verwählt.

»Mit wem spreche ich«, fragte er, weil er den Namen nicht verstanden hatte.

»Sie sprechen mit Chiara Cattaneo, Mordkommission Florenz.«

»Commissario Carlucci hier, kann ich mit Signora Totti sprechen, es ist dringend.«

»Signora Totti ist gerade in der Registratur, um eine Akte zu besorgen, Commissario.«

»Und wer sind Sie genau?«

»Ich bin Candidato Ispettore Chiara Cattaneo, ich bin hier im Ausbildungspraktikum und assistiere derzeit Maria im Büro. Wir haben etwas herausgefunden.«

»Herausgefunden?«, wiederholte Vito. »Da bin ich aber gespannt.«

»Die Tote, ich meine Signora Rossi, lebte mit einem gewissen Dante De Luca zusammen und hat sich etwa vor einem halben Jahr von ihm getrennt. Offenbar wurde De Luca handgreiflich und hat ihr nachgestellt. Es gibt drei Anzeigen.«

»Woher wisst ihr von De Luca?«, fragte Vito überrascht.

»Primo Assistente Fraccinelli hat uns informiert, und wir haben bei der Wohnsitzüberprüfung De Luca sofort im Computer gefunden. Er muss wohl auch am Mittag mit ihr telefoniert haben. Der Assistente hat das Handy der Toten überprüft. Wir lassen gerade den Standort von De Lucas Telefon am gestrigen Tag überprüfen.«

»Sehr gut, und wisst ihr auch, wo wir diesen De Luca antreffen?«

»Schon in Arbeit, Commissario.«

Vito beendete das Gespräch und wandte sich Laura zu.

»Wir haben eine Praktikantin?«

»Seit letzter Woche«, bestätigte Laura. »Matteo hat sie uns aufs Auge gedrückt.«

»Und Fraccinelli wächst langsam über sich hinaus.«

Sie lächelte verschmitzt. Vito brauchte nicht zu wissen, dass sie es war, die Fraccinelli zur Überprüfung von Marias Handy veranlasst hatte.

KAPITEL 4

DIE GEGEND, in der Dante De Luca gemeldet war, konnte wirklich nicht als beste Wohnlage bezeichnet werden. Der Kleinkriminelle befand sich nur deshalb noch auf freiem Fuß, obwohl noch einige Verfahren gegen ihn anstanden, weil die Gerichte überlastet waren und bislang kein Urteil erfolgen konnte. Darunter gab es auch Anzeigen wegen häuslicher Gewalt, die Maria Rossi erstattet hatte. Zudem hatte er eine frühere Freundin krankenhausreif geprügelt. Ein Wunder, dass dieser Kerl noch nicht einsaß.

Dante De Luca lebte im Quartiere 5, ganz in der Nähe des Flughafens. Die riesigen weißen Mülleimer mit den blauen und gelben Hauben stanken in der Hitze erbärmlich. Laura ließ angewidert die Autoscheibe hochfahren, als der Duft durch den Innenraum des Dienstwagens zog. De Luca wohnte in einem der unansehnlichen Mehrfamilienhäuser, die die Via Piemonte säumten und vom Arno durch eine ansehnliche Anzahl Bahnschienen getrennt waren. Der

Fluglärm kam noch dazu, ansonsten bestand die Nachbarschaft aus einem Supermarkt und ein paar Industriebauten. Hier lebten viele Familien mit geringem Einkommen, da die Mieten hier noch nicht so explodiert waren wie in anderen Vierteln.

Laura parkte vor dem sechs Stockwerke hohen Gebäude, dessen rötliche Fassade großflächig abgeblättert war. Auf der anderen Straßenseite, in der Nähe der Bahnschienen, befand sich ein Bauhof, auf dessen Gelände sich allerlei Zeug türmte. Direkt neben dem Fußweg, der zum Eingang des Hauses führte, stand eine alte, klapprige Vespa, deren blaue Farbe ausgebleicht und von rostigen Flecken durchzogen war.

»Nicht gerade der Boboli-Garten«, kommentierte Vito, als sie ausstiegen.

»Nein, gewiss nicht. Ich war hier noch nie, aber ich bereue es auch nicht.«

Sie gingen zum Eingang. Laura fand die Klingel auf Anhieb. De Luca wohnte im Erdgeschoss, und als sie geläutet hatte, ertönte kurz darauf ein Summen, das die Eingangstür entriegelte. Vito warf ihr einen Blick zu, den sie mit einem Achselzucken beantwortete. Sie öffneten die Tür und stiegen die drei Stufen zu den ersten Wohnungen hinauf. Ein Mann, weißes Unterhemd und Jogginghose, stand in einer offenen Tür und musterte sie abschätzend. Laura fröstelte unter einem Blick, der klarmachte, dass dieser Kerl ihr am liebsten die Kleider vom Leib gerissen hätte. Seine Haare waren lang und fettig, sein Gesicht zierte ein Dreitagebart.

»Signora, welch erfreuliche Überraschung. Was kann ich

für Sie tun?« Er hatte eine angenehm tiefe Stimme, aber der taxierende Ausdruck in den stechenden, dunklen Augen negierte diesen positiven Aspekt.

Vito schob sich neben Laura. Sie trat einen Schritt näher Richtung Tür und zeigte ihre Dienstmarke.

»Commissaria Gabbiano, und das ist Commissario Carlucci. Wir sind wegen Maria Rossi hier, Signore. Sie war doch Ihre Freundin, richtig?«

De Lucas Augen verengten sich. »Die dumme Schlampe hat mich angezeigt. Dabei hatten wir nur einen kleinen Streit. Da kann einem schon mal die Hand ausrutschen, oder nicht, Signore?« Seine Frage richtete er an Vito, als wäre Laura auf einmal Luft.

Vito schüttelte den Kopf. »Sie sind getrennt. Sie haben sie verprügelt, was eine Anzeige nach sich gezogen hat.«

De Luca starrte von Vito zu Laura. »Na und? Sie wird es sich schon noch anders überlegen. Dafür sorge ich schon.«

Laura sah ihn an und musste sich zwingen, ruhig zu bleiben. »Sie haben doch schon dafür gesorgt, oder, Dante? Sie waren gestern Abend bei Mamma Marelli und haben sie überreden wollen, ihre Anzeige zurückzunehmen. Und als sie sich geweigert hat, haben Sie die arme Maria ins Silo gesperrt.«

Er starrte sie an und grinste dann. »Selbst wenn es so wäre – das sollte der Schlampe eine Lehre sein, eine Nacht im Silo.«

Vito trat einen Schritt näher, und Laura sah, dass er zu seinem Holster griff. »Sie folgen uns besser. Wir sollten diese Unterhaltung in der Questura fortführen.«

De Luca starrte Vito an und schüttelte abfällig den Kopf. »Warum? Weil Maria wieder eine Vendetta gegen mich anzettelt? Da steht Aussage gegen Aussage.«

»Maria wird keine Aussage mehr machen. Sie ist in dem Silo erstickt.« Lauras Stimme war eiskalt, der Mann hatte nicht mal gefragt, was mit ihr passiert war.

De Lucas Augen weiteten sich, dann fiel sein Blick auf Vitos Hand, die auf seinem Holster lag. Es war, als würde ihm auf einmal klar werden, warum die Kommissare ihm einen Besuch abstatteten. Er knallte die Tür so heftig zu, dass sie direkt wieder nach innen aufschwang. Laura hörte Schritte, die sich entfernten. Sofort rannten sie ihm hinterher, Laura einen Schritt voraus.

Der kleine, dreckige Flur mit der nackten Glühbirne und einer ansehnlichen leeren Sammlung an Solea-Flaschen führte in ein Wohnzimmer, das von einem riesigen Fernseher und einem Ledersessel dominiert wurde. Das Spiel der Lokalmannschaft lief gerade, aber Laura hatte nur Augen für den Verdächtigen, der gerade über den kleinen, angrenzenden Balkon floh, wobei er sich beherzt über die Brüstung schwang.

Sie stürmte hinterher und sah, wie De Luca auf das Gelände des Bauhofs rannte. Sie folgte ihm, der Sprung vom Balkon war nicht sehr hoch, keine zwei Meter, und sie rollte sich im kargen, trockenen Gras der welken Begrünung ab.

Vito war direkt hinter ihr, er war jedoch eleganter gelandet und setzte nun mit langen Schritten De Luca nach. Laura rannte ebenfalls weiter, aber der Sprung hatte sie Zeit gekostet. Ihre Bluse hatte einen Riss bekommen, und ihre blaue

Leinenhose war hinüber. Trotzdem hastete sie den beiden Männern hinterher. De Luca durfte nicht entwischen. Er mochte noch nicht überführt sein, aber seine Worte und sein Verhalten verstärkten den Anfangsverdacht gegen ihn noch. Vito hastete über die Straße, sie folgte dichtauf.

De Luca schlug einen Haken und rannte einen kleinen Trampelpfad am Rande des Bauhofs entlang. Dahinter lagen die Bahnschienen. Vito war in Form, aber der Verdächtige hatte einen guten Vorsprung – und er kannte die Gegend. Als Laura fast zu ihrem Kollegen aufgeschlossen hatte, konnte sie sehen, wie De Luca über die Gleise hetzte, mit verzweifelten, wilden Sprüngen. Sie hörte ein Hupen, das von einem herannahenden Zug kam. Sie packte Vito ungestüm am Handgelenk, der schon drauf und dran war, auf die Schienen zu stürmen. Er stoppte und atmete schwer, aber sein zorniger Gesichtsausdruck wurde milder, als das nächste Hupen ertönte. Dann raste der Regionalzug direkt vor ihnen vorbei und verdeckte ihre Sicht auf den Fliehenden. Als alle Waggons vorbeigerattert waren, war Dante De Luca verschwunden.

Vito seufzte und drehte sich zu ihr um. »Den kriegen wir schon noch. Wo will er schon hin? Er hat nichts dabei, wir versiegeln jetzt seine Wohnung und geben eine Fahndung raus.«

Laura nickte.

Vito drehte sich um und stapfte mit einem grimmigen Gesichtsausdruck zurück zum Haus des Verdächtigen, während Laura ihr Telefon hervorkramte. Fraccinelli sollte dafür sorgen, dass die Gegend überwacht wurde. Als sie mit der Sekretärin gesprochen und erfahren hatte, dass der Assistente bald zurück sein würde, folgte sie Vito, der vorangegangen war. Er wirkte frustriert. Ihr ging es nicht anders. Eine Tote, und der mutmaßliche Verdächtige war entkommen.

KAPITEL 5

LAURA KAM AM NÄCHSTEN TAG früh in die Questura, einen Doppio in der Hand, den sie sich auf dem Weg geholt hatte. Heute war sie mit dem Roller unterwegs, sie trug eine Jeans, dazu eine dunkelblaue Wickelbluse. Der Jethelm hing lässig über ihrem Arm, als sie durch den kleinen Seiteneingang aus dem Innenhof in die noch ruhige Questura schlüpfte und die Treppe zum Büro hochstieg.

»Was machst du schon hier? Ich dachte, du hättest gestern eine Abendveranstaltung besucht? Da hast du doch bestimmt nicht viel Schlaf bekommen.« Vito sah sie neugierig an, als sie an seinem Büro vorbeikam.

»Ja, es war spät, aber ich wollte noch einmal die Akten durchsehen und hören, ob De Luca mittlerweile gesichtet wurde.« Laura ging nicht auf die versteckte Frage nach dem gestrigen Abend ein, und Vito überspielte die kurze, aber bedeutungsvolle Gesprächspause. »Ist dein Roller wieder heil?« Vito nickte in Richtung des Helms, der an ihrem Arm baumelte.

»Ja, und ich hoffe, so etwas passiert nie wieder. Es war nicht toll, angefahren zu werden. Schon was Neues von unserem Verdächtigen? Oder neue Erkenntnisse von Conte? Und warum bist du eigentlich schon hier?«

Vito stand auf und streckte sich. »Ich habe den Besprechungsraum auf den aktuellen Stand gebracht, unsere bisherigen Erkenntnisse entsprechend sortiert und an die Pinnwand geheftet. Fraccinelli ist noch nicht da, aber wenn er kommt, sollten wir uns aufteilen, um die Ermittlungen schnell weiterzuführen. Laut Maria hat die Tote keine Verwandten. Das Einzige, was einer Familie am nächsten kommt, ist unser geflohener Kleinkrimineller.« Vito deutete zum Einsatzraum am Ende des Flures. »Ich warte auf dich – bestimmt willst du erst mal deine Tasche loswerden.«

Laura nickte und eilte in ihr Büro, schnappte sich ihre Akte und folgte Vito in den großen, vom Licht der Morgensonne erhellten Besprechungs- und Einsatzraum. Dort wurden alle Fälle intern katalogisiert und besprochen sowie die Spuren ausgewertet und visuell für die Ermittlungen aufbereitet. Jetzt sah sie, dass Vito an der Tafel ein Bild der Toten und De Lucas aktuelles Fahndungsfoto aufgehängt hatte. Dazu ein paar Aufnahmen des Silos und von der Leiche am Fundort.

»Du warst ja schon ganz schön fleißig.«

Vito grinste. »Ich konnte auch nicht schlafen. Ein Verdächtiger auf der Flucht macht mich immer nervös.«

Sein Telefon läutete, die Klänge von Gianna Nannini durchbrachen die Stille. »Carlucci?«, meldete sich Vito geschäftsmäßig. Dann erhob er sich und bedeutete Laura, ihm zu folgen. »Sind Sie sicher?«

Er ging mit großen Schritten den Gang hinunter und eilte die Treppe hinab. »Grazie, Kollege. Behaltet ihn im Auge. Und rufen Sie Fraccinelli an, er soll uns direkt am Bahnhof treffen – und sich beeilen!«

Vito legte auf. »De Luca ist am Bahnhof. Offenbar hat er eine Fahrkarte nach Rom gelöst und wartet nun auf seine Verbindung. Die Carabinieri haben ihn auf einer Überwachungskamera entdeckt. Gut, dass wir gestern Abend noch die Fahndung rausgegeben haben.«

Sie waren bei den Parkplätzen angekommen.

»Die Carabinieri behalten ihn im Auge, der Zug kommt erst in einer guten Stunde. Hast du deine Waffe?« Laura nickte, und kurz darauf rasten sie zur Stazione di Firenze Santa Maria Novella.

Als sie am Bahnhof ankamen, parkte Vito den Alfa in einer der Taxi-Zonen, was ihm einen derben Fluch eines der wartenden Taxifahrer einbrachte. Der schimpfende Mann lehnte an seinem Fahrzeug, hatte einen kleinen, dampfenden Pappbecher auf dem Dach des Wagens abgestellt und Zeitung gelesen. Laura zeigte ihm ihre Dienstmarke, woraufhin er augenblicklich verstummte.

»Wo ist De Luca?« Laura eilte hinter ihrem Kollegen her, der mit langen Schritten zum Eingang des hellen Gebäudes mit den riesigen Fensterfronten eilte. Es war ein Kopfbahnhof, und selbst jetzt, früh am Morgen, herrschte geschäftiges Treiben. Die große Anzeigetafel mit den An- und Abfahrtsinformationen in der Bahnhofshalle dominierte das Bild.

Vito eilte durch die Eingangshalle in Richtung der Gleise. Bisher verknüpfte dieses alte Gebäude aus den Dreißigerjahren mit dem rot-weiß gestreiften Boden die Schnellstrecke von Bologna nach Rom mit Florenz, bald würde Firenze Belfiore, der neue Bahnhof für den Hochgeschwindigkeitsverkehr, diese Aufgabe übernehmen. Vito sah sich um und deutete auf einen Seiteneingang, durch den in diesem Moment Fraccinelli, der alle Passanten überragte, trat. Der Assistente entdeckte die Kommissare nach einem kurzen Blick durch die Bahnhofshalle. Vito bedeutete ihm, den Eingang im Auge zu behalten, und warf dann einen Blick auf die Anzeige.

»Der Zug nach Rom fährt auf Gleis acht ab, die Carabinieri sagten, er wäre schon am Bahnsteig.«

Laura folgte Vito, der losging und dabei aufmerksam nach allen Richtungen Ausschau hielt. Als sie zu den ersten Gleisen kamen, sah sie zwei Carabinieri, die einen Punkt weiter hinten beobachteten und dabei leise in ihr Funkgerät sprachen.

»Carlucci und Gabbiano von der Kriminalpolizei. Haben Sie uns informiert?« Vito hielt sich nicht mit Höflichkeiten auf. Der Mann nickte und zeigte zu den überdachten Bahnsteigen, die sich hinter der Bahnhofshalle befanden. Wie ein großes U umgab Santa Maria Novella die Gleise, und wenn Dante De Luca fliehen wollte, konnte er dies nur über die Schienen tun. Ein Vorteil des Kopfbahnhofs. »Er ist auf den Bahnsteig gelaufen, und bisher hat er ihn nicht wieder verlassen. Die Kollegen von der Videoüberwachung haben ihn entdeckt.«

Vito und Laura tauschten einen kurzen Blick. Laura wandte sich an die zwei jungen Beamten, die froh waren, die Verantwortung für den Zugriff abgeben zu können. Die Erleichterung auf ihren Gesichtern war nahezu greifbar. »Sichern Sie den Bahnsteig, sollte er fliehen wollen, halten Sie ihn einfach auf. Er ist ein Kleinkrimineller, und wir gehen nicht davon aus, dass er eine Schusswaffe hat. Aber wir können es nicht ausschließen, und ein Messer ist sehr gut möglich. Also Vorsicht!« Die beiden jungen Männer nickten, und Vito trat auf den Bahnsteig. Auf dem gegenüberliegenden Gleis war ein Zug eingefahren, einige Passagiere stiegen ein, hievten Koffer in den Zug, andere hatten den Zug gerade verlassen und eilten zum Ausgang. Laura sah sich jede Person genau an und ging mit Vito weiter. Als sie etwa ein Viertel des Bahnsteiges hinter sich gelassen hatten, blieb sie stehen.

»Geh du ihn aufscheuchen. Ich warte hier und fange ihn ab. Zu zweit entdeckt er uns womöglich schneller.« Vito nickte und schlenderte weiter, während Laura sich neben einen Snackautomaten stellte.

Ihr Blick wanderte zu Vito. Er wirkte aufmerksam und trotzdem lässig. Er hatte die Mitte des Bahnsteiges erreicht, als er ihr hinter seinem Rücken ein kurzes Handzeichen gab. Kurz darauf sah sie Dante De Luca, der sich hinter einer Gruppe wartender Frauen mit bunten, beklebten Hartschalenkoffern an Vito vorbeischlich. Er grinste hämisch, als ihr Kollege weiterging, ohne ihn eines Blickes zu würdigen. Offenbar wähnte er sich in Sicherheit und eilte dann in Lauras Richtung.

Sie wartete, bis er auf einer Höhe mit ihr war und trat dann aus ihrer versteckten Position hervor. De Luca, der noch immer dieselbe Kleidung trug wie am Vorabend, stoppte abrupt. Er roch nach Bier und starrte Laura kurz verblüfft an. Dann holte er zu einem Schlag aus, dem sie ohne Probleme auswich. De Luca grunzte. Laura packte seinen Arm, drehte sich vor den Verdächtigen und warf ihn über ihre Schulter zu Boden. De Luca krachte hart auf den Rücken und schrie auf. Laura griff in ihre Hosentasche und holte Handschellen hervor. Doch er trat nach ihr und rollte sich zur Seite, sodass Laura seine Hände nicht zu fassen bekam. Dann machte er zwei Umdrehungen um seine eigene Achse und fiel über die Bahnsteigkante auf das Gleisbett. Dort rappelte er sich auf, während Laura ihrerseits auf die Gleise sprang.

»Laura!« Es war Vitos Stimme, aber sie blendete sie aus, obwohl ihr der besorgte Unterton nicht entgangen war.

De Luca hastete vorwärts. Laura hörte Menschen rufen, eine Trillerpfeife, aber sie achtete nicht darauf. Sie rannte hinter dem Fliehenden her und holte auf, Meter um Meter. De Luca war langsam, vielleicht wegen des Alkohols.

Laura erreichte ihn, stellte ihm ein Bein, und erneut schlug er der Länge nach hin, knallte mit dem rechten Arm direkt auf die Schienen. De Luca schrie vor Schmerzen auf, versuchte aber, sich wieder aufzurichten. Sie packte die Handschellen und ließ einen der zwei Ringe um sein Handgelenk zuschnappen. Der Verdächtige versuchte, sie zu packen und von sich zu stoßen, aber sie versetzte ihm einen kräftigen Schlag in die Magengegend. Als er sich krümmte, schloss sie die zweite Handschelle mit einem Klickgeräusch um sein Fußgelenk. Der Mann schrie auf, aber so würde er erst mal nicht weglaufen.

Laura richtete sich auf, ihre Haare waren ihr ins Gesicht gefallen, und sie atmete tief durch. »Sie sind verhaftet. Ihre Rechte lese ich Ihnen vor, wenn uns jemand auf den Bahnsteig geholfen hat. Näher als hier werden Sie dem Zug nach Rom nicht mehr kommen, und wir können nur hoffen, dass er nicht in den nächsten Minuten einfährt.«

Sie wandte sich dem Bahnsteig zu und sah Vito. Er funkelte sie besorgt und vor allem wütend an, während hinter ihm die Carabinieri angelaufen kamen. Eine Menschentraube hatte sich gebildet, interessiert betrachteten die Passanten die Szene.

KAPITEL 6

ER RUTSCHTE UNRUHIG auf seinem Stuhl hin und her, die Handschellen rasselten im Rhythmus seiner unsteten Bewegung. Ein weißer Turban aus Mullbinden zierte seinen Kopf, und am Kinn klebte ein Pflaster. Die Festnahme am Bahnhof hatte ihre Spuren hinterlassen. Noch immer trug er die graue Jogginghose, doch hatte man ihm inzwischen eine ausgebleichte Sportjacke des AC Florenz besorgt.

Der Mann zitterte am ganzen Körper, und Vito fragte sich, ob es die Nervosität oder der Mangel an Alkohol oder Drogen war.

»Signore De Luca, verstehen Sie mich?«, sprach er ihn an. Doch der Mann mit den fettigen und wirren Haaren zeigte keinerlei Reaktion.

»Wir wissen, dass Sie vorgestern am späten Nachmittag in der Nähe der Fabrik gewesen sind«, fuhr Vito fort. »Ihr Handy hat es uns verraten. Sie haben einen Fehler gemacht und es zu spät abgeschaltet.«

De Luca schaute die schmutzig grünen Kacheln des Vernehmungsraumes der Questura an, als könnte er dort einen Ausweg aus seiner derzeitigen Situation finden, doch nach wie vor schwieg er.

Vito erhob sich von seinem Stuhl und ging zum Fenster, das aus Milchglas bestand, und öffnete es einen Spalt. Die Luft im Raum war zum Schneiden, und die Ausdünstungen, die der Verdächtige verströmte, machten sie keineswegs besser.

De Luca wandte sich Vito zu und starrte auf das geöffnete Fenster.

»Denken Sie gar nicht daran, Mann. Die Gitter vor dem Fenster sind aus solidem Stahl.«

De Luca verzog einen Mundwinkel und schüttelte den Kopf.

»Wissen Sie, was ich glaube?« Vito schlenderte zu seinem Stuhl zurück und setzte sich. Eine Antwort blieb aus.

»Maria hat Sie verlassen, weil sie die Schnauze voll hatte von Ihnen und diesem Leben im Schmutz und mit all der Gewalt. Sie wollte nichts mehr von Ihnen wissen, und das haben Sie nicht ertragen.«

Ein leises Schnauben. Die erste Reaktion De Lucas, seit er auf dem Stuhl Platz genommen hatte.

»Sie wollte nichts mehr von Ihnen wissen. Im Gegenteil, sie hat sich sogar schon nach etwas anderem, etwas Besserem umgeschaut. Und genau das hat sie Ihnen vorgestern am Telefon gesagt, deshalb kam es zum Streit. Sie sind zur Nudelfabrik gefahren, Sie wussten ja, dass eine neue Mehllieferung am nächsten Tag ankommt. Das hatten Sie am

Telefon mitgekriegt. Sie wussten auch, dass Maria das Silo inspizieren würde, schließlich haben Sie Ihre Ex-Freundin schon früher ein paarmal dort abgeholt. Also haben Sie das Schloss manipuliert und gewartet, bis Maria in das Silo geht und dann ... zack!« Das letzte Wort kam wie von der Pistole geschossen über seine Lippen.

De Luca zuckte zusammen.

»Sie haben Maria umgebracht.«

De Luca räusperte sich. »*Cazzate!*«

»Geben Sie es zu, De Luca. Sie haben Maria umgebracht.«

Der Angesprochene schüttelte vehement den Kopf. »Ich habe ihr nichts getan. Ich habe Maria geliebt.«

»Sie haben sie geschlagen.«

De Luca fuhr sich mit seinen gefesselten Händen über das Gesicht. »Das Schloss ... manipulieren, wie hätte ich das tun sollen?«

Vito schlug die rote Akte auf, die vor ihm auf dem Holztisch lag. »Mehrere Diebstähle, Hehlerei und Einbrüche«, sagte er. »Zum Beispiel hier, Einbruch in einem Gartencenter in San Donnino. Hier steht, der Täter wuchtete das Schloss der Hintertüre aus der Verankerung und gelangte so in den Lagerraum.« Vito blätterte die nächste Seite auf. »Oder hier, Einbruch in einen Einkaufsmarkt in Scandicci durch Aufbohren des Schlosses einer Seitentür.«

Vito klappte die Akte wieder zu.

»Sie kennen sich mit Türschlössern aus, das ist unbestritten«, resümierte er. »Unser Spurensicherungsexperte sagt, für einen, der sich auskennt, und mit dem richtigen Werkzeug dauert die Manipulation am Schloss des Silos keine fünf Minuten. Und Sie wissen ganz genau, was man tun muss, oder sehen Sie das anders?«

Der Verdächtige wippte mit seinem Oberkörper vor und zurück und wiegte dabei den Kopf hin und her.

»Gut, wenn Sie nichts dazu zu sagen haben, dann umso besser. Mir ist es viel lieber, wenn die Täter schweigen, das bringt ein paar Jährchen mehr auf das Konto, und bei Mord und Ihren Vorstrafen könnte ich mir vorstellen, dass unser Corte d'assise keine Gnade kennt. Sie werden eine sehr lange Zeit in einer Zelle verbringen, und wenn Sie herauskommen, dann sind Sie ein sehr alter Mann, De Luca. Ist Ihnen das klar?«

De Luca kratzte sich an der Backe. »Das ist doch alles Blödsinn. Ich habe nichts getan.«

»Fangen wir noch mal von vorne an«, sagte Vito und seufzte. »Wo waren Sie vorgestern zwischen drei und sechs Uhr nachmittags?«

Er zuckte mit den Schultern. »Selbst wenn ich dort war, ihr habt nichts gegen mich in der Hand.«

»Sie geben also zu, dass Sie in der Nähe der Pastificio Mamma Marelli waren?«

Diesmal nickte De Luca.

»Sie müssen schon mit mir sprechen. Das Mikrofon nimmt keine Bewegungen auf.«

»Ja, ich war dort«, schrie De Luca. »Aber nicht in der Fabrik. Woanders.«

»Wo genau waren Sie?« Vito beugte sich bei der Frage vor und ließ den Verdächtigen nicht aus den Augen.

»Das geht euch gar nichts an!«

»Sie irren, es geht uns etwas an, wir ermitteln in einem Mordfall, schon vergessen?«

»Ich war bei einem Kumpel«, entgegnete De Luca.

Vito lächelte. »Na dann, dann ist ja alles in Ordnung. Dann bräuchte ich jetzt nur noch den Namen und die Adresse, und wenn Ihr Kumpel das Alibi bestätigt, dann lassen wir Sie wieder laufen.«

Erneut fasste sich De Luca an die Backe. »Pepe heißt er, mehr weiß ich nicht. Ich habe ihn in einer Bar in Rifredi kennengelernt.«

»Pepe aus Rifredi, soso.«

»In der Pentola Bar«, fügte De Luca eifrig hinzu. »Sie können dort jeden fragen.«

»Die Bar am Ende der Via Carlo Pisacane?«, fragte Vito.

»*Sicuro*, Pentola in der Via Carlo Pisacane, das ist korrekt.«

Vito kannte die Spelunke aus mehreren Polizeiberichten. Die Kollegen von der Streife mussten dort schon öfter in Gruppenstärke auftauchen, um einen handfesten Streit unter den Besuchern der Bar zu schlichten. Und meistens ging es am Ende recht blutig zu, und die Kollegen mussten unter Einsatz von Schlagstöcken für Ruhe sorgen.

»Und wieso hat es euch dann nach Camaioni verschlagen, wenn ihr euch in Rifredi kennengelernt habt? Das ist doch die ganz andere Richtung.«

Er zuckte mit den Schultern. »Ist eben so.«

»*Cazzate*«, antwortete nun Vito.

»Ich sage jetzt gar nichts mehr.«

Vito schlug die Akte zu. »Das ist vielleicht auch besser so.«

»Kann ich jetzt gehen?«

Vito schüttelte den Kopf. »So, wie es aussieht, in fünfundzwanzig Jahren vielleicht, aber nicht jetzt und vermutlich auch nicht heute, es sei denn, Sie sind endlich gesprächsbereit und tischen mir keine weiteren Lügenmärchen auf.«

Einen Augenblick herrschte Schweigen.

Schließlich räusperte sich De Luca. »Also gut, ich war da, aber ich habe Maria nichts getan, das müssen Sie mir glauben, Commissario.«

»Was wollten Sie von ihr?«

»Was schon, ich wollte mit ihr reden, aber ich habe sie nicht gesehen. Sie tauchte einfach nicht auf, da bin ich wieder gefahren, weil ich dachte, dass sie sich vor mir versteckt oder wieder mit irgendeinem Fatzke aus der Fabrik vom Hof geht, damit sie nicht mit mir reden muss.«

»Sie waren nicht in der Firma?«

De Luca schüttelte den Kopf. »Das letzte Mal, als ich dort mit ihr reden wollte, da haben die mich glatt rausgeschmissen. Ich hatte keinen Bock mehr auf Ärger und habe vor der Firma auf der anderen Straßenseite auf Maria gewartet.«

»Drei Stunden?«

De Luca schüttelte den Kopf. »Ich bin nach einer Stunde wieder gefahren.«

»Weshalb wollten Sie mit ihr reden?«

Er zögerte mit der Antwort.

»Jetzt reden Sie schon!«

»Ich ... sie ... es war, weil sie sich mit einem Kerl treffen wollte ...«

»Sie hatte also eine Verabredung?«

»Ich wollte, dass sie zu mir zurückkommt, ich habe ihr gesagt, dass ich das nicht dulde ... ich liebe sie doch.«

»Sie wollten also nicht, dass Maria ein neues Leben ohne Sie anfängt?«

»Nein, ich ... sie hat mich angeschnauzt, das geht doch nicht ...«

»Und da dachten Sie, wenn sie nicht zu mir zurückkommt, dann soll sie auch kein anderer haben, richtig?«

»*Cazzate*, ich habe ihr nichts getan. Ich war das nicht.«

»Warum haben Sie nicht bei ihr angerufen, als Sie an der Fabrik waren, und warum haben Sie dann dort Ihr Handy abgeschaltet?«

»Ich habe es nicht abgeschaltet, das blöde Ding war einfach leer. Der Akku, das Ding ist schon alt.«

Vito nickte. »Also, Sie sind hingefahren, haben eine Stunde gewartet, und dann sind Sie wieder davongefahren. Wie lange waren Sie dort?«

»Eine Stunde, vielleicht auch nur eine halbe, ich weiß es nicht mehr.«

»Sie haben nicht bis zum Feierabend um fünf gewartet, das wäre doch normal gewesen, wenn man mit jemandem reden will, der dort arbeitet?«

»Ich ... ich ... es war ... ich dachte, es macht keinen Sinn, weil wir uns gestritten hatten, da bin ich wieder gefahren.«

»Einfach so.«

De Luca zuckte mit den Schultern.

»Ich glaube Ihnen nicht, De Luca. Das alles klingt für mich nicht logisch.«

»Ist mir egal, es war aber so!«

»War es nicht so, dass Sie auf dem Gelände waren und Maria am Silo abgepasst haben? Dann kam es erneut zum Streit, und Sie haben Maria im Silo eingesperrt, an dem Sie zuvor das Schloss manipuliert hatten?«

Der Verdächtige blickte zur Seite und schwieg einen Augenblick, schließlich richtete er sich auf. »Ich sage gar nichts mehr, ich will einen Anwalt!«

»Sollte sie eine Zeit lang im Silo schmoren, damit sie gesprächsbereit wird?«

»*Vaffanculo!*«

»Also gut«, entgegnete Vito, erhob sich und nahm die Akte an sich. Er trat vor die Metalltür und wandte sich noch einmal De Luca zu. »Mal sehen, ob ich einen Anwalt für Sie auftreiben kann.«

Vito öffnete die Tür und ging in den gegenüberliegenden Raum, in dem Laura und Fraccinelli hinter einem venezianischen Spiegel saßen und die Vernehmung über Lautsprecher verfolgt hatten.

»Was meint ihr?«, fragte Vito.

»Das ist doch sonnenklar«, entgegnete Fraccinelli. »Der war es, da bin ich absolut sicher, Commissario. So, wie Sie ihn in die Enge getrieben haben, gibt es daran keinen Zweifel mehr.«

Vito warf Laura einen fragenden Blick zu. Doch sie zuckte nur mit den Schultern. »Könnte passen.«

Die Tür wurde geöffnet, und eine junge Frau in blauer Jeans und hellblauer Bluse trat ein. Ihre langen tiefschwarzen Haare hatte sie zu einem Zopf gebunden. In ihren Händen trug sie ein Tablett mit mehreren Tassen darauf. Fraccinelli erhob sich wie von einer Tarantel gestochen und nahm ihr das Tablett ab.

»Signora Totti meinte, ein Kaffee könnte nicht schaden«, sagte sie mit dunkler Stimme.

»Das ist Chiara Cattaneo, unsere neue Praktikantin«, erklärte Laura. »Sie wird uns die nächsten zwei Monate unterstützen.«

Vito erhob sich und reichte ihr die Hand. »Sehr gut, Signora Cattaneo. Ich bin sehr erfreut und hoffe, es gefällt Ihnen bei uns.«

Chiara lächelte freundlich und nickte.

»Also gut, dann machen wir uns an die Arbeit«, fuhr Vito fort. »Fraccinelli, du fährst zum Gericht. Wir brauchen einen Haftbefehl und einen Durchsuchungsbeschluss für De Lucas Wohnung. Ich will nicht, dass er am Ende mit Totschlag davonkommt. Laura, würdest du dich bitte um einen Pflichtverteidiger für unseren Freund da drinnen kümmern? Wir wollen doch, dass alles wasserdicht ist.«

Er wandte sich Chiara zu. »Waren Sie schon einmal beim Richter?«

Sie schüttelte den Kopf.

»Dann sollten Sie Fraccinelli begleiten, damit Sie wissen, wie so etwas abläuft. Dann kommen Sie auch mal raus auf die Straße.«

»Sehr gerne, Commissario.«

»Und was machst du?«, fragte Laura.

Er griff zu einer Kaffeetasse. »Ich fahre noch einmal in die Nudelfabrik. Ich befrage Fraccinellis Zeugen förmlich, die De Luca an der Fabrik gesehen haben wollen. Wir dürfen uns jetzt keine Fehler erlauben, er wird vermutlich nie gestehen, dass er Maria umgebracht hat.«

»Aber ich habe doch die Angaben schon notiert«, protestierte der Assistente.

»Förmlich sagte ich«, entgegnete Vito. »Mit Vernehmungsprotokoll und Unterschrift und allem Drum und Dran. Offenbar läuft hier alles auf einen Indizienprozess hinaus, und da müssen wir Nägel mit Köpfen machen.«

KAPITEL 7

FRACCINELLI WAR SCHNELLER GEWESEN und hatte sich für die Fahrt zum Gericht den Alfa genommen. Für Vito blieb nur noch der alte, klapprige Fiat, um noch einmal in die Pastificio Mamma Marelli nach Camaioni zu fahren. Zumindest funktionierte die Klimaanlage.

Kurz vor der Visarno Arena überquerte er die Ponte alla Vittoria und blickte hinunter in das erdbraune Wasser des Arno, der sich träge westwärts zum Tyrrhenischen Meer schlängelte. Seit Wochen hatte es nicht mehr geregnet, und die Flüsse hatten längst ihre Tiefstände erreicht.

Einen Augenblick dachte er daran, wie wohl Lauras Date gewesen war, doch das würde er noch herausfinden, schließlich war er ja ein guter Ermittler.

Er folgte der Staatsstraße 67 entlang des Flusses und kam gut voran, nachdem er Porto di Mezzo hinter sich gelassen hatte. Überraschend gut für die Tageszeit.

Nachdem er die Nudelfabrik in dem kleinen Ort an einer

Schleife des Arno erreicht und auf dem Besucherparkplatz vor dem Betriebsgelände geparkt hatte, trat er vor die Pforte. Anders als bei seinem letzten Besuch war die Schranke zum Betriebsgelände geschlossen und das Pförtnerhäuschen daneben besetzt.

»Ich möchte zu Signora Inzagi«, sagte er zu dem glatzköpfigen Pförtner in blauer Uniform, der ihn argwöhnisch musterte, und zeigte ihm seinen Dienstausweis.

Keine fünf Minuten später saß er der Frau in ihrem Büro gegenüber. Sie arbeitete als Disponentin und ließ sich erst einmal darüber aus, wie schockiert sie über den Tod von Maria Rossi war.

Vito hatte das Aufnahmegerät auf ihrem Tisch platziert und sie als Zeugin über ihre Wahrheitspflicht belehrt.

»Gut, Signora Inzagi, jetzt mal zum letzten Mittwoch, was haben Sie da mitbekommen?«

Die Frau im hellen Kostüm mit den grell geschminkten Lippen atmete erst einmal tief ein, so als wollte sie Anlauf nehmen, um die nächste Hürde zu überspringen.

»Ich hatte Mittagspause, von zwei bis halb vier. Ich gehe da immer runter an den Arno, dort haben wir von der Firma ein paar Tische und Bänke im Schatten der Bäume aufgestellt. Wir können dazu die kleine Tür im Zaun hinter der Fertigungshalle bei den Silos benutzen, die ist während der Arbeitszeiten geöffnet«

Vito hatte die Gartentür schon auf Contes Bildern vom Tatort entdeckt, doch es war gut zu wissen, dass sie unabgeschlossen blieb.

»Ich machte dort meine Pause, wissen Sie, Commissario,

ich nehme mir mein Essen von zu Hause mit, das ist günstiger, als hier in der Kantine zu essen. Dann ruhte ich mich noch ein wenig aus. Als ich so gegen halb vier zurück in mein Büro ging, da war diese verrostete Vespa direkt gegenüber der Via la Nave am Zaun der Lederfabrik angelehnt. Ich wusste sofort, wem die gehört.«
»Dante De Luca?«
Sie nickte eifrig. »Dante, richtig, Marias Ex-Freund, den Nachnamen weiß ich erst seit gestern. Ich bin dann sofort zu Maria gegangen und habe es ihr erzählt.«
»Was sagte sie dazu?«
»Sie winkte nur ab und schüttelte den Kopf.«
»Das war alles?«
Sie nickte.
»Und Dante, haben Sie den auch gesehen?«
»Nein, der hat sich wohl irgendwo versteckt. Vor drei Wochen haben ihn zwei Metzger recht unsanft vom Gelände geworfen. Ich glaube, der hatte keine Lust auf eine weitere Begegnung mit ihnen.«
»Ich verstehe«, antwortete Vito. »Wann haben Sie Maria zuletzt gesehen?«
Signora Inzagi überlegte kurz. »Ah ja, das war so gegen fünf. Ich hatte Feierabend und ging zum Parkplatz, da war sie gerade auf dem Weg zu den Silos. Ich winkte ihr noch zu.«
»Punkt fünf Uhr?«
»Zwei Minuten nach fünf, wir haben eine Stechuhr, ich habe nachgesehen.«
»Waren noch andere Personen auf dem Parkplatz oder in der Nähe?«

Sie schüttelte den Kopf. »Der Parkplatz war schon leer, bis auf den Wagen von Signore Emoli, der oft länger arbeitet. Ich hatte noch eine Lieferung für den nächsten Tag zu disponieren, deswegen wurde es bei mir später als sonst.«

»Ich verstehe. War der Roller zu diesem Zeitpunkt noch beim Nachbarn an den Zaun gelehnt?«

»Das kann ich Ihnen nicht sagen, ich habe nicht mehr darauf geachtet. Außerdem fahre ich in die andere Richtung.«

Vito griff zum Diktiergerät und schaltete es ab. Kurz überprüfte er die Aufnahme, ehe er sich wieder der Signora widmete.

»Ich danke Ihnen, jetzt würde ich gerne noch mit Signore Marelli sprechen, könnten Sie mich zu ihm bringen?«

»Unserem Juniorchef in spe, mal schauen, ob der überhaupt da ist, wissen Sie, mit Arbeitszeiten nimmt er es nicht so genau, aber das bleibt unter uns.«

Zweimal rief sie vergeblich in seinem Büro an, dann wandte sie sich an den Pförtner. Doch von dort bekam sie die Auskunft, Marelli sei noch nicht eingetroffen. Vito schaute auf seine Armbanduhr und runzelte die Stirn. Es war schon weit nach Mittag.

»Vielleicht ist er heute Nachmittag hier erreichbar«, versuchte die Disponentin, die Situation zu retten.

»Na dann, vielen Dank, Signora«, verabschiedete er sich. Er versuchte, seinen Ärger zu verbergen, dass er Marelli nicht angetroffen hatte und nun noch einmal jemand den Weg in die Firma antreten musste.

Als er vom Verwaltungsgebäude hinaus in den von der Sommersonne aufgeheizten Hof trat, fuhr ein schwarzer

Sportwagen vor. Die Musik im Wagen war laut, und der Bass hämmerte. Der Flitzer, ein Maserati Quattroporte, hielt direkt auf den freien Parkplatz vor dem Gebäude zu. Vito wartete, bis der Wagen geparkt hatte und der Fahrer ausstieg.

»Hallo, Commissario!«, grüßte der junge Mann mit Ray-Ban-Sonnenbrille in hellen Bermudashorts und farbenfrohem, weit aufgeknöpftem Hawaii-Hemd. Die dunklen, zu einem welligen Seitenscheitel gestylten Haare rochen nach Frisiercreme, als er sich direkt vor Vito aufbaute und die Sonnenbrille abnahm.

»Chico hat mir gesagt, dass Sie hier sind und mit mir sprechen wollen.«

»Chico?«

Der junge Mann wandte sich um und wies auf das Pförtnerhäuschen.

»Sind Sie Gennaro Marelli?«, fragte Vito.

»Höchstselbst«, antwortete er mit einem breiten Lächeln. »Ich weiß schon, was Sie wollen. Es geht um diesen Ex-Freund von Maria. Der war da, am letzten Mittwoch.«

»Und wann genau war das?«

Marelli wies auf die Fabrik nebenan. »Dort drüben stand er, etwa so gegen halb fünf, als ich Feierabend machte und zum Wagen ging. Als er mich sah, da ist er runter zum Arno gelaufen, da stand wohl sein Roller, hat mir Signora Inzagi am nächsten Tag erzählt. Er hatte sicher Angst, dass es wieder eine Abreibung gibt.«

Vito zuckte mit den Schultern. »Angst, wie meinen Sie das?«

»Vor zwei Wochen lungerte er schon mal hier herum, er war sogar auf dem Gelände. Wahrscheinlich ist er durch die hintere Gartentür hereingekommen. Da haben wir ihn eher unsanft vom Hof gejagt.«

»Mithilfe von zwei Metzgern«, antwortete Vito, denn er konnte sich nicht vorstellen, dass De Luca Angst vor diesem halbwüchsigen jungen Kerl im Hawaii-Hemd und Sansoni-Sandaletten hatte.

Marelli nickte. »Ja, die haben auch geholfen.«

»Okay, und Sie sind um halb fünf Uhr am Mittwoch vom Gelände gefahren, und da stand er dort drüben vor der Lederwarenfabrik, richtig?«

»Genau so war es, Commissario, ich musste noch in die Stadt und ein Geschenk besorgen, wir hatten eine Familienfeier ...«

»... in einem Restaurant in Florenz«, vervollständigte Vito den Satz des jungen Mannes.

»Ach, das wissen Sie schon?«

Vito nickte. »Sie wissen nicht, wo er hinging oder ob er noch hierblieb?«

»Zu seinem Roller, nehme ich an«, antwortete Marelli. »Aber als ich das über Maria erfuhr, da wurde mir klar, dass er wohl zur Gartentür hinter dem Gebäude ging.«

»Wann haben Sie eigentlich am vergangenen Mittwoch Maria Rossi das letzte Mal lebend gesehen?«

Marelli zuckte mit den Schultern. »Gar nicht, glaube ich, nein, gar nicht.«

»Alles klar, Signore«, entgegnete Vito. »Nur brauche ich Ihre Angaben schriftlich oder als Audioaufnahme. Außerdem müsste ich Sie noch als Zeugen belehren. Das ist nun einmal Vorschrift.«

Marelli wies auf sein Auto. »Ich würde sagen, machen wir es im Wagen, da ist es klimatisiert.«

Vito fragte sich, wie sich dieser junge, etwas unreif wirkende Mann wohl als Chef dieser renommierten Firma machen würde. In einer verantwortungsvollen Position konnte er ihn sich jedenfalls nicht vorstellen.

KAPITEL 8

ALS LAURA UND FRACCINELLI bei der Wohnung des Verdächtigen ankamen, hatten die Kollegen das Apartment schon geöffnet und waren dabei, alles auf links zu drehen. Laura zog sich Überschuhe an und ging durch den Flur. Im Wohnzimmer begrüßte Fraccinelli einen der weiß gekleideten Kollegen und fragte, ob schon etwas gefunden worden war. Die weißen Überschuhe an seinen riesigen Füßen ließen ihn wie einen Clown wirken.

»Ja, drüben in der Küche wurde einiges an Werkzeug gefunden. Conte ist im Schlafzimmer.«

Laura drehte sich um und ging zur Tür der beengten Küche, die nur ein schmaler, langer Schlauch war, ohne Sitzgelegenheit und mit einem dreckigen Fenster in Briefmarkengröße. Ein milchsaurer Geruch drang zu ihr hinüber, als die junge Kollegin, die hier arbeitete, den Kühlschrank öffnete. Laura kämpfte mit der aufkommenden Übelkeit, zumal als ihr Blick auf die Arbeitsplatte fiel. Die Kollegin, Annina Rizzo, eine normalerweise gut gelaunte Assistentin der Spurensicherung, war Laura schon ein paarmal über den Weg gelaufen. Jetzt deutete sie mit einem angespannten Gesichtsausdruck auf eine Reihe Werkzeuge, die auf der klebrig wirkenden Küchenfläche ausgebreitet waren.

Man konnte sagen, dass es sich um das Werkszeug eines Einbrechers handelte. Und die glänzenden Utensilien waren besser gepflegt als der komplette Rest der Wohnung oder der Roller vor der Tür. Diese Dinge hier hatte De Luca sehr sauber und offenbar trocken gelagert.

»Mir war nicht klar, dass in Mietwohnungen chemische Versuchsreihen gestattet sind.« Laura versuchte es mit Galgenhumor, während ihr Magen noch immer leicht rebellierte.

»Es tut mir leid, der Gestank ist bestialisch, aber bei der Durchsuchung sind wir immerhin auf die Werkzeuge gestoßen. Im Gefrierfach waren sogar ein paar Schmuckstücke, die wahrscheinlich aus Beutezügen stammen. Den Kühlschrank zu sichten, schaffe ich immer nur in Raten. Bisher ist das hier die Ausbeute.« Annina deutete auf eine schwarze Stoffrolle und reichte Laura ein paar Handschuhe.

Sie streifte diese über und entrollte das samtartige Vlies. Darin fanden sich einige Goldohrringe mit Smaragden und Rubinen, eine verzierte Haarnadel und eine goldene Uhr. Der Glanz der eisgekühlten Juwelen passte nicht recht in die schäbige Küche. Laura rollte die Schmuckstücke wieder in den Stoff ein.

»Interessant. Sieht aus, als wäre er diese Dinge nicht losgeworden oder wollte sie für schlechte Zeiten zurückhalten.«

Sie zog die Handschuhe aus und steckte sie ein. »Dieser De Luca ist ein schlimmer Langfinger, und ein gut ausgestatteter obendrein. Ich hoffe, wir können einige der Stücke gemeldeten Diebstählen zuordnen. Aber wir brauchen mehr. Immerhin müssen wir ihm einen Mord nachweisen. Die Diebstähle sind nur Beifang.«

Annina nickte, strich sich eine ihrer haselnussfarbenen Haarsträhnen aus dem Gesicht und deutete auf den offenen Backofen. »Seine Verstecke waren bisher nicht sehr einfallsreich, als Werkzeuglager diente das Backrohr. Aber die Bude hier bietet eh kaum Überraschungen. Er scheint sich hier wenig aufgehalten zu haben.«

Laura nickte und hoffte, sie würden noch mehr finden. Mit ein paar Diebstählen wollte sie De Luca nicht davonkommen lassen. Ihr Handy brummte, und sie murmelte eine kurze Entschuldigung, als sie das Gespräch annahm. Es war Vito.

»Laura, ich werde hier noch ein paar Vernehmungen machen müssen. Kommst du alleine klar?« Er klang ein wenig genervt, Zeugenaussagen zu dokumentieren, lag Vito nicht. Sie rechnete ihm hoch an, dass er ihr das nicht aufgebürdet hatte.

»Ja, wir sind in De Lucas Wohnung, aber ich fahre gleich mit Conte noch zu Maria Rossis Appartement, um auch dort nach Spuren zu suchen. Wir haben jede Menge Einbruchwerkzeuge und Schmuck gefunden.«

Conte ging im Flur vorbei und hielt einen alten Laptop in seinen Händen. Er deutete mit dem Daumen triumphierend nach oben.

»Und Conte hat gerade den Laptop unseres Hauptverdächtigen gesichert. Mal sehen, was die Auswertung bringt. Vielleicht hat er Maria ja E-Mails geschrieben und ihr gedroht.« Sie hörte Vito mit Papieren rascheln und genervt schnauben.

»Hoffen wir es!«

»Wenn du willst, sprechen wir später beim Essen darüber. Ich koche uns etwas, und wir stimmen uns ab?« Laura nickte Annina zu, die gerade die Werkzeuge in die Beweismitteltüten packte, und wandte sich zur Wohnungstür. Hier drin stank es nach verdorbenem Essen, Schweiß, abgestandenem Bier und Dreck. Zusätzlich zu diesem Geruchscocktail machte Laura die Hitze zu schaffen.

Als sie endlich durch die Haustür trat, atmete sie begierig die frische Luft ein. Conte stand am Van der Spurensicherung, hinter ihr kam auch Fraccinelli aus dem Haus und gab ein Würgegeräusch von sich.

»Es wird aber locker sieben Uhr. Ich würde mich freuen, hier werden zwar Nudeln hergestellt, aber bis auf ein paar Crespini aus dem Snackautomaten hatte ich noch nichts. Als ich mit der ersten Vernehmung fertig war, lief mir Marelli über den Weg, und danach war die Kantine schon geschlossen. Ich warte gerade auf Signora Abate, um auch ihre Aussage noch mal zu fixieren. Ein Abendessen klingt hervorragend!«

Laura freute sich, dass sich Vitos Laune offenbar mit der Aussicht auf ihre Einladung besserte. »Ich brauche auch noch ein bisschen, wir fahren jetzt zur Wohnung der Toten, also lass dir Zeit. Wir treffen uns dann entweder in der

Questura oder, wenn es spät werden sollte, bei mir.« Sie verabschiedeten sich, und Laura wandte sich ihrem Kollegen zu.

»Conte, kannst du bitte zwei Mitarbeiter abstellen, die hinter mir und Fraccinelli her zur Wohnung der Toten fahren? Wir können Hilfe bei der Durchsuchung ihres Appartements brauchen. Wir haben jetzt endlich den richterlichen Beschluss.«

Conte nickte und deutete auf den Laptop. »Ich werte die Fingerabdrücke und Beweismittel aus. Ich schick dir zwei Kollegen aus der Questura hinüber. Die Leute hier sind noch beschäftigt. Versucht auf jeden Fall, den Computer des Opfers zu sichern, falls sie einen hatte. Und bringt sämtlichen Schmuck mit, wenn ihr welchen findet. Falls dieser kleine Langfinger ihr Diebesgut geschenkt hat, hilft uns das vielleicht, ihn auch mit anderen offen Fällen in Verbindung zu bringen.«

Laura nickte, verabschiedete sich und ging zum Wagen, während Conte seine massige Gestalt aus dem Einmalanzug schälte.

Die Kollegen aus der Questura waren schneller durch die Stadt gekommen als Laura und Fraccinelli, und so erreichten sie zeitgleich mit ihnen das dreistöckige Wohnhaus in Ponte di Macinaia, einem kleinen Ort nicht weit von Mamma Marrellis Pasta-Fabrik. Er bestand aus einer Kirche und einer Reihe Wohnhäuser, die dicht gedrängt, wie Vögel auf einer Stromleitung, aneinanderhingen.

Laura hatte den Schlüssel der Toten bei sich, den Conte schon untersucht und freigegeben hatte. Sie traten durch den erfreulich kühlen und frisch riechenden Hausflur und gingen in den ersten Stock, in dem das Appartement lag. Laura schloss auf und trat ein, Fraccinelli folgte ihr und sah sich neugierig um.

Die Wohnung war sehr sauber, und der Flur wirkte mit dem gemütlichen bunten Teppich über den Dielen sehr einladend. Laura ging weiter, vom Knistern der Überschuhe begleitet, und konnte in das kleine Wohnzimmer sehen, das ebenfalls heimelig wirkte. Bunte Kissen und hängende Blumentöpfe in Makramee-Haltern gaben dem kleinen Raum Tiefe.

»Fraccinelli, sehen Sie in der Küche nach. Suchen Sie nach Hinweisen auf De Luca, Technik, Drohbriefe, Sie wissen schon.« Er nickte, und die Jungs der Spurensicherung öffneten ihre Koffer.

Laura ging weiter zum Schlafzimmer der Toten. Das Bett war gemacht, und bis auf einen hellen, quadratischen Fleck an der Wand fiel ihr nichts Ungewöhnliches auf. Dort hatte offenbar vor nicht allzu langer Zeit ein Bild gehangen. Sie öffnete die Nachttischschublade, aber auch da fanden sich nur ein paar persönliche Dinge, kein Schmuck, keine Fotos, keine Hinweise. Der Assistente erschien an der Tür und sah sie fragend an.

»Fraccinelli?«

»Ja, Commissaria?«

»Suchen Sie auch einen Bilderrahmen, ungefähr zwanzig auf fünfzehn Zentimeter groß. Mich würde interessieren, was hier an der Wand hing.« Sie deutete auf den Fleck an der Wand.

Elia Gasparo, der jüngste Kollege aus Contes Team, trat ins Zimmer, nickte Laura zu, ging dann zum Kleiderschrank und begann, diesen akribisch zu durchforsten. Der zweite Kollege, dessen Namen sie nicht mehr wusste, hatte einen kleinen Laptop gefunden und eingetütet. Conte würde bestimmt schnell die Daten herausfiltern.

Laura sah sich noch in Bad um, konnte dort aber nichts Ungewöhnliches entdecken. Sie ging in die Küche und kontrollierte den Kühlschrank. Nichts in dieser Wohnung wies darauf hin, dass mit Maria Rossi etwas nicht gestimmt hatte. Anders als bei De Luca war alles sauber, aufgeräumt und unauffällig.

»Merkwürdig, man würde nicht glauben, dass eine Frau, die so wohnt und so ordentlich ist, mit diesem Schmutzfink De Luca zusammen war.« Fraccinelli sprach aus, was Laura gedacht hatte.

»Tja, Fraccinelli, wo die Liebe eben hinfällt. Aber ich glaube nicht, dass er Maria oft zu sich nach Hause eingeladen hat. Suchen wir weiter. Wir sind es der armen Frau schuldig.«

*

Als Laura an ihrer Wohnung ankam, saß Vito grinsend auf der Steinstufe vor der Haustür und erwartete sie. Sie stieg aus und schnappte sich die Tasche vom Beifahrersitz.

»Ich dachte, ich schaffe es vor dir!« Mit diesen Worten beeilte sie sich, die Haustür aufzuschließen. Vito hatte sich erhoben, klopfte seine Jeans ab und lächelte. »Leider musste deine Vermieterin zu einer Veranstaltung, sonst hätte sie mich bestimmt noch länger unterhalten. Sie ist eine lebhafte und interessierte Person.«

»Sei ehrlich – sie ist furchtbar neugierig. Aber auch eine liebe Seele. Es tut mir leid, aber ich habe noch mit Conte ein paar Beweismittel besprochen, und dabei ist mir die Zeit davongelaufen.« Laura trat zu Vito, und wie immer glitt ihr Blick zu den noch sichtbaren Einbruchspuren am Holz der Tür. Sie zwang sich, nicht erneut an diese Nacht zu denken.

»Da war ich cleverer«, gluckste Vito. »Ich war gar nicht mehr in der Questura, ich bin direkt hierhergefahren. Wenn ich im Büro gehalten hätte, wäre das Essen ausgefallen. Ich habe jede Menge Berichte aufgenommen, aber das kann ich auch morgen noch mit Maria durchsprechen und ihr zum Abtippen übergeben. Und unserem Verdächtigen tut es ganz gut, wenn er noch ein wenig in seiner Zelle schmort. Vielleicht wird er dann gesprächiger oder geständig.«

Laura nickte und ging die Treppe zu ihrer Wohnung im ersten Stock hoch, Vito folgte ihr.

»Was essen wir denn? Oder soll ich uns etwas bestellen? Immerhin hattest du ja keine Zeit, um etwas vorzubereiten.«

Noch während sie die Wohnungstür öffnete, lachte sie leise auf und wandte sich um. »Nein, keine Sorge. Ich habe schon vorgekocht, und das Gericht ist fast perfekt. Aber du darfst uns schnell einen Negroni mixen, wenn du magst. Nach der Besichtigung der Wohnung von De Luca brauch ich das. Desinfektion von innen.«

Vito sah sie fragend an, und Laura deutete auf ihr Wohnzimmer.

»Frag nicht. Die Zutaten findest du in der Kommode.

Eiswürfel sind in der Küche im Gefrierfach. Ich ziehe mich kurz um.«

Kurz nachdem sie aus ihrem Schlafzimmer kam, in einem weiten Shirt und einer Leinen-Culotte, reichte ihr Vito einen perfekt gemixten Negroni. Dankbar nahm sie einen Schluck. Die Eiswürfel klirrten leise, und der Drink rann ihr kühl und erfrischend über die Zunge.

»*Perfetto!*«, lobte sie.

Vito grinste erfreut. »*Con piacere*, Laura. Freut mich, wenn er gut geworden ist.« Er prostete ihr zu. Auch er hatte sich einen Drink gemixt, aber seine Portion war deutlich kleiner als ihre.

»Ich habe am Wochenende von einem Bekannten Wildschwein bekommen und es am Sonntagabend vorbereitet. Ich dachte, mein Ragù di cinghiale würdest du nicht verschmähen, und für mich allein wäre es eh zu viel gewesen.«

Vitos Augen leuchteten auf. »Nein, da wehre ich mich natürlich nicht. Kann ich dir helfen?«

Laura nickte. »Du darfst ein paar Tomaten schneiden für den Salat.«

Vito nahm sich ein alkoholfreies Bier aus dem Kühlschrank in der Küche und setzte sich, währenddessen füllte Laura das Ragù in einen Topf. Am Wochenende hatte sie das Wildschwein in Würfeln scharf angebraten, dann mit in Tomatenmark, Knoblauch und Honig geröstetem Wurzelgemüse mit einem guten Chianti und Orangensaft geschmort. Sie gab Vito ein Messer und ein Brett, und sofort begann er, die von ihr zuvor gewaschenen Tomaten zu schneiden. Sie beobachtete ihn, und er grinste, als er ihren prüfenden Blick bemerkte.

»Ich kann auch kochen, Laura, schon vergessen?«

Lachend verneinte sie. Kurz darauf zog der würzige Duft des Ragùs nach Lorbeer, Rotwein und Salbei durch die Küche, während Laura von dem Gestell, auf dem getrocknete Tagliatelle hingen, eine Portion abnahm und Wasser aufstellte.

»Sogar selbst gemachte Nudeln?« Vito musterte sie erstaunt.

»Ich dachte, du warst bei einer Abendveranstaltung.«

Laura nickte. »Ja, gestern, aber am Wochenende habe ich ein wenig gekocht, es entspannt mich immer. Willst du dich etwa beschweren?«

Er lachte leise. »Nein, natürlich nicht.«

Sie beobachtete, wie er routiniert die Kerngehäuse entfernte und das dunkelrote Fruchtfleisch der Tomaten würfelte.

»Nun erzähl schon, was hat es in Rom gegeben? Hast du Pico gefunden?« Laura konnte ihre Neugierde nicht mehr länger zügeln.

Vito seufzte leise, nahm einen Schluck von seinem Negroni und verzog die Lippen zu einem merkwürdig gezwungenen Lächeln. »Entschuldige, ich hätte es dir schon längst erzählen sollen, aber es lief nicht ganz so, wie ich es mir gewünscht hatte.« Er wirkte nicht verstimmt, nur müde und enttäuscht. Desillusioniert.

Laura schnitt ein paar Zwiebeln für den Salat klein. Das Ragù simmerte vor sich hin, und sie stellte das Nudelwasser an. Der würzige Duft wurde immer durchdringender, und sie öffnete das Fenster. Kühlere Abendluft drang herein.

»Also hast du Pico gefunden?« Laura war neugierig, immerhin hatte sie ihm den Tipp gegeben.

»Ja, genau in der Spelunke, die du mir genannt hast. Tut mir leid, dass ich dir bisher nichts erzählt habe, aber der ganze Ausflug war nicht gerade eine Glanzleistung. Das zweite Mal, dass ich dieses Jahr in Rom war und mit leeren Händen zurückkehre.«

Laura nahm Vito die Schüssel mit den geschnittenen Tomaten ab, gab Zwiebeln, Olivenöl und Balsamico hinzu und vermengte alles. Sie schwieg, weil sie Vito nicht weiter bedrängen wollte. Das Schweigen wurde immer dichter, bis er es endlich durchbrach.

»Er hat mich natürlich als Bulle erkannt, allein, weil in dieser Gegend kein Tourist oder Ortsunkundiger auftauchen würde. Als ich in die kleine Bar ging, ist er so schnell auf dem Klo verschwunden wie eine Kellerassel im Mauerwerk, wenn das Licht angeht. Aber ich habe so etwas geahnt und von daher schon vorher geprüft, welchen Weg er nehmen würde, wenn er sich aus dem Staub macht. Ich habe ihn am Tiber gestellt, als er dachte, er hätte mich abgeschüttelt.«

Laura stellte den nun fertigen Tomatensalat auf den Tisch und reichte Vito die Teller, die er verteilte, während sie Besteck bereitlegte.

»Und dann?«, fragte sie, während sie die Nudeln ins kochende Wasser gab.

»Ich habe ihn abgefangen, aber Pico wollte nichts sagen. Also blieb mir nur, den Kerl ein wenig härter anzufassen.

Dabei ist es zu einem kleinen Gerangel gekommen, und ich musste ihm ein Messer abnehmen. Na ja, zwei Messer und eine kleine Feile. Der Kerl war gespickt wie ein Igel.«

Laura sah Vito besorgt an. Sie merkte, wie unangenehm ihm gerade dieser Teil des Gespräches war. Er hätte die Messerattacke melden müssen. Sein Blick zeigte ihr, dass er das nicht getan hat.

»Du hast ihn doch nicht verletzt?«, fragte sie beiläufig. Er blickte sie schuldbewusst an.

»Nein, natürlich nicht. Ich habe ihm seine Messer abgenommen und sie in den Fluss geworfen. Dann habe ich angedeutet, dass es eine Weile dauert, bis gebrochene Knochen wieder heilen, insbesondere, wenn die Brüche sehr kompliziert sind. Und ich habe durchblicken lassen, dass es mir nichts ausmachen würde, derjenige zu sein, der diese Knochen bricht.«

Kurz atmete Laura ein. Vito war sich seines Fehlers bewusst, da brauchte sie nicht auch noch in der Wunde herumzustochern. Sie war froh, dass nichts passiert und er nicht verletzt worden war. Immerhin hatte sie mit ihrem Tipp die Sache ins Rollen gebracht.

»Ja, aber du hast ihm ja nichts gebrochen. Ich weiß, was für ein Typ Pico ist. Diese kleinen Mafia-Handlanger sind sich für nichts zu schade. Sei nicht so streng mit dir. Wenn er dich hätte abstechen können, hätte er das, ohne zu zögern, getan. Gut, dass du ihm die Waffen abnehmen konntest.«

Vito lächelte schwach. »Und es war trotzdem umsonst. Er wusste nichts. Pico hat behauptet, keinen der Casamiros zu kennen und nichts über irgendwelche Entführungen gehört zu haben. Ich habe ihm wirklich einen ziemlichen Schrecken eingejagt, aber er hat dichtgehalten. Allerdings hatte er vermutlich mehr Angst vor demjenigen, der ihn wegen Verrat drankriegen würde, als vor mir. Ich hatte gehofft, dass Pico mir einen Namen geben kann zu einem der Casamiros, die bei den Entführungsgeschäften mitmischten. Dass er die Spur am Leben halten würde und ich weiterkommen würde ...« Vito seufzte. »Ich bin mir sicher, dass sie noch lebt, Laura. Ich kann die Suche nach ihr nicht aufgeben. Egal wie verrückt oder aussichtslos es scheinen mag.«

Laura nickte und wandte sich wieder dem Essen zu, um Vito ein wenig Raum zu geben nach diesen Worten. Sie goss die Nudeln ab, füllte sie in die Teller und gab jeweils eine dampfende, duftende Portion Ragù di cinghiale dazu.

Vito nahm ihr seinen Teller ab und schloss kurz die Augen, als er den aufsteigenden Duft einsog. Dann öffnete er sie wieder, und sie nahm ihm gegenüber Platz.

»Es riecht köstlich. Du kochst wie eine Einheimische.« Sie spürte, dass er das Thema mit Absicht wechselte, um ihr keine Möglichkeit zu geben, Mitleid mit ihm zu bekunden. Aber vielleicht würde er noch einmal ihre Hilfe annehmen. Immerhin hatte sie in Rom zahlreiche und vielfältige Verbindungen, die sie für ihn nutzen oder ihm vermitteln konnte.

»Es freut mich, wenn es dir schmeckt. Vito, ich könnte noch einen Bekannten bei der Staatsanwaltschaft in Rom kontaktieren. Er schuldet mir etwas, vielleicht kann er in den aktuellen Gerichtsakten von Pico und anderen, die mit den Casamiros in Verbindung stehen, etwas herausfinden.«

Vito drehte gerade eine Portion Nudeln auf seiner Gabel ein und hielt in der Bewegung inne. »Das wäre wirklich hilfreich, aber das ist doch am Rande der Legalität. Immerhin sind Strafakten in der Regel nicht einsehbar.«

Laura nickte knapp. »Ich weiß. Sagen wir einfach, er schuldet mir mehr als nur eine Kleinigkeit.«

Sie begann ebenfalls zu essen. Kurz schwiegen beide, dann brummte Vito genießerisch, als er schluckte.

»Köstlich!« Er prostete ihr zu. »Und was hat es bei den Durchsuchungen heute gegeben?«

Laura war froh über die bessere Stimmung und begann, von Contes bisherigen Ermittlungsergebnissen und den Hausdurchsuchungen zu berichten.

KAPITEL 9

GIANNA NANNINI WECKTE VITO am frühen Morgen, er warf einen Blick auf das Display seines vibrierenden Handys. Es war kurz nach sechs Uhr, als der Offizier vom Dienst anrief und einen Leichenfund meldete. Eine Wasserleiche, hatte der Ispettore gesagt. Vito verlor keine Zeit, duschte, zog sich an, dabei trank er einen starken Doppio, bevor er zur Questura fuhr.

Er hatte den Abend bei Laura genossen, doch noch immer geisterte die Frage in seinem Kopf herum, mit wem Laura wohl vor Tagen eine Verabredung gehabt hatte. Sie einfach zu fragen, erschien ihm zu plump, doch wunderte er sich darüber, dass er diese Gedanken nicht einfach zur Seite schieben konnte. Außerdem war er gespannt darauf, was Conte auf den beschlagnahmten Laptops gefunden hatte.

Als er die Diensträume betrat, kam Chiara Cattaneo auf ihn zu.

»*Buongiorno*, Commissario«, begrüßte sie ihn. »Leider

wurde eine Wasserleiche im Arno, unweit der Fußgängerbrücke am Parco Signorini, aufgefunden. Ispettore Conte und Assistente Fraccinelli sind bereits vor Ort und erwarten Sie und Commissaria Gabbiano dort.«

Vito runzelte die Stirn. »Ist Näheres bekannt?«, fragte er.

»Mehr kann ich leider nicht sagen.«

»Am Parco Signorini. Ist Laura … ich meine Commissaria Gabbiano schon hier?«

Die Praktikantin schüttelte den Kopf. »Sie wurde verständigt, ich habe sie bislang leider noch nicht gesehen.«

Vito nickte und machte auf dem Absatz kehrt. »Alles klar, ich fahre hin.«

Noch bevor er den Schlüssel des Dienstwagens aus dem Sekretariat geholt hatte, tauchte Laura auf. Sie hielt ihren Helm in der Hand. Er hob die Hände.

»Okay, wir müssen los, die Leiche treibt im Arno!«

Keine fünf Minuten später saßen beide im Dienstwagen und fuhren über die Viale Fratelli Rosselli zum Parco Signorini. Mit Blaulicht und Sirene brauchten sie kaum zehn Minuten. Vito parkte den Alfa direkt hinter Contes Van unter einer Platane. Ein Streifenwagen der Polizia Municipale stand gegenüber, die beiden Polizisten in ihren blauen Uniformen lehnten gelangweilt an der Motorhaube.

Der Morgen war noch jung und frisch, doch bald schon würde die Sonne wieder hoch am Himmel stehen. Sie gingen auf die Beamten zu, denn von Conte und seinem Team war weit und breit nichts zu sehen. Die Polizisten richteten sich auf, als sie die beiden Kriminalbeamten erkannten und salutierten.

»Wo ist die Leiche?«, fragte Vito.

Einer der Beamten zeigte auf einen mit Büschen bewachsenen Uferstreifen.

»Meine Kollegen sind ebenfalls dort?«

»*Sì*, Commissario, Ispettore Conte, Assistente Fraccinelli und zwei Mitarbeiter.«

Sie folgten dem Fingerzeig der uniformierten Kollegen. Als sie das Gebüsch erreichten, schlug ihnen ein infernalischer Gestank entgegen.

Laura rümpfte die Nase. »Die Leiche liegt da wohl schon länger.«

»Eine Woche bestimmt, so, wie es hier stinkt«, raunte Vito. Sie kannten beide den Geruch des Todes sehr genau. Doch daran gewöhnen würde er sich nie.

Ein kleiner Trampelpfad führte durch das Gebüsch, dann fiel eine steile Böschung zum Ufer hin ab. Der braune Arno floss friedlich und träge dahin. Jemand hatte eine Leiter an die Böschung gelegt, um den Weg hinab zum schmalen Uferstreifen zu erleichtern.

Conte stand in normaler Kleidung oberhalb der Böschung und hielt eine Kladde in der Hand, während seine Kollegen in ihren weißen Spurensicherungsanzügen und mit Gummistiefeln an den Füßen im seichten Wasser des Flusses standen und den Uferbereich absuchten.

»Da seid ihr ja endlich«, grüßte er. »Ich dachte schon, ihr kommt nicht mehr.« Unterhalb des Ufers war am Böschungsrand eine schwarze Plane ausgebreitet. Conte trat einen Schritt zur Seite. »Ist kein schöner Anblick mehr«, fuhr er fort. »Liegt wohl schon eine Weile hier.«

»Ich rieche es«, entgegnete Vito.

Conte griff in die Tasche seiner Hose und zog ein kleines Fläschchen hervor. »Tigerbalsam, hilft ungemein.«

Vito schüttelte den Kopf, doch Laura griff zu, tropfte es sich auf den Finger und rieb es sich unter die Nase.

»Was wissen wir?«

Conte zuckte mit den Schultern. »Weibliche Leiche, Alter zwischen zwanzig und fünfzig, würde ich sagen. Liegezeit sieben bis zehn Tage, schwarze Haare, schulterlang, ansonsten wird es nicht leicht, die Tote zu identifizieren.«

»Selbstmord oder Unfall?«

»Weder noch«, entgegnete Conte. »Trotz der Verwesung, der Waschhaut und dem üblichen Tierfraß würde ich sagen, dass wir in der rechten Körperhälfte zwei bis drei Stichwunden haben. In Höhe der Leber etwa. Aber für genauere Angaben muss sie schnellstmöglich auf den Metalltisch. Ich habe in der Rechtsmedizin angerufen.«

Vito blickte sich um. »Wo ist Fraccinelli?«

Conte wies ein Stück den Fluss hinauf in Richtung der knapp fünfhundert Meter entfernten Fußgängerbrücke, wo ein Krankenwagen mit eingeschaltetem Blaulicht stand. »Er betreut den Finder der Leiche«, erklärte Conte. »Dem geht es nicht so gut. Es ist ein städtischer Arbeiter, der den Müll wegräumt. Er hat den Geruch bemerkt und dachte an ein verendetes Tier. Die Leiche hatte sich im seichten Gewässer am Ufer in einem Geäst der Büsche verfangen. Zum Glück ist die Strömung nicht zu stark, sonst hätte noch die Feuerwehr kommen müssen.«

»Ist der Fundort auch der Tatort?«, fragte Laura.

Conte zuckte mit den Schultern. »Wir haben hier alles abgesucht, aber es gibt keinerlei Spuren. Sie ist wohl eher angetrieben worden. Ich schätze, sie wurde flussaufwärts in den Arno geworfen, aber weit ist sie beim derzeitigen Wasserstand und der Strömung wohl nicht getrieben.«

Vito ging auf die Leiter zu.

»Das würde ich nicht tun«, warnte Conte und wies auf Vitos Straßenschuhe. »Dort unten ist es nass und glitschig.«

Vito blieb stehen.

Conte zog sein Handy aus der Hosentasche. »Schaut euch die Bilder an. Ich habe die Auffindesituation dokumentiert, den Rest der kümmerlichen Kleidung. Das Gesicht lag im Wasser, da waren wohl schon die Aale dran.«

Vito griff nach Contes Handy, während Laura über seine Schultern blickte. Langsam scrollte er über das Display.

»Jeans, weiße Bluse«, murmelte er. »Das ist leider nicht viel.«

Conte verzog seine Mundwinkel. »Mit Weiß wäre ich vorsichtig, die Farbe könnte bei der Liegezeit auch ausgebleicht worden sein.«

»Keine Schuhe?«, bemerkte Laura.

»Wir haben bislang keine gefunden.«

Das Bild mit der vermeintlichen Stichverletzung folgte als Nächstes. Vito vergrößerte es. »Schmale Klinge, so, wie es aussieht.«

»Wohl ein Stiletto, auf den ersten Blick«, bestätigte Conte. »Aber sicher kann das nur die Rechtsmedizin feststellen.«

Die weiteren Aufnahmen zeigten den Körper und das Gesicht, zumindest das, was davon übrig geblieben war.

»Ich sagte ja, kein schöner Anblick und für eine Identifizierung nicht mehr geeignet«, sagte Conte. »Ich möchte gar nicht wissen, was sich daran schon alles satt gefressen hat.«

Fraccinelli kam den kleinen Trampelpfad entlang und wäre beinahe mit Laura zusammengestoßen.

»*Buongiorno,* Commissaria Gabbiano, Commissario Carlucci«, sagte er. Unter seiner Nase hatte er einen fetten Streifen Balsam aufgetragen. »Das ist eine schöne Sauerei hier.«

»Was sagt der Arbeiter?«, fragte Vito.

»Nicht viel«, berichtete Fraccinelli. »Er sollte hier den Uferstreifen reinigen. Er hat den Gestank bemerkt, ist aber nicht runtergegangen, sondern hat sofort die Polizei verständigt.«

»Wie geht es ihm?«, fragte Laura und blickte den Fußweg entlang. Der Krankenwagen war inzwischen weggefahren.

»Er steht unter Schock und geht erst einmal in die Klinik«, entgegnete Fraccinelli. »Ich habe seine Aussage, auch wenn es uns nicht weiterbringt.«

Vito blickte sich um. Auf dieser Seite führte ein Fußweg am Fluss entlang, aber das Gebüsch verwehrte den Blick auf das Gewässer. Auf der gegenüberliegenden Seite verlief die Viale George Washington, doch dort standen ebenfalls Büsche und Bäume am Ufer. Auch von der Fußgängerbrücke wäre es schwierig gewesen, auf diese Entfernung einen im Wasser treibenden Körper zu entdecken. Kein Wunder, dass die Tote erst so spät gefunden worden war.

Er räusperte sich. »Es macht wohl keinen Sinn, die Anwohner zu befragen, hier hat vermutlich keiner etwas gesehen.«

»Wohl eher gerochen«, erwiderte Conte, »aber welcher Passant geht der Sache dann schon auf den Grund.«

Vito nickte.

»Der Leichenwagen müsste jeden Moment eintreffen. Wer von euch hat die Ehre, mich in die Rechtsmedizin zu begleiten?,« fragte Conte.

Vito warf Laura einen fragenden Blick zu.

»Schon gut, ich mach das«, antwortete sie.

Zwei schwarz gekleidete Männer traten aus dem Gebüsch und blieben hinter Fraccinelli stehen.

»Oh, jetzt wird es langsam eng hier«, sagte Conte und wandte sich Vito und Laura zu. »Ich denke, wir sind hier erst einmal fertig.«

Die beiden Angestellten des Bestatters traten einen Schritt zur Seite und gaben den Weg frei.

Fraccinelli ging voraus, Laura folgte. Vito wandte sich noch einmal Conte zu. »Hast du schon die beschlagnahmten Laptops überprüft?«

Conte nickte. »De Luca hat seinen mit einem Kennwort gesichert, der ist bei der IT, aber Maria Rossis Laptop war sehr aufschlussreich. Da waren siebzehn Drohmails von De Luca im Postfach. In mehreren schreibt er, dass sie es bereuen wird, wenn sie nicht zu ihm zurückkommt. Ich lasse sie auch ausdrucken.«

»Und das Werkzeug aus seiner Wohnung?«

»Könnte passen, aber Metallspäne haben wir nicht.«

Laura wartete auf Conte. Fraccinelli nahm auf dem Beifahrersitz des Alfa Platz.

»Die Sache mit dem Haftbefehl ging glatt?«, fragte Vito und zeigte auf Fraccinellis weißen Oberlippenbart aus Tigerbalsam. »Ich hoffe nicht, dass dir der Geruch in meinem Wagen zuwider ist. Das ist Orangenaroma.«

Fraccinelli schaute erst erstaunt, doch dann zog er ein Taschentuch hervor und wischte sich den Bart weg. »Der Haftbefehl liegt schon bei Maria im Büro«, antwortete er.

»Gut, dann wirst du noch heute Morgen veranlassen, dass De Luca ins Sollicciano überführt wird. Die Anschuldigung lautet vorsätzlicher Mord!«

KAPITEL 10

LAURA BETRACHTETE DAS GEBÄUDE der Gerichtsmedizin in der Via Cittadella. Der nüchterne, graue, vierstöckige Bau war nur mit einem schmiedeeisernen Gitter vom Gehweg getrennt. Rechts und links der schmalen Einbahnstraße parkten Autos. »Ich warte drinnen auf dich«, sagte Laura, als Conte anhielt und sie aussteigen ließ, bevor er einen Parkplatz suchte.

Conte nickte knapp, bevor er losfuhr. Der lange, schräge Aufgang vor der Eingangstür des Gebäudes wirkte wie eine Rollstuhlrampe. Das Wissen, dass die nackte Betonkonstruktion dafür gedacht war, Leichenbahren in das Gebäude zu schieben, ließ Laura frösteln. Laura betätigte die Klingel neben dem »Unità-operativa-medico-legale«-Schild, und die Tür öffnete sich mit einem lauten Brummen. Sie trat ins kühle Innere.

In dem schmalen, kargen Flur mit den beigefarbenen Fliesen gab es ein kleines Empfangsfenster. Eine Krücke lehnte einsam davor, als ob sie dort auf ihren Besitzer warten würde. Der Geruch von Desinfektionsmittel lag in der Luft.

»*Scusi?*« Lauras Rufen blieb ungehört. Sie trat einen Schritt näher. Im Raum hinter der kleinen Empfangsdurchreiche herrschte Leere, nichts deutete darauf hin, dass das Büro besetzt war.

Ein schrilles Klingeln erklang, und Laura zuckte zusammen. Erneut folgte das dumpfe Brummen des Türöffners, das durch den schmalen Flur dröhnte wie das Summen einer wütenden Hummel. Conte trat schnaufend ein. Seine bullige Gestalt verdunkelte den Eingangsbereich.

»Ich komme gleich! *Un attimo!*« Die Stimme gehörte einer Frau.

Laura blickte Conte an. »Das ging ja schnell mit dem Parkplatz. Wann kommt der Leichenwagen mit der Toten?«

»Er sollte jeden Moment eintreffen. Vielleicht kann uns der Mediziner zumindest schon mit einer ungefähren Todeszeit die Ermittlungen vereinfachen. Ein Zahnstatus wäre gut für die Identifizierung, ich fürchte, Fingerabdrücke gibt die Leiche nicht mehr her.«

»Sie meinen, Sie kommen hier reingeschneit, und die Kollegin hüpft und obduziert Ihre Leiche zuerst, oder?« Laura und Conte drehten sich um, und da stand eine hochgewachsene Frau mit einem grünen Kittel über einem eng anliegenden schwarzen Rippshirt. Sie musterte Laura und Conte abwägend.

Contes Blick machte klar, dass er nicht vorhatte, auf den versteckten Vorwurf einzugehen. Um die Situation zu entschärfen, trat Laura auf die Gerichtsmedizinerin zu und streckte ihr die Hand hin.

»Guten Tag. Commissaria Laura Gabbiano.« Sie schenkte der Frau ein betont freundliches Lächeln. »Es tut mir leid, dass wir hier so hereinschneien, aber wir haben ein Mordopfer, das wir schnellstmöglich identifizieren müssen. Sie wissen, dass bei Mord jede Minute zählt, und ich fürchte, der Fall wird knifflig. Die Leiche lag im Wasser.«

Die Medizinerin schwieg einen Moment, dann reichte sie Laura die Hand zu einem festen Händedruck. Ihre strenge Miene entspannte sich, und ihre Mundwinkel zuckten amüsiert.

»Soso, Sie wissen also schon, dass es Mord war. Ich bin beeindruckt.« Der trockene Tonfall stand im Gegensatz zu den humorvoll blitzenden blauen Augen, die der Bemerkung die Schärfe nahmen.

Etwas, was Conte entging. Entrüstet holte er tief Luft. »Hören Sie mal, junge Frau!«, polterte er los, »Ich werde doch wohl noch erkennen, ob ein Mord vorliegt! Ich bin ein erfahrener Forensiker!« Er wirkte angespannt, seine Augen funkelten wütend. »Wo zum Teufel ist Dottore Naldi?«

Das Lächeln in den Augen der Frau verschwand schlagartig. »Mein Name ist Dottoressa Paola Grassi. Dottore Naldi hatte leider letzten Samstag einen Herzinfarkt und wird längere Zeit ausfallen, wahrscheinlich geht er direkt in den Ruhestand, wenn er alles gut übersteht.« Ein erschöpftes Seufzen entfuhr ihr. Laura konnte die Müdigkeit und Trauer hinter der Fassade der Dottoressa erkennen. »Ich bin hier die neue Leiterin der Rechtsmedizin, wie es aussieht.«

Conte schluckte betroffen, und Laura war froh, dass in diesem Moment die Kollegen mit der Leiche eintrafen.

Dottoressa Grassi zeigte auf eine Tür hinter sich und wies die Männer an, die Bahre hineinzufahren. Dann wandte sie sich wieder an Conte und Laura. »Dottore Naldi sollte mich in seine Position einarbeiten, aber dazu ist es leider nicht mehr gekommen.« Mit einer Handbewegung deutete sie auf das dunkle Empfangsbüro. »Unsere Sekretärin steckt noch irgendwo fest, ich hoffe, sie kommt gleich und hat meinen Cappuccino dabei. Derzeit bin ich hier alleine, aber in ein oder zwei Stunden stößt hoffentlich auch mein Kollege dazu, der gerade noch in der Universitätsklinik arbeitet.«

Conte wirkte verlegen, fing sich aber schnell und reichte Dottoressa Grassi die Hand. Diese lächelte versöhnlich, als sie seinen Händedruck erwiderte.

»Gino Conte, Leiter der Spurensicherung. Sehr erfreut, Ihre Bekanntschaft zu machen, Dottoressa. Die Leiche hat drei Stichverletzungen in der Lebergegend, und wir haben keine Zeit zu verlieren.«

Die Rechtsmedizinerin lachte leise auf. »Das merke ich. Folgen Sie mir.« Sie trat in den Raum, in dem die Kollegen gerade den Leichensack auf einen Metalltisch hoben. Dann rollten sie die Bahre hinaus, und Laura, Conte und die Gerichtsmedizinerin warteten kurz, bis das laute, ruckelnde Geräusch der kleinen Rollen auf dem Fliesenboden verklungen war.

»Wo haben Sie die Leiche gefunden?«, fragte Grassi, während sie an den Obduktionstisch trat.

Trotz des geschlossenen Leichensacks hing schon Verwesungsgeruch in der Luft, süßlich schwer und übelkeitserregend. Laura spürte, wie ihr Magen erneut rebellierte, das zweite Mal in den letzten vierundzwanzig Stunden. Stumm verfluchte sie diese Schwäche, aber sie kam nicht dagegen an. Gegenüber Gerüchen war sie schon immer empfindlich gewesen.

»Die Tote wurde im Arno angespült, an einer flachen Uferstelle«, antwortete sie etwas verzögert auf Grassis Frage.

Die Ärztin seufzte leise. »Eine Wasserleiche, und ich habe noch kein Koffein intus. Sie wollen mich wirklich auf Herz und Nieren prüfen.«

Laura nahm sich eine Portion der Wick-Erkältungssalbe aus der Dose, die die Gerichtsmedizinerin ihren Kollegen reichte. Der durchdringende Eukalyptusduft stieg ihr beißend in die Nase und ließ ihre Augen tränen. Auch Grassi strich sich etwas davon unter die Nasenlöcher.

»Danke«, sagte Laura leise.

Die Ärztin nickte ihr zu. Dann öffnete sie den Leichensack vor sich. Trotz aller Vorkehrungen wurde Laura vom Geruch übel, nur mit Mühe konnte sie ein Würgen unterdrücken.

Die Dottoressa zog sich Handschuhe an und betrachtete die Tote. Wenn ihr der Gestank etwas ausmachte, merkte man es ihr nicht an.

»Mhm«, murmelte sie, mehr zu sich selbst. »Schwierig, es war sehr heiß die letzte Zeit, die Leiche lag offensichtlich schon eine ganze Weile im Wasser. Alles, was ich derzeit mit Sicherheit bestimmen kann, ist das Geschlecht.« Sie griff nach einer Schere und schnitt vorsichtig ein paar nass am

Körper klebende Kleidungsstücke auf. Alle Stoffteile, die sie entfernte, legte die Medizinerin akribisch in Metallwannen.

Contes Telefon brummte leise, und er verließ den Raum mit einer gemurmelten Entschuldigung. Als die Vorderseite der Leiche vollständig entkleidet war, reichte die Gerichtsmedizinerin Laura ein Paar Einweghandschuhe.

»Helfen Sie mir bitte, den Körper zu wenden? Ich möchte mir die Wunden ansehen, die Ihren Kollegen so in Aufregung versetzt haben.«

»Conte ist sehr gewissenhaft. Er wollte nicht unhöflich sein.« Laura warf einen unbehaglichen Blick auf die Leiche, sie zögerte.

Dottoressa Grassi lächelte verständnisvoll. »Wenn Sie es nicht tun können, verstehe ich das. Sie konzentrieren sich auf die Täter, ich mich auf die Opfer. So ist das nun mal. Nicht jeder kann Tote berühren.«

Laura gab sich einen Ruck und zog entschlossen die engen Einweghandschuhe über ihre zitternden Hände. Ruhig atmen, befahl sie sich. Mutiger, als sie sich fühlte, trat sie an den Obduktionstisch. Die Rechtsmedizinerin zeigte ihr, wo sie den Körper anfassen sollte. Als sie ihre Finger an das weiche, kalte Fleisch der Toten legte, drehte sich ihr wieder der Magen um. Trotzdem schaffte sie es, der Dottoressa zu helfen.

Als Grassi begann, Reste aus Unrat und Kleidung von der Rückseite der Toten zu entfernen, wandte sich Laura jedoch wieder ab.

»Machen Sie sich nichts daraus. Es gibt viele Menschen, die nicht mal mit einer Wasserleiche in einem Raum geblieben wären.« Laura drehte sich um und tauschte einen kurzen Blick mit der Medizinerin.

»Signore Conte hatte tatsächlich recht. So, wie es aussieht, hat die Leiche einen Stich in die Leber erhalten. Zwei weitere sind davor erfolgt, haben aber das Organ nicht getroffen. Genaueres kann ich allerdings erst sagen, wenn ich mit der Autopsie fertig bin. Sobald mein Kollege da ist, werden wir das Zahnschema erfassen. Ich werde zudem versuchen, die Fingerabdrücke der Leiche zu nehmen, aber das ist bei Wasserleichen immer knifflig.«

Laura nickte. »Wir gehen die Vermisstenanzeigen durch. Hoffentlich ist das Opfer in der Fingerabdruckkartei gelistet. Haben Sie eine Idee, wie alt die Tote wurde?«

Grassi sah die Leiche an. »Ich würde sagen, so zwischen zwanzig und vierzig. Sie hatte dunkles Haar, eher braun als dunkelblond. Sie ist circa eins siebzig groß, Gewicht schätzungsweise zwischen sechzig und siebzig Kilo. Aber auch das ist bei Wasserleichen nicht exakt bestimmbar.« Die Rechtsmedizinerin begann, in ihr Diktiergerät zu sprechen.

Laura hörte Conte auf dem Flur telefonieren und seufzte. »Aber bei der Todesursache sind Sie sich sicher? Es waren die Stichverletzungen?« Die Antwort auf diese Frage war entscheidend. Davon würde es abhängen, ob es ein Fall für sie und Vito war oder nicht.

»Ja.« Grassi sah Laura an. »Ich habe vor dem Wenden geprüft, ob sie Einblutungen in den Augen hat. Das ist nicht der Fall. Die Frau war wahrscheinlich schon tot, als sie ins Wasser geworfen wurde. Aber ganz genau werde ich das erst wissen, wenn ich die Lunge untersucht habe. Dazu muss ich jetzt die Tote öffnen, sonst ist alles Weitere nur Spekulation.«

Laura griff in ihre Tasche und überreichte der Dottoressa ihre Visitenkarte. »Rufen Sie mich bitte an, sobald es Ergebnisse gibt. Wir prüfen jetzt erst mal die Vermisstenkartei mit den Informationen, die wir schon haben.«

Die Ärztin nickte und nahm ein Gerät vom Rollwagen. Laura beschloss, ihrer Kollegin Maria zumindest die ersten Angaben zum Opfer für die Identifizierung schon mal telefonisch mitzuteilen. Sie eilte aus dem Raum, als die Knochensäge mit einem Kreischen ansprang.

KAPITEL 11

ALS VITO DEN BESPRECHUNGSRAUM betrat, war er überrascht, dort auf die Praktikantin zu treffen, die vor einem Computer saß und sehr beschäftigt schien.

»Hallo, Carla«, grüßte Vito, »ist Maria nicht hier?«

»Ich heiße Chiara, Commissario«, antwortete die junge Frau selbstbewusst. »Maria tippt die Vernehmungsprotokolle ab, Assistente Fraccinelli soll sie umgehend zum Gericht bringen, sie werden dort benötigt.«

»Ich verstehe, und was machen Sie hier?«

»Ich durchforste die Vermisstendatei«, erklärte die junge Praktikantin. »Maria hat mir mitgeteilt, nach welchen Parametern ich suchen soll. Sie wissen schon, Geschlecht, Haarfarbe, Größe und so.«

»Schon fündig geworden?«

»Wussten Sie, Commissario, dass in Italien jährlich beinahe 24 000 Personen vermisst gemeldet werden? Ich finde diese Zahl unglaublich.«

Vito lächelte, zog sich einen Stuhl heran und setzte sich neben sie. »Ja, aber über die Hälfte taucht ein paar Tage später wieder auf. Bei anderen dauert es länger, und beinahe tausend bleiben vermisst. Sie sind entweder verunglückt, haben Suizid begangen oder haben sich ein neues Leben, weit weg von ihrem alten, aufgebaut.«

»Ich habe neun Vermisste hier in der Region«, erklärte Chiara Cattaneo. »Zwei davon sind männlich und Bergsteiger, die wohl in den Karawanken verunglückt sind, ein Kind, das seit sieben Wochen in Ponsacco verschwunden ist. Eine alte Dame aus Peccioli, die wohl sehr krank war, ein junges Mädchen aus Siena und vier Frauen in der Nähe, auf die unsere Parameter zutreffen.«

Sie reichte Vito die ausgedruckten Vermisstenmeldungen, und er betrachtete aufmerksam die beigefügten Fotos der Frauen, von denen sich leider keine von vorneherein ausschließen ließ.

»Na also, immerhin etwas«, sagte Vito. »Dann sollten wir mal bei den Angehörigen vorbeischauen. Wir übernehmen die ersten beiden, um die anderen sollen sich Laura und Fraccinelli kümmern.«

»Ich darf mitgehen, raus zu Ermittlungen?«

Vito blickte sich um. »Ich sehe niemanden sonst hier.«

Chiara Cattaneo lächelte und erhob sich. »Glücklicherweise haben wir den Mord an Signora Rossi recht schnell aufklären können«, sagte sie. »Wenn es nur immer so einfach wäre.«

»Einfach«, wiederholte Vito. »Noch ist De Luca nicht verurteilt, und manchmal fallen einem vermeintlich einfache Fälle mit einfachen Lösungen wieder vor die Füße.«

»Sie meinen, er war es nicht?«

Vito zuckte mit den Schultern. »Bisher haben wir nur Indizien.«

»Davon aber eine ganze Menge.«

»Warten wir es ab«, sagte Vito und erhob sich. »Ich wusste gar nicht, dass Sie die Nichte ...«

»Ich habe mich selbst bei der Polizei beworben, und ich gehe meinen eigenen Weg, das hat nichts mit meinem Onkel zu tun.« Die Entschiedenheit, die in ihrer Stimme mitschwang, und die kleinen Zornesfalten auf ihrer Stirn zeigten eindeutig, dass ihr dieses Thema zuwider war.

»Dann schauen wir zuerst mal nach Angela Verrutti aus Montagnana«, wechselte Vito mit Blick auf die Liste in seiner Hand das Thema.

Der Ort lag siebzehn Kilometer südlich von Florenz, und Chiara war stolz, als ihr Vito den Schlüssel des Dienstwagens in die Hand drückte.

Kaum hatten sie die Questura verlassen, standen sie bereits im Stau. In der Viale Fratelli Roselli reihte sich Wagen an Wagen. Chiara konzentrierte sich auf den Verkehr, und Vito sagte zunächst einmal nichts mehr, um sie nicht aus der Ruhe zu bringen. Erst als sie Florenz hinter sich hatten und beinahe eine Stunde später über die Provinzstraße vorbei an Feldern und Wiesen Richtung Süden fuhren, fragte er sie, was sie bewogen hatte, sich bei der Polizei zu bewerben.

»Schon als Kind hatte ich ein Faible für skurrile Rätsel«, antwortete sie angestrengt.

Vito zog die Stirn kraus und schwieg. Mit so einer Antwort hatte er nicht gerechnet.

Als sie sich dem Ort näherten, blickte er auf sein Handy und lotste Chiara zum Ziel, einem alten, renovierungsbedürftigen Bauernhof außerhalb der Stadt, umgeben von Feldern und Weinbergen.

»Hier sind wir richtig«, sagte er, als Chiara in der Zufahrt des Gehöfts anhielt. Braune Erde bedeckte den Boden, der ursprünglich einmal gepflastert gewesen war. Überhaupt erschien das Gehöft schäbig und ungepflegt. An einem altersschwachen Traktor machte sich ein Mann in blauer Latzhose und mit nacktem Oberkörper zu schaffen.

Vito ging auf ihn zu, Chiara folgte mit Abstand. »Signore Verrutti?«, fragte er und zeigte ihm seine Dienstmarke.

Der Mann mit dem grauen Vollbart und der sonnengegerbten Haut richtete sich auf, warf einen kurzen Blick auf Vitos Dienstmarke und winkte ab. »Ich hätte wohl Bescheid geben sollen«, knurrte er.

»Bescheid?«

»Sie sind sicher wegen Angela hier«, fuhr er fort, griff in die Tasche seiner Hose, zog einen zerfledderten und schmutzigen Brief hervor und reichte ihn Vito. »Jetzt, wo die Erntezeit beginnt, lässt sie mich im Stich«, murmelte er. »Der kam gestern mit der Post. Ich dachte es mir beinahe schon.«

Vito las den Brief und reichte ihn an Chiara weiter. Sie blickte auf das Papier mit der schwungvollen Handschrift.

»Ihre Schwester ist also in Sirmeone«, sagte Vito vorwurfsvoll. »Weshalb haben Sie uns nicht informiert?«

Er wies ins weite Rund. »Die Arbeit erledigt sich nicht von

alleine, und jetzt, wo alles reif wird, da hätte ich sie wirklich gebraucht. Aber nein, dieser Kerl ist ihr wichtiger als der Hof.«

»Kerl?«

»Sie hat wohl einen kennengelernt, dieses verdammte Internet, den ganzen Tag hat sie in letzter Zeit vor dem Computer verbracht.«

Nachdem sie ihn überflogen hatte, gab Chiara Vito den Brief zurück.

»Also hat sich die Sache erledigt«, sagte er.

»Für mich schon«, nuschelte Verrutti. »Sie braucht gar nicht mehr wiederzukommen.«

Zehn Minuten später und nicht ohne die Aufforderung an Verrutti, seine Vermisstenanzeige zurückzuziehen, fuhren Vito und Chiara zur nächsten Adresse in Casore del Monte, nahe Pistoia in den Bergen.

Das Haus der Familie Belucci lag mitten in dem kleinen, idyllischen Bergdorf und war mit purpurnem Anstrich und passenden beigefarbenen Applikationen an den Fenstern versehen. Es lag direkt neben der Chiesa di San Bartolomeo. Ein blauer Ford Transit stand davor.

Chiara zog an der altertümlichen Glocke neben dem Eingang, doch wider Erwarten blieb sie stumm, stattdessen ertönte das Schnarren einer elektrischen Klingel.

Als die Tür geöffnet wurde und ein älterer Mann, bestimmt schon über sechzig, vor ihnen stand, warf Vito Chiara einen fragenden Blick zu.

»Signore Belucci?«, fragte Chiara.

Der Mann nickte. Er trug die weiße, mit Farbe beschmierte

Latzhose eines Malers und ein mit Farbspritzern beflecktes T-Shirt.

»Wer sind Sie?«, fragte der Grauhaarige.

»Wir wollen mit Ihrem Sohn sprechen«, entgegnete Vito.

»Mein Sohn? Ich habe keinen Sohn!«

Vito runzelte die Stirn und zückte seinen Dienstausweis. »Uns liegt eine Vermisstenmeldung nach Roberta Belucci vor, ich dachte ...«

»Ich bin Andrea Belucci, ich habe die Anzeige erstattet, Roberta ist meine Frau.«

»*Scusi*«, entgegnete Vito. »Ich dachte ...«

»Das geht vielen so«, begann Belucci. »Roberta ist fünfundzwanzig Jahre jünger als ich, was ist dabei?«

Er wandte sich um und führte seine Besucher in das Atelier im Erdgeschoss, in dem eine Büste auf einem Tisch stand. Es roch nach frischer Farbe.

»Ich bin Maler, Kirchenmaler und Restaurator«, erklärte er und deutete auf die Büste. »Das ist übrigens der heilige Antonius, er soll für eine gute Ernte sorgen.«

Vito atmete tief ein. »Dann hat er wohl seine Aufgabe in diesem Jahr sehr ernst genommen, wenn man auf die Felder schaut.«

»Das hat er wohl«, bestätigte Belucci und bat Vito und Chiara, auf einem alten Sofa Platz zu nehmen, während er sich einen mit allerlei Farben bekleckstem Holzstuhl heranzog. »Haben Sie Roberta gefunden?«

Vito zuckte mit den Schultern. »Das wissen wir nicht, Signore. Aber wir ...«

»Ignazio hat mich gewarnt«, unterbrach ihn Belucci. »Er

sagte mir damals, als wir heirateten, irgendwann wird sie dich verlassen, wenn du alt und grau bist. Und jetzt ist es so weit. Ich war in Siena, drei Tage, so lange braucht nun mal ein Altar. Und als ich zurückkam, da war sie weg, einfach so. Klamotten, Geld, Papiere, alles hat sie mitgenommen. In einen blauen Lancia ist sie gestiegen, zu einem jungen Mann. Das hat mir Signora Ghiletta, meine Nachbarin, erzählt. Der Wagen war nicht von hier. So ist es eben, wenn man alt wird. Man wird einfach durch einen Jüngeren ersetzt.«

»Sie haben seither nichts von ihr gehört?«

»Kein Wort.«

Chiara zog die Vermisstenmeldung aus ihrer Hosentasche und las noch einmal die Beschreibung vor. Belucci nickte, als sie endete.

»Wissen Sie, was Ihre Frau anhatte, als sie in den Wagen stieg?«, fragte Vito.

»Ja, darüber hat sich Signora Ghiletta nämlich noch aufgeregt. Sie trug ihr Lieblingskleid, ein recht knapp geschnittenes, enges, blaues Sommerkleid, das mit den schmalen Trägern. Sie hat eine Figur wie ein Engel oder wie ihre junge Begleiterin, Commissario.«

»Blau, sagen Sie?«

»So blau wie das Meer«, entgegnete Belucci mit krächzender Stimme. »Dazu zwei Koffer, die passten beinahe nicht in den Sportwagen, sagte Signora Ghiletta.«

Das Verschwinden seiner Frau ging dem Mann nahe, das war nicht zu übersehen.

Als Vito und Chiara zur Questura zurückfuhren, lag

eine Haarbürste von Roberta Belucci auf dem Rücksitz des Dienstwagens, und die Adresse ihres Zahnarztes stand in Vitos Notizbuch.

KAPITEL 12

FRACCINELLI HATTE SICH WIDERWILLIG neben Laura in den Fiat gezwängt, die ihrerseits nicht glücklich mit der Platzverteilung war. Aber Vito hatte den Alfa genommen, und Laura wollte keinen Wagen der Questura benutzen. In den meisten funktionierten die Klimaanlagen mehr schlecht als recht. Mit Blick auf die zu erwartenden Temperaturen hatte sie auf ihrem eigenen Auto bestanden. Zumindest wärmetechnisch eine kluge Entscheidung, wie sogar Fraccinelli zugeben musste, als sie in der Mittagshitze in Greve di Chianti ankamen.

Als Laura endlich einen schattigen Parkplatz in einer kleinen Seitenstraße gefunden hatte, streckte sich der Ispettore beim Aussteigen demonstrativ und warf Laura einen missmutigen Blick zu.

»Besser ein wenig unbequem ans Ziel kommen als gar gekocht, Fraccinelli«, kommentierte sie schmunzelnd. »Kommen Sie, befragen wir Signora Zambon nach ihrer Tochter.«

Besagte Signora hatte ihre Tochter vor drei Tagen vermisst gemeldet. Die junge Frau hatte ihren Sohn, auf den die alte Dame aufgepasst hatte, nicht wieder abgeholt und seitdem kein Lebenszeichen mehr von sich gegeben. Laura hoffte inständig, dass sie der besorgten Großmutter nicht mitteilen musste, dass der Junge seine Mutter nie wieder sehen würde.

Signora Zambons Wohnung lag eine Straße weiter, nahe der dreieckigen Piazza Matteotti, die Laura jetzt mit Fraccinelli überquerte. Die hoch am Himmel stehende Sonne ließ die Luft flirren, sogar die Bronzestatue auf dem Betonpodest sah aus, als könnte sie jeden Moment schmelzen.

Fraccinelli deutete auf die behelmte Metallfigur. »Nach ihm ist die Ponte Giovanni da Verrazzano in Florenz benannt. War ein berühmter Seefahrer und hat es bis nach Amerika geschafft. In New York gibt es auch eine Brücke, die nach ihm heißt, aber die ist lange nicht so schön wie die in Florenz. Er wurde angeblich von Kannibalen verspeist.«

Laura warf dem Assistente einen kurzen Seitenblick zu, aber er zuckte nur die Schultern und nickte ihr zu.

»Mögen Sie Geschichte, Fraccinelli? Oder woher wissen Sie das?«

Er strahlte. »Mein Vater kommt von hier, er meinte immer, Verrazzano wäre einer unserer Vorfahren. Das lässt sich natürlich nicht belegen.«

Laura sah Fraccinelli an. »Und das behauptet wahrscheinlich jeder Zweite, der hier in der Gegend aus einer alteingesessenen Familie stammt.«

Er schien es nicht besonders lustig zu finden.

»Im September gibt es hier immer eine Weinmesse, zu der Leute von weither anreisen.« Stolz deutete Fraccinelli auf die Arkaden rund um die Piazza. »Sie sollten das Fest einmal besuchen. Es ist echt toll, ich fahre immer mit meiner Mutter her, damit sie ihre alten Freundinnen besuchen kann.«

Sie bogen von der Piazza ab und in die kleine Seitenstraße ein, in der ihr Ziel lag. Wäscheleinen, an denen bunte Hemden und Handtücher hingen, überspannten die Gasse. Überall hingen üppig blühende Geranien in Balkonkästen, rot, rosa und weiß, umrahmt durch die grünen Fensterläden. Hier zwischen den aus grobem Stein erbauten Häusern waren auch die Temperaturen erträglicher als auf der in Sonnenschein getauchten Piazza. Alles in allem ein pittoresker, kleiner Ort mit einem ganz eigenen Charme.

Als Fraccinelli abrupt vor einem Haus anhielt, schauderte Laura. Einen Moment hatte sie verdrängt, warum sie hier waren. Der Assistente schritt voran und klingelte bei einer roten Holztür mit einem Tonschild, auf dem in verschnörkelter Schrift der Name Zambon stand.

Es dauerte eine ganze Weile, bis eine Frau mit schwarzen Haaren und einem dezent geschminkten Gesicht die Tür öffnete. Als ihr Blick auf Laura und Fraccinelli fiel, berührte sie reflexhaft das Medaillon an ihrem Hals und wurde blass.

»Sie sind von der Polizei, *sì*?« Signora Zambons Stimme war ein heißeres Flüstern. Laura nickte und zeigte der Dame ihren Ausweis.

»Signora Zambon, wir kommen wegen der von Ihnen erstatteten Vermisstenanzeige für Ihre Tochter, Nele Greco, geborene Zambon.«

Die ältere Frau trat vor die Tür und zog sie leise hinter sich zu. »Bitte kommen Sie mit in den Hof. Ich will nicht, dass der Junge etwas hört. Er macht gerade seinen Mittagsschlaf.«

Im Innenhof standen ein paar Töpfe mit Tomatenpflanzen an der Hausmauer in der Sonne. Efeu rankte sich an den groben Steinen der Mauer bis zur Dachkante hinauf. Die Signora trat zu einer kleinen Sitzgruppe unter einer hölzernen Pergola. Alle Fensterläden zum Hof waren geschlossen, vermutlich wegen der Hitze. Eine dicke rote Katze lag träge an der Mauer im Schatten und betrachtete Laura missbilligend mit ihren goldgelben Augen.

»Nehmen Sie doch bitte Platz. Kann ich Ihnen etwas anbieten? Wasser vielleicht?« Die Stimme der Frau zitterte.

Laura verneinte, Fraccinelli schüttelte ebenfalls den Kopf, als sie sich an den Bistrotisch mit dem Mosaikmuster setzten.

Signora Zambon, eine schlanke, sportliche Dame von ungefähr Mitte sechzig, trug ein modisches Sommerkleid.

»Haben Sie meine Nele gefunden?«, fragte sie zögerlich.

»Wir können noch nichts mit Gewissheit sagen«, antwortete Laura ausweichend. »Können Sie uns etwas mitteilen, was uns bei der Suche nach Ihrer Tochter weiterhelfen würde?« Sie warf Fraccinelli einen warnenden Blick zu. Mit der Information über eine Leiche herauszuplatzen, würde niemandem helfen.

»Sie wollte nach Rom, zu ihrem Ex-Mann. Luca arbeitet dort als Taxifahrer. Sie wollten sich noch mal aussprechen, auch wegen des Jungen. Als sie nicht zurückgekommen ist, habe ich natürlich versucht, sie anzurufen. Sie wollte schon vor drei Tagen wieder zu Hause sein, um Nico abzuholen. Sie ging nicht an ihr Telefon.« Die Signora seufzte, ihre Augen suchten flehentlich Lauras Blick. »Luca erreiche ich auch nicht.«

Fraccinelli schrieb eifrig mit. »Ist es schon mal vorgekommen, dass Nele ihren Sohn nicht rechtzeitig abgeholt hat? Dass sie für ein paar Tage verschwunden ist, ohne sich bei Ihnen zu melden?«

Die Frau nickte langsam und seufzte dann. »Sie war jetzt aber sehr lange clean. Ich glaube nicht, dass Nele so dumm ist, alles zu gefährden, was sie sich aufgebaut hat. Sie hat gerade angefangen, ihr Leben in den Griff zu bekommen.«

Laura nickte, aber insgeheim fürchtete sie, dass Signora Zambon eine unangenehme Überraschung bevorstehen würde – und das wäre in diesem Fall eine gute Nachricht. Besser ein Rückfall in die Drogensucht als der Tod im Arno.

»Könnten Sie uns etwas von Ihrer Tochter geben, mit dem wir im Fall der Fälle einen DNA-Abgleich machen könnten? Und wissen Sie, wer ihr Zahnarzt ist?«

Als sie sich kurz darauf von der Frau verabschiedeten, hatten sie eine Haarbürste dabei und die Adresse von Nele Grecos Dentist.

Zurück auf der Piazza deutete der Assistente auf ein Restaurant, dessen Tische unter den schattigen Rundbögen der Arkaden standen.

»Wie wäre es mit etwas zu Mittag und einem kühlen Getränk? Ich habe einen Bärenhunger.« Fraccinelli sah sie bittend und fragend zugleich an.

Laura überlegte kurz und nickte. Seit dem Besuch in der

Pathologie war einige Zeit vergangen, und auch sie hatte Hunger.

»Gute Idee, Fraccinelli. Ich lade Sie ein, als Entschädigung für die Fahrt in meiner Konservendose.«

Fraccinelli antwortete mit einem breiten Grinsen.

Kurz darauf saßen sie im Schatten und warteten auf das bestellte Essen. Eine Frau trat auf sie zu und blieb direkt neben Lauras Stuhl stehen. Sie war ungefähr in ihrem Alter und hatte die gleichen dunklen Haare. Ihr Kleid wirkte elegant, sie trug glitzernden, aber dezenten Goldschmuck.

»Anna!« Mit diesem vergnügten Ausruf beugte sich die Frau plötzlich nach vorn und umarmte Laura, küsste sie auf die linke und rechte Wange. »Anna, wie schön, dich hier zu sehen. Ich dachte, du wärst in Pisa. Wer ist dein Begleiter? Versteckst du etwa einen neuen Lover vor uns, *Cara*?«

Laura zog die Augenbrauen hoch. »Sie müssen mich verwechseln, Signora. Ich heiße Laura, nicht Anna.«

Die Frau wirkte überrascht, verwirrt. Sie blinzelte mehrmals. »*Impossibile!*«

Laura wollte nachfragen, was die Fremde meinte, doch diese murmelte nur hastig eine Entschuldigung und eilte schnell davon.

Während Laura verblüfft der jungen Frau nachblickte, die in einer der kleinen Seitenstraßen der Piazza verschwand, brachte der Kellner das Essen an den Tisch.

»Der ist wohl die Hitze nicht bekommen. Oder Sie sehen dieser Anna unheimlich ähnlich, Commissaria. So was kommt schon mal vor«, kommentierte Fraccinelli. »Da ist ja unsere Panzanella«, sagte er, bevor er sich an seinen Teller machte.

Laura musste sich zunächst zwingen, sich auf ihr Essen zu konzentrieren. Doch dieser toskanische Brotsalat, die dunkelroten reifen Tomaten, dünn geschnittenen roten Zwiebeln, kross gerösteten Brotwürfel und das duftende Basilikum waren ein köstlicher Anblick. Genießerisch spießte sie ein Stück Brot auf.

Als sie sich kurz vor drei Uhr zu ihrem nächsten Ziel aufmachten, war Laura satt und wieder bester Laune. Der Name ihres Zielortes veranlasste Fraccinelli zu allerhand Witzeleien, der Mann, der seine Ehefrau als vermisst gemeldet hatte, wohnte im Castello di Gabbiano.

»Wäre das nicht nett, wenn wir dort Verwandte von Ihnen treffen würden, Commissaria? Immerhin sehen Sie einer Frau aus dieser Gegend offensichtlich verblüffend ähnlich. Und jetzt heißen Sie auch noch so wie das Weingut!«

Laura warf ihm einen strafenden Seitenblick zu. »Gabbiano ist genauso ein Name wie Rossi oder Bianchi. *Basta*, Fraccinelli!«

Er schwieg, aber seine Mundwinkel zuckten. Laura drehte das Radio lauter, und die raue, tiefe Singstimme von Marco Mengoni erfüllte das Innere des Wagens. Nach dem Besuch in der Pathologie hatte sich ihre Laune beim gemütlichen Essen immerhin deutlich verbessert, und das wollte sie sich jetzt nicht wieder verderben lassen.

Zum Castello di Gabbiano, dem Weingut, das zwischen Mercateal in Val di Pesa und Greve di Chianti lag, führte tatsächlich eine Via Gabbiano. Abermals musste Laura dem glucksenden Fraccinelli einen mahnenden Blick zuwerfen. Das Castello, ein mittelalterlicher Bau mit zwei runden Türmen, war nicht zu verfehlen. Zypressen säumten die Straße zum Hotel, das zum Anwesen gehörte. Rundherum erstreckten sich lange Reihen von Sangiovese-Weinstöcken über die Hügel, die Trauben hingen noch dunkelgrün und in kleinen, unscheinbaren Dolden an den Stöcken. Im September würden die reifen tiefblauen Früchte abgeerntet und zu Chianti weiterverarbeitet werden.

»Sie sind doch auf einem Weingut aufgewachsen, *sì*?« Fraccinellis Neugierde war nicht zu überhören.

Laura nickte und lenkte den Wagen am Castello vorbei, zum rückwärtigen Teil der Hotelanlage. Hier wirkte das Gebäude nicht mehr so imposant wie der auf Hochglanz polierte Vordereingang für die Gäste. Der Hof war mit Kies bedeckt, und ein Lieferfahrzeug stand vor einer Hintertür, die offensichtlich zum Restaurant führte.

Als Laura geparkt hatte, kam ein älterer Herr in grauer Arbeitskluft auf sie zu. »Signora, der Hoteleingang ist vorne!«

Sie zog ihren Ausweis hervor. »Wir sind von der Kriminalpolizei. Laura Gabbiano. Das ist Ortensio Fraccinelli. Wir suchen nach Signore Esposito.«

Der Mann zog erstaunt die Augenbrauen hoch und schüttelte dann resigniert den Kopf. »Geht es um Thea?«

Laura nickte, sie hatte den Namen der Frau von Maria erhalten. Thea Esposito war vor einer Woche von ihrem Mann David als vermisst gemeldet worden.

»Er ist da drüben. Repariert den Mulcher.« Der Mann nickte in die Richtung eines offenen Scheunentors.

Laura bedankte sich und ging hinüber, gefolgt von Fraccinelli. In der riesigen Maschinenhalle parkten allerlei landwirtschaftliche Fahrzeuge. Laura kannte viele davon vom Weingut ihrer Eltern. Ein Mann, etwa um die vierzig, drahtig und ebenfalls in einem grauen Arbeitsoverall, schraubte konzentriert am Motor eines Traktors.

»David Esposito?« Laura blinzelte, als sie und Fraccinelli in die halbdunkle Scheune traten. Fraccinelli blieb in ihrer Nähe, hielt sich aber im Hintergrund.

»*Sì?*« Der Mann richtete sich auf und musterte sie abschätzend, fast misstrauisch.

»Laura Gabbiano, Kriminalpolizei Florenz. Sie haben Ihre Frau Thea als vermisst gemeldet, ist das richtig?«

Er nickte und schob die ölverschmierten Hände in die Taschen seines Overalls. »Das ist richtig, Signora. Haben Sie sie endlich gefunden?« Er wirkte nicht angespannt oder besorgt wie Signora Zambon. Sein Tonfall und sein Auftreten irritierten Laura.

»Nein, wir wollten der Meldung nur nachgehen und fragen, wann Ihre Frau verschwunden ist und wie es dazu kam.« Auch bei Esposito würde sie nicht am Anfang der Befragung mit der Nachricht des Leichenfundes herausplatzen.

»Das habe ich den Carabinieri doch schon gesagt.« Er klang unwirsch und gereizt. »Sie ist letzten Mittwoch nach einem kleinen Streit aus dem Haus gestürmt. Ich dachte, sie wäre zu ihrer Mutter gegangen, in der Regel sammele ich sie da wieder ein. Aber diesmal ist sie nicht wieder aufgetaucht.«

Laura beobachtete jede Regung im Gesicht des Mannes. Er wirkte angespannt. »Es kommt also öfters vor, dass Ihre Frau einfach verschwindet?«

Signore Esposito zögerte. »Nein. Mal über Nacht zu ihrer Mutter oder zu ihrem Bruder, aber nie länger als einen oder zwei Tage. Meist hole ich sie am nächsten Tag einfach ab. Keine große Sache.«

»Hat Ihre Frau ihr Handy mitgenommen?«

Der Mann schüttelte den Kopf. »Aber das ist auch nicht ungewöhnlich. Sie vergisst das Ding ständig. Meine Frau ist sehr ... ungeschickt.«

»Und sie hat sich auch nicht bei ihren Verwandten gemeldet?« Erneut ein Kopfschütteln, aber Laura sah, wie er die Hände in den Taschen ballte und seine Kieferknochen noch fester aufeinanderpresste.

»Gut. Haben Sie eine Haarbürste von ihr? Dann können wir ihre DNA in die Datenbank einspeisen. Sie wohnen doch hier auf dem Gut?«

Fraccinelli war näher getreten, den Block in der Hand. Signore Esposito musterte ihn, bevor er sich wieder an Laura wandte. »Ja, ich wohne hier. Aber die Haarbürste kann ich Ihnen nicht geben. Die hat Thea mitgenommen.« Jetzt klang er nervös.

»Ihr Handy hat sie vergessen, aber als sie aus dem Haus gestürmt ist, hat sie ihre Haarbürste eingepackt? Kam Ihnen das nicht merkwürdig vor?«

Der Mann schwieg.

Laura seufzte. »Haben Sie wenigstens den Namen ihres Zahnarztes für uns?«

Jetzt wirkte der Befragte irritiert und besorgt. Sein Unbehagen schürte einen Verdacht bei Laura.

»Dottore Varano, drüben in Mercatale ist ihr Zahnarzt. Aber der wird auch nicht wissen, wo sie abgeblieben ist. Sie war bestimmt ein halbes Jahr nicht mehr bei ihm.«

Laura bedankte sich und wandte sich zum Gehen. Sie trat mit Fraccinelli zurück in die Nachmittagssonne. Schweigend begaben sie sich zum Auto. Als sie eingestiegen waren, sah Fraccinelli sie fragend an.

»Fahren wir jetzt zum Zahnarzt nach Mercatale?«

Laura startete den Wagen und schüttelte den Kopf. »Wir fahren nach Florenz zurück. Rufen Sie in der Questura an und bitten Sie Maria, in den umliegenden Frauenhäusern nachzuforschen, ob unsere Vermisste dort ist. Ich denke, ich weiß, warum Thea Esposito mit Bürste und ohne ihr Handy das Haus verlassen hat.«

Fraccinelli gehorchte stirnrunzelnd.

Laura wendete den Fiat und sah im Rückspiegel, dass Esposito ihnen nachstarrte, als sie die Einfahrt hinunterfuhren, die Hände immer noch trotzig in den Hosentaschen vergraben.

Sie waren noch nicht auf der Autostrada, als Maria Totti anrief und ihnen mitteilte, dass Thea Esposito wohlauf war und derzeit in einem Frauenhaus in Florenz lebte.

»Alle Achtung, Commissaria. Woher wussten Sie das?« Fraccinelli war beeindruckt, das konnte sie seinem Tonfall entnehmen. Laura freute sich, dass sie ihr Instinkt nicht getäuscht hatte.

»Er hat ihr das Handy weggenommen, damit sie niemanden

anrufen konnte, da bin ich mir sicher. Wer nimmt sonst seine Kosmetika mit und lässt sein Telefon zurück? Es ergab keinen Sinn. Er wirkte auf mich nicht ehrlich besorgt. Fast, als wüsste er schon, dass seiner Frau nichts zugestoßen ist. Er hat sie nur als vermisst gemeldet, um sie zu finden. Er wusste ganz genau, warum sie verschwunden ist. Ich gehe davon aus, wenn wir Signora Esposito befragen, stellt sich heraus, dass die Ehestreitigkeiten immer mit Handgreiflichkeiten einhergehen.« Laura seufzte und überholte einen Lkw. »Leider bringt uns das der Identität unserer Wasserleiche keinen Schritt näher. Wenn wir in der Questura sind, bringen Sie bitte die Bürste von Nele Greco zu Conte.«

Zwei Morde in einer Woche. Laura war froh, dass sie zumindest den ersten Fall schon beinahe abgeschlossen hatten. Dieser schien kniffliger zu werden.

KAPITEL 13

IM BESPRECHUNGSRAUM DER QUESTURA waren alle Fenster geöffnet, um die morgendliche Frische ins Innere zu lassen. Auch für den heutigen Tag waren hohe Temperaturen gemeldet.

Vito stand an der Stirnseite des großen Konferenztisches, direkt neben ihm die Pinnwand mit den Fotos vom Fundort am Arno und von der Leiche.

Dottoressa Grassi hatte sich gestern spät bei Laura gemeldet. Die Obduktion hatte wohl doch länger gedauert als zuerst angenommen.

»Nichts«, seufzte Vito. »Wir haben nichts.«

Laura, Fraccinelli und Chiara, die Praktikantin, hatten am Tisch zur Besprechung Platz genommen.

»Die Tote war nie schwanger und hat auch niemals entbunden«, entgegnete Laura. »Damit können wir zumindest Nele Greco ausschließen.«

»Todeszeitpunkt vor zehn bis zwölf Tagen, eine nähere

Einschätzung ist erst nach den histologischen Befunden möglich«, fuhr Vito fort. »Alter zwischen dreißig und vierzig, Größe um die eins siebzig, dunkelblonde oder braune Haare. Ansonsten keine Auffälligkeiten, Operationen oder Ähnliches. Sexualdelikt unklar. Ich würde sagen, das hilft uns nicht sonderlich weiter.«

Laura verschränkte die Arme vor der Brust. »Nele Greco und Thea Esposito können wir von der Liste streichen.«

»Angela Verrutti auch, nachdem die Kollegen aus Verona sie vergnügt und offenbar schwer verliebt am Gardasee angetroffen haben«, fügte Vito hinzu. »Bleibt einzig Roberta Belucci übrig, die angeblich zwei Koffer bei sich hatte und in einen Wagen aus Mailand gestiegen ist, wenn man Beluccis Nachbarin glauben kann.«

»Die alte Dame ist schon über achtzig, und mit den Buchstaben im Kennzeichen ist sie sich nicht sicher«, fügte die Praktikantin hinzu.

Fraccinelli richtete sich in seinem Stuhl auf und zurrte seine grüne Krawatte zurecht, die einen starken Kontrast zu seinem weinroten Hemd bot. »Sie könnte es trotzdem sein, vielleicht sind sie und ihr neuer Freund in Streit geraten.« Er blickte sich mit stolz geschwellter Brust im Raum um, so, als hätte er gerade etwas sehr Bedeutsames von sich gegeben.

»Könnte, Fraccinelli, könnte«, entgegnete Vito. »Vom Himmel gefallen ist unsere Wasserleiche wohl nicht, aber was ist, wenn es nicht Roberta Belucci ist?«

»Dann suchen wir nach einer Frau, die keinen Partner hat, keine Angehörige in ihrer Nähe und die niemand vermisst«, antwortete Laura. »Was unsere Ermittlungen nicht gerade erleichtern wird.«

Vito tippte auf das Foto der Leiche an der Pinnwand. »Es bleibt uns wohl nichts übrig, als die weiteren Untersuchungen der Rechtsmedizin und den DNA-Abgleich mit Robertas Haarbürste abzuwarten. Dennoch sollten wir nicht untätig bleiben. Conte meint, so wenig Wasser, wie der Arno derzeit führt, ist sie wohl nicht sehr weit getrieben.«

Fraccinelli zuckte mit den Schultern. »Aber wir kennen doch nicht einmal den Tatort.«

»Richtig«, bestätigte Vito. »Dennoch finde ich es sinnvoll, eine Befragung der Anwohner durchzuführen. Sagen wir, von der Ponte alla Vittoria bis zum Fundort der Leiche. Wir haben nur das linke Ufer, rechts verläuft die Viale Abramo Lincoln, da macht es keinen Sinn.«

»Entfernte Verwandte, Arbeitskollegen, Freunde oder auch Arzttermine, der Frisör oder der Briefträger«, sinnierte Laura. »Kein Mensch lebt ganz abgeschottet. Es muss doch jemand geben, der sie vermisst.«

Vito zuckte mit den Schultern. »Offenbar gibt es doch Menschen, die für sich bleiben, aus welchem Grund auch immer.«

»Diese Befragung«, mischte sich Fraccinelli ein. »Das sind Hunderte von Wohnungen. Da sind wir Wochen beschäftigt.«

»Hast du eine bessere Idee? Selbst wenn wir nicht alle antreffen. Es ist nicht auszuschließen, dass jemand etwas Verdächtiges beobachtet hat.«

Fraccinelli zog eine Grimasse und schwieg.

»Nimm Chiara mit«, fuhr Vito fort, »die Carabinieri und mehrere Streifen der Stadtpolizei werden dich unterstützen. Am besten, du fängst gleich damit an.«

Fraccinelli warf Laura einen flehenden Blick zu. »Ich, alleine, vor dem Mittagessen? Aber es wird heiß heute.«

Vito bemerkte seinen Blick und lächelte. »Laura und ich haben einen Termin mit De Luca im Sollicciano, du wirst es schon schaffen. Und vergiss nicht, alles könnte wichtig sein, deswegen arbeite gründlich und vergiss niemanden.«

Fraccinelli sollte recht behalten. Es war gerade mal zehn Uhr am Morgen, und die Temperatur lag schon bei fünfundzwanzig Grad. Auf ihrem Weg zum Gefängnis Sollicciano fuhren sie über die Ponte alla Vittoria, an deren Ende mehrere schwarze Kleinbusse der Carabinieri mit eingeschaltetem Blaulicht standen.

»Fraccinellis Verstärkung zur Befragung im Viertel ist wohl schon eingetroffen, dann kann er ja loslegen«, scherzte Laura.

»Wollen wir es hoffen«, entgegnete Vito lächelnd. »Weißt du, was De Luca von uns will?«

Vito scherte auf die Gegenspur aus und fuhr langsam an den drei schwarzen Polizeibussen vorbei. »Wer weiß, vielleicht hat er eingesehen, dass er aus der Nummer nicht mehr herauskommt, und will endlich ein Geständnis ablegen.«

»Das wäre für ihn sicherlich von Vorteil.«

»Wir werden sehen. Richter Trancetti ließ nur ausrichten, dass De Luca mit uns sprechen will.«

Vito überholte noch einen Rollerfahrer.

Der Weg zum Sollicciano führte an mehreren Industrieanlagen vorbei in die Vororte der Stadt. Das Gefängnis lag bei Scandicci, einem größeren Vorort der Stadt am Arno. Auf dem riesigen, von einer hohen grauen Mauer umgebenen Gelände gab es mehrere gut gesicherte Gebäudetrakte, die Zahl der Insassen lag mit siebenhundertfünfzig allerdings noch über der Kapazitätsgrenze von fünfhundert Gefangenen. Der Grundriss des Areals war vom Florentiner Stadtwappen, der Lilie, inspiriert, doch davon konnte Vito nichts erkennen, als er den Alfa auf einen der freien Stellplätze für behördliche Besucher und die Justiz lenkte. Hier saßen einige Gefangene ein, deren Akte auf Vitos Schreibtisch gelegen hatte, unzählige Male war er schon hier gewesen, dennoch fühlte er sich angesichts der hohen und tristen Mauern immer etwas flau im Magen.

Drei Tore und zwei Sicherheitsschleusen mussten sie passieren, bevor sie ein Justizbeamter in das Vernehmungszimmer führte, in dem die Farbe der Kacheln in etwa dem Grau der Mauern entsprach. Metallstühle, am Boden festgeschraubt, dazu ein Metalltisch, ebenfalls unverrückbar, ein kleines, vergittertes Oberlichtfenster, so schmal, dass wohl nur Kinder hätten hindurchklettern können.

»Bringen wir es hinter uns«, raunte Vito Laura leise zu.

Als sie das Vernehmungszimmer im ersten Gefangenentrakt betraten, saß De Luca in Handschellen am Tisch und blickte desinteressiert auf. Neben ihm, im grauen Zweireiher, der sicherlich nicht von der Stange war, saß ein junger Mann mit dunklen, welligen Haaren und einer Brille mit Goldgestell, der sich umgehend erhob.

»Commissaria Gabbiano und Commissario Carlucci,

nehme ich an«, sagte der Mann im Zweireiher, während er auf sie zukam und ihnen die Hand entgegenstreckte. »Ich bin Avvocato Dino Ferreira aus Arezzo, wir hatten bislang noch nicht das Vergnügen.«

Vito bezweifelte, dass es ein Vergnügen werden würde, und fragte sich, wie sich De Luca diesen Anwalt im teuren Anzug wohl leisten konnte.

Nach der Begrüßung nahmen Laura und Vito auf den freien Stühlen am Metalltisch Platz.

»Wie ich höre, will Signore De Luca mit uns sprechen«, bemerkte Vito, nachdem er sich gesetzt und den Knopf seiner Sommerjacke geöffnet hatte.

»Ich verpfeife keine Kumpels«, blaffte De Luca und sah demonstrativ an die Decke.

Vito warf Laura einen kurzen Blick zu, dann erhob er sich. »Na dann, war ein kurzer Ausflug, aber was tut man nicht alles.«

Ferreira erhob sich ebenfalls und hob beschwichtigend die Hände. »Bitte warten Sie, Commissario«, sagte der junge Anwalt, den Vito auf etwa dreißig schätzte und der wohl erst kurz zuvor die Fakultät hinter sich gebracht hatte.

Ferreira wandte sich De Luca zu und wies mit der rechten Hand in den grauen tristen Raum. »Signore De Luca, wir haben darüber gesprochen. Es sieht nicht gut für Sie aus. Wenn Sie natürlich noch für einige lange Jahre hierbleiben wollen, dann können wir uns das schenken.« Er sprach mit De Luca in einem Ton, wie ein Oberlehrer einem halbwüchsigen Schüler erklärte, dass es wohl keine gute Idee wäre, die Schule mit Farbe zu besprühen.

De Luca rollte mit den Augen. »Na schön, ich war da, ja und?«

Vito setzte sich. »Das hatten Sie uns schon einmal gesagt. Also bitte noch mal von Anfang an und detailliert.«

»Moment!«, mischte sich Laura ein und platzierte ein kleines Aufnahmegerät auf dem Tisch. »Die Belehrung können wir uns schenken, der Anwalt des Verhafteten De Luca, Signore Ferrari ...«

»Ferreira«, verbesserte sie der Anwalt.

»... Avvocato Ferreira ist zugegen«, sagte Laura. »Sie geben also zu, dass Sie am betreffenden Tag vor der Pastificio Mamma Marelli waren.«

De Luca nickte.

»Sie müssen antworten!«, sagte Vito.

»*Sì*, ich war da«, bestätigte De Luca.

»Wann und wie lange waren Sie dort?«, fuhr Vito fort.

»So gegen drei, aber dann hat mich da eine gesehen, und bevor es wieder eine Abreibung geben würde, bin ich lieber gegangen.«

»Wann?«

»Wie ich Ihnen schon gesagt hatte – nach einer halben Stunde vielleicht, maximal vierzig Minuten.«

Vito runzelte die Stirn. »Sie wurden aber gegen fünf Uhr noch einmal gesehen. Sind Sie wieder zurückgekommen?«

»Blödsinn, die lügen alle.«

Vito atmete tief ein. »So, die lügen also, und Sie haben nichts mit dem Tod von Maria Rossi zu tun?«

Diesmal reagierte De Luca weniger abweisend, im Gegenteil, so, wie es aussah, wurden seine Augen feucht, doch bevor Vito ihn sich genauer ansehen konnte, fuhr er sich mit den gefesselten Händen über das Gesicht. »Ich habe sie geliebt«, sagte er mit weicher und brüchiger Stimme.

Vito warf Laura einen kurzen Blick zu, ehe er sich wieder De Luca zuwandte. »Dann sagen Sie uns, wo Sie zwischen sechzehn und zwanzig Uhr waren.«

»Da war ich auf dem Rasthof an der A11, kurz nach dem Autobahnkreuz«, sagte er mit ruhiger Stimme.

»Gibt es Zeugen?«, fragte Laura. »Waren Sie dort alleine?«

De Luca schüttelte den Kopf. »Keine Zeugen, ich war alleine.«

»Das sollen wir glauben?«, bemerkte Vito in scharfem Ton.

De Luca warf seinem Anwalt einen kurzen Blick zu.

»Jetzt reden Sie endlich, oder wollen Sie lebenslang hier eingesperrt bleiben?«, fragte der ihn streng.

Einen Augenblick herrschte Stille. Schließlich seufzte De Luca. »Ich habe dort einen Lkw geschlitzt.«

»Was haben Sie?«

»Na was schon«, entgegnete De Luca, diesmal eine Spur lauter. »Messer, Plane, aufschneiden, geschlitzt eben!«

»Ich weiß, was schlitzen heißt«, entgegnete Vito. »Was für ein Lkw war das, und woraus bestand die Beute?«

»Speicherplatten, hochwertige. Ein Terabyte, Thin Line von Samsung, die bringen ordentlich Kohle.«

»Wann war das?«

»Mann, ich habe einen Tipp gekriegt, der Fahrer macht da immer zwischen halb sechs und halb sieben Pause, blauer Lkw, weiße Plane, mit der Aufschrift *Servizio Informatico*

Milano. Hat alles gepasst. Fünfzig Stück hatte ich, mehr passten nicht in den Rucksack und das Helmfach meines Rollers. Viel Geld für die zehn Minuten Angst, erwischt zu werden.«

»Wo sind die Platten jetzt?«

Erneut warf er seinem Anwalt einen kurzen Blick zu. Als dieser nickte, antwortete De Luca. »Die habe ich bei Mario vertickt.«

»Mario?«

»Santini, nicht weit von hier, in Prato. Der hat einen Elektronikladen, aber die Dinger verkauft er natürlich unter der Ladentheke, Sie wissen, was ich meine.«

»Mario Santini aus Prato also, und der könnte das bestätigen?«

»Von dem habe ich ja auch den Tipp«, entgegnete De Luca selbstsicher.

KAPITEL 14

Auf dem Beifahrersitz des Alfas, den Laura steuerte, starrte Vito brütend aus dem Fenster. Als sie sich dem Tatort am Haupteingang zum Boboli-Garten näherten, sah Laura schon die Einsatzfahrzeuge der Carabinieri. Sie parkten in der kleinen Seitenstraße, zum Teil in zweiter Reihe. Vereinzelt kreiselten noch die Blaulichter an den Fahrzeugen wie mahnende Wegweiser.

Laura stellte ihren Wagen hinter dem letzten Einsatzfahrzeug ab. Sofort versuchte ein Beamter, sie zu verscheuchen. Sie zeigte dem Mann ihren Ausweis.

»Oh, Commissaria, Commissario, Sie werden schon von Signore Conte erwartet. Bitte, einfach geradeaus in den Park. Sie finden dort die anderen Kollegen und die Spurensicherung.«

Vito bedankte sich, zog sein Sommersakko aus und warf es auf den Rücksitz. Die drückende Hitze lag wie eine Käseglocke über einem Stück Pecorino toscano auf der Stadt.

Vito trug eine beige Leinenhose und darüber ein mokkafarbenes Kurzarmhemd. Obwohl Laura ein leichtes Hemdblusenkleid anhatte, wünschte sie sich ein wenig Regen. Die ganze Stadt ächzte unter dem diesjährigen trockenen Hochsommerwetter. Da halfen auch das viele Grün und die munter plätschernden Brunnen der Parkanlage nichts.

»Noch eine Leiche. Die dritte in einer Woche.« Vito klang nachdenklich und holte Laura aus ihren Gedanken zurück.

Sie seufzte. Mord kam seltener vor, als die Leute annahmen. Und die meisten Todesfälle konnten schnell aufgeklärt werden. Ein Ehemann, der einmal zu oft zugeschlagen hatte; eine zu heftig geführte Auseinandersetzung in einer Kneipe; idiotische Mutproben bei Partys, die schiefgingen; Wanderer, die abseits der Wege ihre Kräfte überschätzten. Seit 2014 war es nahezu friedlich in der Stadt. Damals hatte das Monster von Florenz sein Unwesen getrieben. Aber jetzt war innerhalb kürzester Zeit die dritte Frau ermordet worden.

»Und dann auch noch im Boboli-Garten. Das wird wieder alle aufscheuchen, die Angst um den Ruf der Stadt und wegen möglicher Auswirkungen auf den Tourismus haben. Und es wird natürlich auch die Idioten erschrecken, die meinen, dass das Monster von Florenz noch frei herumläuft.« Laura sagte es mit leiser Stimme, während sie den Park durch eine der Türen neben dem Palazzo Pitti betraten.

Ein Beamter stand dort Wache und deutete auf die grün bewachsenen Arkaden hinter dem Palazzo, ganz in der Nähe des Amphitheaters.

Vito ging mit raumgreifenden Schritten voran, sodass

Laura nicht einmal Zeit für einen flüchtigen Blick auf den Obelisken oder den Neptun-Brunnen blieb. Sie eilten an den Sehenswürdigkeiten vorbei. Einige der vielen Touristen standen schon in der Nähe des Tatorts und starrten auf den mit gelb-schwarzem Absperrband markierten Bereich. Laura hoffte, dass die Mittagshitze die Schaulustigen bald vertreiben würde. Auf einem der labyrinthartig abzweigenden Seitenwege trafen sie auf einen weiteren Kollegen.

»Den Park komplett zu sperren, kam wohl nicht infrage?«, murmelte Laura genervt.

Vito schnaubte. »Das war doch klar«, sagte er in sarkastischem Ton. »Was ist schon eine Leiche, wenn wir die Touristen deswegen vertreiben müssten.«

Der junge Polizist wies ihnen den Weg, und Vito eilte angespannt weiter.

»Langsam, bitte! Die Leiche wird uns schon nicht davonlaufen!«, rief Laura.

Vito stoppte abrupt und wandte sich ihr zu. »De Luca hat wahrscheinlich ein Alibi. Wir haben jetzt drei ungeklärte Frauenmorde. Und so, wie ich die Informationen gelesen habe, sind alle im selben Alter und alle aus dem Umland von Florenz. Und je nachdem, was hier jetzt bei der Untersuchung dieser Leiche rauskommt, wird sich mal wieder der ein oder andere Amtsinhaber in die Ermittlungen einmischen.«

Laura nickte, und Vito ging weiter. Am Ende des grün umrandeten Kiesweges standen weitere Polizisten. Hinter diesen entdeckte sie Conte, der sich in weißer Einwegkleidung über etwas beugte, das halb unter einer der gepflegten Hecken herausragte.

Vito und sie traten näher.

»Noch eine Tote, verdammt.« Auch Conte war sich der unüblichen Häufung an Mordfällen bewusst. »Und diese hier ist noch nicht lange tot. Gestern Nacht, würde ich schätzen.«

»Hast du schon irgendetwas für uns?«, fragte Laura leise.

Conte nickte. Er trat einen Schritt zurück, sodass sie die nackten Fußsohlen der Toten sah, hübsche, schlanke Beine unter dem Saum eines geblümten Sommerkleides. Die Haut hatte einen seltsam wächsernen Farbton.

»Wir ziehen sie gleich raus. Matteo macht noch Fotos.« Conte zeigte zu dem Fotografen, der die neben der Leiche aufgestellten Markierungen ablief.

»Überall Blutflecken. Sie wurde entweder noch lebend hier abgelegt oder hat sich selbst hierhergeschleppt. So ganz sicher sind wir uns da noch nicht. Der Gärtner hat sie erst gefunden, nachdem er schon den Kiesweg geharkt hatte.« In Contes Stimme lag ein Vorwurf, als hätte der Angestellte dies aus reiner Bosheit getan. Für den erfahrenen Forensiker waren vernichtete Spuren unerträglich. Er zog ein blaues Taschentuch aus den Tiefen des Overalls hervor und fuhr sich damit über das Gesicht. Seine Haare kringelten sich schweißnass im Nacken.

Conte atmete schwer. »Die Stichwunde in ihrem Rücken sieht genauso aus wie bei unserer Wasserleiche. Allerdings hat der Täter diesmal nur zwei Stiche benötigt.«

»Diesmal?« Laura hob fragend eine Augenbraue. Conte

nickte. »Ich kann es natürlich noch nicht beweisen, aber die Wundränder sehen denen bei der Wasserleiche sehr ähnlich. Ich würde ganz inoffiziell sagen, dass es dieselbe Waffe war. Und die gleiche Stelle in der Lebergegend. Dann habe ich noch etwas an der Leiche gefunden – ein merkwürdiges bräunliches Pulver und Faserreste.«

Er hob eine Tüte hoch, in der sich etwas abzeichnete, das wie ein durch Feuchtigkeit leicht verschmiertes Puder aussah. Laura betrachtete es interessiert, während sie über Contes Worte nachdachte. Die Ausführungen deuteten jetzt auf einen Serientäter hin. Das waren äußerst schlechte Neuigkeiten.

»Annina!« Auf Contes Ruf trat die junge Frau zu ihnen, er gab ihr das Tütchen. Laura begrüßte sie freundlich. Seit der Durchsuchung von De Lucas Appartement hatte sie die Kollegin nicht mehr gesehen.

»Fahren Sie ins Labor und finden Sie heraus, was das ist. Vielleicht ist das die einzig brauchbare Spur.«

Laura ging die gelben Markierungen auf dem Kies ab. Dunkle Flecken auf einigen der hellen Steine deuteten eine Blutspur an. Das war das einzig Gute am derzeitigen Wetter: kein Regen, der so etwas wegwusch.

Matteo, ein kleiner, drahtiger Mann mit Dreitagebart, von dem es hieß, er flirte gerne, nickte Laura zu. »Es ist wahrscheinlich eine Blutspur. Vielleicht finden wir außer ein paar Flecken noch etwas im Kies. Zu dumm, dass der Weg geharkt wurde.« Seine Kamera machte weitere leise Klickgeräusche.

Laura ging bis zur letzten Markierung der Blutspur. Hier

traf der Seitenweg auf einen der Hauptwege, den Beamte immer noch auf der Suche nach Hinweisen abgingen. Zwischen den Hecken erspähte Laura einen der zahlreichen Brunnen des Parks und die steinerne Figur eines Jungen, der auf einem Adler thronte.

Matteo war ihr gefolgt und deutete auf die Statue. »Das ist Ganymed, eine Figur aus der griechischen Mythologie. Dahinter ist das Kaffeehaus des Parks. Ich glaube aber, dass der Mörder von einem Seiteneingang gekommen ist. Wahrscheinlich durch den in der Nähe der kleinen Grotte.«

Laura nickte und bedankte sich eilig, bevor Matteo sie um ein Date bitten konnte. Sie mochte den Kollegen und wollte ihm keine Abfuhr erteilen müssen.

Sie ging zurück zu Vito. Als alles dokumentiert war, zog Conte mithilfe eines Spurensicherungsbeamten die Ermordete behutsam unter dem Strauch hervor.

Die Haare hingen offen und wirr über den nackten Schultern der Frau. Laura betrachtete die Einstichstellen in der Lebergegend. Überall auf dem Kleid war verkrustetes Blut. Die gepflegten und rosa lackierten Fingernägel der Toten bildeten einen schaurigen Kontrast.

»Mhm, sie hat keinerlei Abwehrverletzungen«, bemerkte Vito an Conte gerichtet.

»Stimmt. Ich glaube, sie wurde von hinten erstochen. Und zwar für sie überraschend.«

Er drehte die Leiche um, und ihre braunen Augen starrten anklagend in den strahlend blauen Sommerhimmel. Laura musterte das Kleid, das stylisch und recht neu wirkte. Die Frau war keine Arbeiterin, sie sah eher aus wie eine Büroangestellte. Ihre Hände waren nicht nur lackiert, sondern maniküırt. Sie trug dezentes Make-up. Sie hatte einen zum Nagellack passenden Lippenstift aufgelegt. Zu ihrem Kleid hatte die Tote bestimmt auch passende Pumps getragen.

»Sucht nach ihren Schuhen und einer Handtasche. Wenn die Frau hier im Park ermordet wurde, hat sie die Sachen vielleicht auch hier verloren. Sie hat nur das Kleid am Leib, aber bestimmt hatte sie eine Tasche bei sich.«

Conte nickte und gab eine entsprechende Anweisung an einen der Polizisten, der daraufhin davoneilte.

Laura suchte mit Vito ebenfalls die angrenzenden Wege ab, allerdings entdeckten sie weder Schuhe noch eine Tasche. Als sie zurück zu Conte kamen, war die Leiche schon für den Abtransport vorbereitet.

»Dottoressa Grassi wird sich nicht gerade freuen, mich so schnell wiederzusehen.« Conte warf Laura bei diesen Worten einen Blick zu.

Sie schenkte ihm ein aufmunterndes Lächeln. »Sagen Sie ihr trotzdem, dass es dringend ist und sie auch diese Leiche vorziehen muss. Wir müssen sicher sein, ob es sich um ein und dieselbe Tatwaffe handelt!«

Vito nickte grimmig und starrte zum Fundort, der jetzt harmlos aussah – eine akkurat getrimmte Hecke an einem der schönsten Plätze von Florenz.

»Warum hier? Der Täter hat sich nicht einmal bemüht, die Leiche zu verstecken. Auch die Wasserleiche wurde eher achtlos entsorgt.«

Laura begriff, was Vito meinte. Normalerweise wurde ein Leichnam beschwert, wenn man ihn im Wasser versenkte.

Die Opfer wurden vergraben, bedeckt, meist mit geschlossenen Augen. Viele Täter zeigten Zeichen von Reue. Andere hatten Angst davor, überführt zu werden, und versuchten, alles zu vertuschen. Dieser Kriminelle schien die Morde nur abzuarbeiten.

»Entweder ist er sich seiner Sache sehr sicher, oder er ist dumm wie ein Stück Feldweg bei Anselmo.« Vito klang frustriert.

Laura teilte seine Empfindung. Sie wandte sich an Conte. »Wo ist der Gärtner, der die Leiche gefunden hat?«

Der Forensiker zeigte zum Palazzo Pitti. »Die Kollegen haben ihn in den Aufenthaltsraum gebracht. Er hat einen ziemlichen Schock.«

Laura nickte. Schweigend gingen sie und Vito den Weg zurück zum Palazzo. Einer der Parkangestellten begleitete sie vom Eingang zu einem zweckmäßig eingerichteten Pausenraum. Dort saß der Mann mit zitternden Händen und blickte sie furchtsam an, als sie eintraten.

Die Vernehmung des Gärtners brachte keinerlei Erkenntnisse. Er hatte den Weg geharkt, war fast über das Mordopfer gestürzt und hatte sich so erschrocken, dass er bis zum Haupteingang gerannt war, ohne sich umzudrehen. Dort hatte er Hilfe geholt und seinen Fund gemeldet.

Als Laura und Vito das angenehm kühle Gebäude verließen, kam ihnen Conte entgegengeeilt.

»Annina hat etwas entdeckt! Die Substanz, die wir an der Leiche gefunden haben, ist Mehl. Und die Fasern waren Schalenfragmente von *castaneae sativa*.« Er sah die Kommissare auffordernd an.

»Mein Latein ist ein wenig eingerostet, Conte«, murrte Vito. »Was sind *castaneae sativa*?«

Conte strahlte. »Maroni! Ganz normale Esskastanien!«

KAPITEL 15

SIE HATTEN SICH in den Schatten der hohen Bäume in der Nähe des Fontana dell'Oceano zurückgezogen. Fraccinelli, der auf Contes Anweisung die Parkbediensteten befragt hatte, war zu ihnen gestoßen und wischte sich mit einem Taschentuch den Schweiß von der Stirn.

»Sie heißt Maria Muti, ist verheiratet, sechsunddreißig Jahre alt und wohnte zusammen mit ihrem Mann in Fiesole. Sie arbeitete hier in der Parkverwaltung im Büro und hat gestern Abend, nachdem der Park geschlossen war, das Verwaltungsgebäude mit den anderen verlassen. Sie musste noch einmal zurück, weil sie ihre Jacke vergessen hatte. Dann hat sie niemand mehr gesehen.«

»Komisch, dass der Gärtner die Frau nicht erkannt hat«, sinnierte Conte.

»Er arbeitet erst seit drei Wochen hier und kennt noch nicht alle«, erklärte Laura.

Fraccinelli verzog den Mund. Er war mit seinem Vortrag

noch lange nicht am Ende. »Sie war übrigens«, fuhr er etwas lauter fort, »sehr beliebt hier bei ihren Kollegen und hatte immer einen aufmunternden Spruch auf den Lippen. Ihr Wagen steht tatsächlich noch unberührt und verschlossen auf dem Parkplatz für Bedienstete.«

»Verheiratet«, wiederholte Vito nachdenklich. »Und ihr Mann hat sie nicht vermisst?«

»Er ist Pilot bei der Poste Air Cargo«, entgegnete Fraccinelli. »Ich habe bereits angefragt, er ist gestern früh nach Punta-Raisi geflogen und wird erst heute Abend zurückerwartet.«

»Wurde er schon über den Tod seiner Ehefrau informiert?«, fragte Laura.

Fraccinelli schüttelte den Kopf. »Er ist in der Luft, und da wollte man ihm die traurige Nachricht nicht mitteilen.«

»Jetzt haben wir es mit drei Leichen zu tun, und von einer der Toten kennen wir nicht einmal den Namen«, knurrte Vito.

»Wir haben das Zahnschema an alle Zahnärzte und Kieferorthopäden übermittelt«, bemerkte Conte. »Wir können nur abwarten.« Sein Handy klingelte, und er trat beiseite, um den Anruf anzunehmen.

»Conte ist der Meinung, die Wasserleiche und Signora Muti wurden vom selben Täter getötet, sie weisen zumindest dasselbe Verletzungsmuster auf, und auch die Tatwaffe könnte dieselbe sein«, erklärte Fraccinelli. »Da haben wir es wohl mit einer Serie zu tun, wenn auch Maria Rossi aus dem Silo nicht in dieses Schema passt.«

»Ja«, seufzte Vito. »Drei Leichen und bis jetzt keinerlei Anhaltspunkte ...«

Laura sah ihn an. »Wenn De Luca tatsächlich diesen Raub auf dem Rasthof an der A11 begangen hat, dann scheidet er für den Mord an seiner Ex-Freundin aus. Das war zwischen siebzehn und achtzehn Uhr, der Fahrer bemerkte es erst, als er nach seiner Pause wieder losfahren wollte.«

Vito runzelte die Stirn. »Woher weißt du das?«

»Während du noch mit Richter Trancetti wegen des Durchsuchungsbeschlusses bei Santini telefoniert hast, habe ich mir im Wagen auf unserem neuen, vernetzten Laptop die Diebstahlsanzeige der Polizia stradale durchgelesen. Der Lkw-Fahrer macht übrigens auf seinem Weg nach Rom immer an dieser Raststätte seine vorgeschriebene Pause, die haben die besten Paninis an der A11, sagte er in seiner Vernehmung.«

Conte hatte sein Gespräch beendet und gesellte sich wieder zu ihnen. Fragende Blicke der drei Anwesenden empfingen ihn.

»Feines Kastanienmehl«, raunte er. »Also mit einer feinen Mahlstufe. Es muss aus einer Mühle stammen. Annina hat inzwischen auch herausgefunden, dass die nächste Mühle, die so ein Mehl herstellen kann, in Mugello ist. Die beliefern offenbar auch Firmen in Florenz.«

Vito kratzte sich nachdenklich an der Stirn. »Wir müssen auch noch die Durchsuchung bei Santini durchführen, bevor der Wind von der Festnahme De Lucas bekommt und die Speicherplatten entsorgt.«

»Das könnte ich übernehmen«, meldete sich Laura zu Wort.

Vito wandte sich Conte zu. »Wie lange braucht ihr hier noch?«

Conte ließ seinen Blick demonstrativ über das Parkgelände schweifen. »Wir müssen hier alles nach der Handtasche und den Schuhen der Toten absuchen, das kann dauern. Ich hoffe nur, dass wir die Touristen noch lange genug aus dem abgesperrten Bereich raushalten können.«

»Gut«, entgegnete Vito. »Laura, übernimmst du bitte Santini?« Er wandte sich Fraccinelli zu. »Und wir beide fahren nach Mugello.«

Die Straßen aus der Stadt waren nahezu frei, der Asphalt glänzte und flirrte in der Mittagssonne. Sie fuhren auf der Strada regionale durch ein schmales Tal, gesäumt von bewaldeten Hügeln, in Richtung Norden. Fraccinelli hatte auf dem Navigationssystem die Adresse der Mühle eingegeben, ehe er es sich auf dem Beifahrersitz bequem gemacht hatte.

Vito war angespannt, er fluchte lauthals über einen Sattelschlepper, der, mit Langholz beladen, vor ihnen den Hügel hinaufschlich. Nach einer halben Stunde erreichten sie schließlich die Mühle bei Mugello in einem kleinen Vorort namens Mattagnano im dortigen Industriegebiet.

Vito fuhr an zwei weißen Silolastzügen vorbei, die offenbar auf frische Ladung warteten, und parkte direkt vor dem modernen Verwaltungsgebäude gegenüber dem in Grau gehaltenen, hohen und kastenförmigen Industriebau. Rund um das Gebäude war der Boden mit feinen Mehlrückständen und hier und da einer zerbröselten Kastanienschale bedeckt. Das hellbraun-ockerfarbene Mehl wirkte wie ein Sandstrand, auf dem nur die Badegäste und die Liegestühle fehlten.

Fraccinelli stieg aus und streckte sich erst einmal wie nach einer mehrstündigen Autofahrt. Vito schüttelte nur den Kopf und ging, ohne auf den Assistente zu warten, auf das gläserne Portal zu. Fraccinelli eilte ihm hinterher. Gemeinsam betraten sie den Empfangsraum.

»*Buona giornata, signori*«, wurden sie von einer jungen rothaarigen Frau hinter einem Tresen begrüßt. »*Cosa posso fare per Lei?*«

Vito zeigte ihr seinen Dienstausweis. »Ich möchte bitte mit dem Geschäftsführer sprechen.«

Die rothaarige Frau nickte unsicher. »*Un momento.*«

Sie verschwand in dem angrenzenden Büro und tauchte kurz darauf mit einer weiteren Frau im hellen Kostüm und mit blonden hochgesteckten Haaren wieder auf. Die Frau mochte Mitte vierzig sein.

»Guten Tag, Commissario«, sagte sie zu Vito. »Lai. Ich leite diesen Betrieb. Haben unsere Fahrer wieder etwas angestellt?«

Vito lächelte. »Nein, darum geht es nicht. Können wir uns irgendwo ungestört unterhalten?«

Zwei Minuten später saßen Vito und Fraccinelli der Frau in ihrem Büro gegenüber. Vito erklärte ihr die Sache mit dem Kastanienmehl am Tatort eines Kapitalverbrechens.

»Ein Kapitalverbrechen«, wiederholte sie berührt. »Und unser Mehl?«

»Wir können nicht sagen, dass es sich um Ihr Mehl handelt, wir wissen nur, dass es Kastanienmehl mit einem feinen Mahlgrad ist, das aus einer entsprechenden Mühle stammen muss.«

Die Frau fuhr sich mit der Hand über die Stirn. »Sicher haben wir auch Kunden aus Florenz, aber unsere Fahrer – ich wüsste nicht, dass wir gestern nach Florenz geliefert haben.«

»Es stammt nicht zufällig einer Ihrer Mitarbeiter aus Florenz oder der näheren Umgebung?«

»Wissen Sie, Commissario«, erläuterte die Geschäftsführerin. »Wir sind ein Familienbetrieb in dritter Generation. Unser Kastanienmehl ist nur eines unserer hochwertigen Produkte. Aber unsere Mitarbeiter stammen allesamt aus dieser Gegend, ich wüsste nicht, dass da jemand aus Florenz wäre.«

»Und wie sieht es mit Firmen in Florenz aus, Ihren Kunden?«

»Ja, da wären die Panificio Andate in Campo di Marte, die Panificio Santa Lucia in Isolotto, dann die Pastificio Mamma Marelli in Camaioni und natürlich der Sant'Ambrogio. Hin und wieder bekommen wir natürlich auch Bestellungen von einzelnen anderen Interessenten rein.«

Vito wurde hellhörig. »Hatten Sie gestern zufällig eine Lieferung nach Camaioni?«

Signora Lai schüttelte den Kopf. »Das nicht, aber gestern war ein Vertreter von Mamma Marelli bei uns, um sich persönlich von der Qualität unserer Waren zu überzeugen. Mamma Marelli beliefert schon seit Jahren das Kastanienfest Ende September in Barberino mit Pasta-Spezialitäten aus Kastanienmehl. Wissen Sie, im September ist Erntezeit, und der Herbst ist für Gebäck oder Spezialitäten aus Kastanienmehl schon immer die beste Jahreszeit gewesen.«

»Ich verstehe«, entgegnete Vito und versuchte, seine Wissbegier zu verbergen. »Und wer war denn dieser Vertreter der Nudelfabrik aus Camaioni, haben Sie auch einen Namen?« Die Geschäftsführerin lächelte. »Natürlich, der Juniorchef selbst hat uns beehrt. Signore Gennaro Marelli.«

KAPITEL 16

LAURA WAR ZUSAMMEN MIT CHIARA auf dem Weg zum Elektronikmarkt in Prato, in dem De Luca angeblich die Beute seines Lkw-Raubzuges verkauft hatte. Sie hatte Chiara mit dem Alfa in der Questura abgeholt, da Befragungen nur zu zweit durchgeführt werden sollten. Es hatte Vorteile, dass sie sich im Moment aufteilen konnten, trotzdem vermisste sie Vitos routinierte Art.

Chiara blätterte, auf dem Beifahrersitz sitzend, fleißig in der De-Luca-Akte. Die Vernehmung aus dem Gefängnis lag, von Maria sauber abgetippt, obenauf. Zwar hatte der Lkw-Fahrer den Diebstahl bestätigt, jedoch hatten sie nur De Lucas Aussage, wo und wann er die Beute veräußert hatte. Nur wenn sie das überprüfen konnten, wäre sein Alibi wasserdicht.

Chiara sah aus dem Fenster. Sie ließen die Innenstadt hinter sich, und Laura fuhr auf die A 11.

»Florenz ist wunderschön«, bemerkte die junge Frau mit

jugendlicher Begeisterung und ihrer melodischen Stimme, die Laura schon ein paarmal aufgefallen war.

»Woher kommen Sie, Chiara?«

»Aus Bologna, aber die letzten zwei Jahre war ich in Rom an der Polizeischule. Rom finde ich auch super, aber hier ist es so beschaulich.«

Laura schauderte insgeheim. Sie war froh, die Ausbildung und Rom hinter sich gelassen zu haben. Nach wie vor hatte man als Frau einen bedauerlich schweren Stand, auch wenn sich in den letzten Jahren einiges zum Positiven verändert hatte. Trotzdem hatten Männer viele Schlüsselpositionen inne, die meinten, dass Frauen in einem Bürojob besser aufgehoben waren als im aktiven Polizeidienst. Zum Glück gehörten Vito und Fraccinelli nicht zu dieser Sorte Dinosaurier.

»Kennen Sie Commissario Carlucci schon lange?«

Chiara stellte die Frage wie beiläufig, aber der neugierige Unterton entging Laura nicht. Sie warf der Kollegin einen kurzen Blick zu. »Seit diesem Sommer, Chiara. Auch ich bin erst vor Kurzem von Rom hierhergezogen.«

»Sie haben in Rom gearbeitet?«, rief die Praktikantin begeistert. »Warum sind Sie dann ausgerechnet nach Florenz gewechselt? In Rom hat man doch viel bessere Aufstiegschancen! Und da ist auch viel mehr los.«

Laura schwieg kurz. Nicht einmal Vito kannte die Gründe dafür, und auch Chiari würde sie sie nicht anvertrauen. Also antwortete sie mit der Floskel, die sie sich zurechtgelegt hatte. »Ich habe nach einem Ort gesucht, der für mich lebenswerter und näher an meiner Familie ist. Rom war mir zu hektisch, zu viel Trubel.«

Es war nicht gelogen. In Florenz war sie näher am Weingut ihrer Eltern und am Wohnort ihres Bruders in Bologna, außerdem mochte sie das ruhige Leben in der Medici-Stadt. Es hatte für sie mehr Stil und Flair als die Hauptstadt. Dazu kam, dass sie es überall lebenswerter fand, wo sie bestimmten Personen beruflich wie privat aus dem Weg gehen konnte.

»Ist Commissario Carlucci verheiratet?«, fragte Chiara nun. Laura hatte den einen und anderen Blick bemerkt, den die junge Frau Vito zuwarf, ihre aufmerksame Art, ihm ohne Worte Kaffee zu bringen oder einen Stift zu reichen. Mit der jetzt gestellten Frage wurde aus Lauras Verdacht eine Gewissheit.

»Nicht mit einer Frau. Aber mit seiner Arbeit.« Sie konnte nicht verhindern, dass ihre Stimme ein wenig kühler klang als zuvor. Sie schalt sich insgeheim, dass sie irrationale Besitzansprüche empfand. An sich war sie ja froh, dass in ihrer Beziehung zu Vito keine privaten Verstrickungen die Arbeit behinderten. Trotzdem fühlte sie sich zu Vito hingezogen.

»Entschuldigen Sie, Commissaria. Aber ich finde Signore Carlucci sehr nett, und vielleicht hat er ja mal Lust, etwas mit mir trinken zu gehen.«

Laura schwieg und überholte einen Transporter mit Kajaks auf dem Dach, aus dem eine Gruppe Kinder ihnen zuwinkte und Grimassen zog. Chiara erwiderte es fröhlich, und Laura atmete tief durch. Als sie wieder auf die rechte Spur wechselte, zwang sie sich ein unverbindliches Lächeln ins Gesicht.

»Fragen Sie ihn doch einfach.«

Die Praktikantin nickte und blätterte erneut in der Akte.

Als Laura die Ausfahrt nach Prato nahm, hielt sie sich rechts und folgte den Anweisungen des Navis. Sie fuhren an einem kleinen Fluss entlang, dem Bisenzio, der sich bis zu seinem Zufluss bei Ponte a Signa in den Arno durch die Vororte von Florenz schlängelte. Dann folgten sie der Viale Galileo Galilei eine ganze Weile, bis das Navi sie nach links in ein kleines Gewerbegebiet leitete.

Chiara war anzusehen, dass sie eine schäbigere Umgebung erwartet hatte. Der Elektromarkt lag in einer gepflegten Einkaufsgegend. Sie fanden den öffentlichen Parkplatz, auf dem zwei Dutzend andere Fahrzeuge in der Sonne brieten. Darunter wie verabredet ein Wagen der örtlichen Polizeistation.

Sie stiegen aus und traten zu den Kollegen hinüber, die hinter ihrem Einsatzwagen im Schatten einiger Bäume warteten. Laura stimmte das weitere Vorgehen mit ihnen ab.

Die Beamten würden den Hinterausgang und den Vordereingang des Marktes im Auge behalten, nur für den Fall, dass sich Mario Santini der Befragung entziehen wollte. Laura war dankbar für die Rückendeckung.

Der Elektromarkt befand sich in einem lang gestreckten Gebäude. Die Auslage bestand aus Computern, Druckern und technischen Bauteilen, auf einem Aushang wurden Reparaturdienstleistungen angeboten. Irgendwo in der Nähe brummte eine Klimaanlage mit einem leisen, aber unangenehm hohen Quietschen. Und über der Tür des Elektronikgeschäftes hing ein Schild mit der Aufschrift *Santini-Mercato dell'elettronica.*

Als sie zum Eingang gingen, wandte sich Laura Chiara zu: »Ich bleibe im Hintergrund. Sie beginnen die Befragung, Chiara.«

Die junge Frau schluckte. Sie wurde bleich und wirkte plötzlich angespannt.

»Wenn nötig, übernehme ich natürlich. Aber Sie sind gut ausgebildet und haben sich theoretisch gut darauf vorbereitet.« Kurz schmunzelte Laura, erinnerte sie sich doch, wie nervös sie damals bei ihrer allerersten Befragung gewesen war. Darauf konnte man sich nicht vorbereiten. Aber irgendwann kam der Moment, die ersten Erfahrungen ohne Stützräder zu sammeln.

Als Chiara den Laden betrat, ertönte ein elektronisches Klingelsignal, und der Mann hinter der glänzend weißen Theke blickte auf. Laura folgte der Kollegin in den halbdunklen Verkaufsraum. Chiara ging direkt zur Theke und trat vor den wartenden Mann.

»Signora. Was kann ich für Sie tun?«, fragte er Chiara lächelnd. Er trug ein kurzärmeliges blaues Hemd, hatte dunkles, militärisch geschnittenes Haar und einen perfekt getrimmten Bart. Sein Gesicht wirkte ehrlich, und er blickte der jungen Frau vor sich freundlich in die Augen.

»Sind Sie Signore Mario Santini?« Chiaras Stimme hörte man ihre Nervosität nicht an, aber Laura sah, wie sie ihre rechte Hand leicht anspannte.

»*Sì*, Signora. Zu Ihren Diensten.« Chiara zog ihren Ausweis heraus und zeigte ihn dem Verkäufer.

Der Mann wurde nicht nervös, entweder war er nicht Santini, oder er gab gerade eine perfekte Theatervorstellung. Keine Panik oder Unsicherheit zeigte sich auf seinem Gesicht. Dann warf er einen kurzen Blick zu Laura, die ihm zunickte.

»Commissaria Gabbiano«, stellte sie sich ihrerseits vor.

»Signore, wir haben einen Tipp bekommen, dass Sie am sechzehnten Juli von einem gewissen De Luca ein paar Speicherplatten erworben haben«, begann Chiara, woraufhin Santini sie mit Erstaunen musterte.

Fast hätte er damit sogar Laura von seiner Unschuld überzeugt, wäre sein Blick nicht für einen Moment nach unten gewandert.

»Ich kaufe meine Komponenten bei einem Großhändler aus Mailand. Nicht von irgendwelchen ominösen Typen.« Was er sagte, klang aufrichtig.

Chiara kramte den Durchsuchungsbeschluss hervor, den der Richter auf der Grundlage von De Lucas Aussage erlassen hatte. Santinis Augen wurden immer schmaler, als die Praktikantin ihn lehrbuchmäßig über den Beschluss und seine Rechte aufklärte. Kurz warf sie Laura einen hilfesuchenden Blick zu. Diesen Moment nutzte Santini, er sprang auf und ergriff die Flucht. Laura, die mit so etwas gerechnet hatte, rannte los, aber Chiara reagierte ebenso vorbildlich. Sie hechtete über die Theke, und beide eilten sie hinter dem Fliehenden her, durch einen kleinen Lagerraum in Richtung Hintertür. Als er sie aufreißen wollte, bekam ihn Chiara zu fassen und brachte ihn geschickt zu Fall.

Santini knallte hart auf den Boden und gab einen Schmerzenslaut von sich.

»Brauchen Sie Hilfe?«, fragte der Carabinieri, der im Hinterhof gewartet hatte. Doch die Praktikantin schien den am Boden liegenden Mann im Griff zu haben. Santini fluchte hingebungsvoll, als ihm der Beamte und Chiara aufhalfen und Handschellen anlegten. Chiaras Haare hingen ihr wirr ins Gesicht, und sie war erhitzt, aber stolz.

»Gute Arbeit«, lobte Laura.

»De Luca, dieser *Pazzo*!« Santini spuckte aus, und Laura bedeutete dem Kollegen, den Mann auf einer der großen Kisten im Lagerraum zu platzieren.

Chiara gab dem Carabinieri eine Liste mit den Seriennummern, und er ging, ausgerüstet mit Einmalhandschuhen, in den Verkaufsraum, um nach den Speicherplatten zu suchen.

»Warum hat De Luca mich verpfiffen? Was habt ihr ihm angeboten?« Santini starrte Laura wütend an, schien sich jedoch mit der Tatsache, dass er aufgeflogen war, schnell abgefunden zu haben.

Laura sah den Hehler an. »Er hat Sie nicht verpfiffen, um Ihnen eins auszuwischen. Er hat Sie verpfiffen, weil er unter Mordanklage steht. Wenn Sie uns ein paar Fragen ehrlich beantworten, werde ich dem Richter sagen, dass Sie kooperiert haben. Und den kleinen Sprint gerade eben unerwähnt lassen.«

Santini nickte. Der Kollege kam zurück und hob eine Tüte mit Speicherplatten in die Höhe. »Die Seriennummern stimmen, bis auf drei Stück sind alle da.«

Laura hatte sich das schon gedacht. Gut verkäufliche Ware, direkt an der Theke, für den schnellen Euro zwischendurch. »Wann hat er Ihnen die Ware gebracht?«

Santini überlegte. »Kurz nach Ladenschluss, also irgendwann nach achtzehn Uhr. Vielleicht halb sieben, ich hatte gerade den Kassenabschluss gemacht.«

Chiara notierte alles. Laura seufzte enttäuscht. Dann hatte De Luca ein Alibi. Zu dem Zeitpunkt, als er Santini die Speicherplatten verkaufte, konnte er nicht davon ausgehen, dass seine Ex noch bei der Arbeit war. Und er war wohl tatsächlich wie behauptet, nachdem er kurz vor der Fabrik gewartet hatte, am frühen Nachmittag aufgebrochen, um den Lkw zu überfallen. Er konnte Maria nicht im Silo eingesperrt haben.

»Wann ist er wieder weggefahren?« Obwohl das kaum eine Rolle spielte, wollte Laura alles genau dokumentieren, um sicherzugehen.

»So gegen neun. Wir haben noch ein Bier getrunken und über den Preis verhandelt. Herrje, ich kaufe ab und an mal etwas unter der Hand, das machen doch alle.«

Chiaras Stift flog über den kleinen Block. Dann sah sie hoch und starrte Santini an. »Ja, das machen wohl alle«, bemerkte sie ironisch. »Wenn wir nachforschen, von wem De Luca den Tipp mit dem Lkw hatte, was wird er uns dann erzählen?«

Santini stieg die Röte ins Gesicht.

»Wir sind hier fertig. Die Beamten nehmen Sie zur erkennungsdienstlichen Behandlung mit aufs hiesige Revier. Sie werden mit einer Anklage wegen Hehlerei rechnen müssen.«

Laura konnte sich nicht über diesen Erfolg freuen. Drei Leichen. Drei Morde. Und De Luca schied bei allen Fällen als Täter aus.

Sie standen praktisch wieder am Anfang.

KAPITEL 17

»WIE ICH HÖRTE, hat sich Chiara im Elektromarkt gar nicht so ungeschickt angestellt«, bemerkte Vito, als sie in den Hügeln oberhalb von Florenz die Via San Domencio entlangfuhren.
»Ja, sie war ganz gut für das erste Mal.«
»Ich glaube, sie ist ziemlich keck, und intelligent ist sie auch. Sie passt gut zur Polizei, findest du nicht?«
»Kann sein«, antwortete Laura wortkarg.
Er warf ihr einen kurzen Blick zu. Irgendeine Laus schien ihr über die Leber gelaufen zu sein. Lag es an dem schweren Gang, der vor ihnen lag und sie zu Maria Mutis Mann führte? Oder lag es an den drei Frauenleichen und den bisher immer noch fehlenden Anhaltspunkten?
Vito seufzte. »Ich weiß, mit De Luca ist uns im Mordfall Rossi der einzige Hauptverdächtige weggebrochen, und mit den beiden anderen Leichen sieht es derzeit auch nicht rosig aus. Vielleicht erfahren wir von Maria Mutis Mann etwas,

das uns weiterhilft. Vielleicht sogar etwas über Gennaro Marelli.«

Laura schwieg und betrachtete die Weinberge, die auf der rechten Seite am Fenster vorbeiflogen.

»Er war in Mugello in der Mühle, aber das alleine reicht nicht aus, um ihn vorzuladen. Wir brauchen eine Verbindung zu Maria Muti, wenn wir ihn uns vorknöpfen wollen.«

»Warten wir ab, was uns Alberto Muti erzählt«, kommentierte Laura.

Vito zog es vor, den Rest des Weges zu schweigen. Unmittelbar nach der imposanten Villa Medici, die sich hinter hohen Platanen und Zypressen verbarg, bog er nach rechts in die Via Giuseppe Verdi ab und stoppte den Wagen vor einer modernen weißen Villa samt Vorbau mit zwei großen Säulen.

»Das Haus scheint mir recht neu zu sein«, bemerkte Vito, als sie ausstiegen und auf das Grundstück zugingen. Laura folgte ihm schweigend.

Ein hoher, grün gestrichener Zaun aus Doppelstabmatten fasste das Grundstück ein. Dahinter standen erst vor Kurzem gepflanzte kniehohe Büsche. Vor der Flügeltür, ebenfalls aus grünen Doppelstabmatten, blieben sie stehen. Ein mit hellen Marmorplatten gepflasterter Weg führte zur Eingangstür.

»Sie scheinen wohl keine finanziellen Probleme gehabt zu haben«, bemerkte Vito und drückte die Klingel. Kurz darauf wurde die Tür geöffnet, und ein Mann Anfang dreißig in heller Leinenhose und blauem T-Shirt kam zur Gartentür gelaufen.

»Commissario Carlucci?«, fragte er.

Vito zeigte seinen Ausweis. »Und meine Kollegin, Commissaria Gabbiano. Sind Sie Alberto Muti?«

»Ich bin Alessio Muti, Albertos Bruder«, entgegnete der Mann und führte Vito und Laura in das klimatisierte Haus.

Alberto Muti lag mit einer Leinendecke bedeckt auf einem schwarzen Ledersofa und erhob sich, als die Besucher eintraten. Seine Augen waren rot, seine tiefschwarzen Haare wirr, und der Schmerz über den Tod seiner Ehefrau war ihm deutlich ins Gesicht geschrieben.

Vito räusperte sich, stellte sich und seine Begleiterin vor, ehe er ihm sein Mitgefühl aussprach.

»Meinem Bruder geht es nicht gut«, erklärte Alessio Muti. »Er hat vom Arzt ein Beruhigungsmittel bekommen. Er hat mich sofort angerufen.«

»Sie leben auch hier im Ort?«, fragte Laura.

Alessio Muti wies nach nebenan. »Ich wohne nebenan. Das Weingut Muti, Sie haben es vielleicht gesehen, als Sie den Wagen geparkt haben?«

Laura schüttelte den Kopf, während sich Vito im Zimmer umsah. Ein heller Marmorboden, weiße Wände. Durch große bodentiefe Sprossenfenster hatte man einen weitläufigen Blick über Florenz bis zu den südlichen Hügeln. In der Mitte des Raumes ein Glastisch, umgeben von zwei schwarzen Ledersofas. An den Wänden hing moderne Malerei, und ein übergroßer Flachbildschirm dominierte die Wand an der Stirnseite des Raumes. Darunter eine Anlage von Bang & Olufsen.

»Nehmen Sie Platz«, sagte Alberto Muti mit brüchiger

Stimme und zeigte auf das freie Sofa. Sein Bruder setzte sich neben ihn und legte ihm die Hand auf den Arm. Sie sahen einander ähnlich, Alessios Haare waren einen Hauch heller als die seines Bruders.

»Fühlen Sie sich in der Lage, uns einige Fragen zu beantworten?«, fragte Vito mit sanfter Stimme.

»Fragen Sie«, entgegnete Alberto Muti. »Ich will, dass Sie dieses Schwein finden, das Maria das angetan hat! Haben Sie schon Hinweise, wer es war?«, fuhr Alberto fort.

Vito zuckte mit den Achseln. »Wir stehen erst am Anfang der Ermittlungen ...«

»... ich würde dieses Schwein erschießen oder aufhängen ... oder, besser noch, langsam wie einen räudigen Köter im Arno ersäufen ...« Albertos Mutis Aufregung legte sich wieder, als ihn sein Bruder in den Arm nahm.

»Und ich habe meine Frau eine furchtsame Maus genannt. Sie hat in der Zeitung von den Morden gelesen und ihr fiel auf, dass eines der beiden Opfer der letzten zwei Wochen Maria hießen. Sie kannte sie sogar flüchtig, sie sind auf dieselbe Schule gegangen. Sie hatte Angst, aber ich habe es ins Lächerliche gezogen.« Ein Weinkrampf schüttelte ihn, und es dauerte eine Weile, bis er sich wieder beruhigt hatte.

»Sie müssen meinen Bruder entschuldigen, aber ...«

Vito winkte ab.

Leider brachte die folgende Befragung, die immer wieder von Albertos Wutausbrüchen und Weinkrämpfen unterbrochen wurde, keine neuen Erkenntnisse. Er hatte seine Frau, mit der er bereits als kleiner Junge im Sandkasten gespielt hatte, abgöttisch geliebt. Feinde gab es nicht, denn Maria war eine Seele von Mensch. Ob auf der Arbeit, im Freundeskreis oder auch in der Familie. Ein jeder musste die Frau gernhaben, war sie doch stets gut gelaunt, aufgeschlossen und freundlich gewesen.

Auch am gestrigen Tag, als er so gegen acht Uhr zum Flughafen aufbrach, um mit der Frachtmaschine nach Palermo zu fliegen, sei alles normal wie immer gewesen. Maria habe sich auf die Arbeit gefreut, sie sollte in leitender Funktion eine Ausstellung vorbereiten.

Nach einer halben Stunde drehte sich die Befragung im Kreis.

»Können Sie mir sagen, wo Sie am gestrigen Abend waren?«, wollte Laura von Albertos Bruder wissen, der einen kurzen Augenblick erstaunt dreinblickte.

»Das ist reine Routine, damit wir uns ein Gesamtbild machen können«, erklärte Vito.

Alessio Muti nickte. »Sicher, Sie machen ja nur Ihre Arbeit. Ich habe gestern in meinem Weingut eine kleine Weinprobe mit zwölf Besuchern gemacht. Es dauerte von fünf bis etwa zehn Uhr. Ich lasse Ihnen die Namensliste der Gäste zukommen.«

»Eine allerletzte Frage hätte ich noch«, sagte Vito und musterte Alberto noch einmal genau. »Kennen Sie oder kannte Ihre Frau einen gewissen Gennaro Marelli?«

Alberto überlegte eine Weile und schaute seinen Bruder fragend an. Schließlich schüttelte er den Kopf.

»Tut uns leid, aber dieser Name sagt uns nichts. Steht dieser Mann unter Verdacht?«

Vito zuckte mit den Schultern. »Das nicht, nur tauchte dieser Name in einer anderen Ermittlung unserer Dienststelle auf. Die Pastificio Mamma Marelli …«

»Ja, davon habe ich gehört«, erwiderte Alessio Muti. »Da wurde eine Frauenleiche in einem Silo gefunden. Ich las es in der *Repubblica*. Vorgestern, glaube ich.«

»Sie kennen die Firma?«

»Was heißt kennen«, entgegnete Alessio Muti. »Die Werbung an den Straßen ist nicht zu übersehen, und sicherlich habe ich auch schon Pasta dieser Firma gekocht.«

Ein paar Minuten später verabschiedeten sich Laura und Vito von den beiden Brüdern, die, wie sich im Gespräch herausgestellt hatte, tatsächlich Zwillinge waren.

Als Vito wieder neben Laura auf dem Fahrersitz des Alfa Platz genommen hatte, schlug er mit beiden Händen auf das Lenkrad.

»Ich hätte mir mehr erhofft«, seufzte er.

»Zumindest können wir beide erst einmal als Täter ausschließen, wenn sich Alessios Alibi bestätigt.«

Vito atmete tief ein und warf einen Blick auf seine Armbanduhr. »Es ist spät geworden, es lohnt sich nicht mehr, zur Questura zu fahren. Was hältst du davon, wenn wir bei mir noch einen Drink auf der Terrasse nehmen? Ich bring dich dann nach Hause.«

Laura schüttelte den Kopf. »Eigentlich will ich nach Hause, ich bin müde.«

»Und wenn ich dir einen Scroppino mixe, den besten, den du jemals getrunken hast? Ich habe auch noch Pasta vom Vortag übrig.«

Laura überlegte kurz, schließlich willigte sie ein.
Eine halbe Stunde später saßen sie auf Vitos Terrasse und blickten in den roten Himmel, der sich über den westlichen Hügeln ausbreitete und das Land und die Stadt in einen purpurfarbenen Mantel hüllte.

Laura nahm das eiskalte Glas in die Hand und rührte das Zitroneneis cremig, bevor sie einen Schluck nahm. »Mhm, ausgezeichnet. Du hast nicht übertrieben.«

Zwei leere, noch mit den Schlieren der roten Tomatensoße bedeckte Teller standen vor ihnen auf dem Tisch, und eine leichte Brise wehte über die Hügel.

Vito seufzte. »Ich hatte gehofft, dass Alberto Gennaro Marelli kennt, das hätte vieles einfacher gemacht.«

»Nur weil Gennaro in der Mühle war, ist er nicht automatisch unser Mörder.«

»Du hast recht, aber Matteo sitzt uns im Nacken. Der Präsident ist beunruhigt. Man fragte sich, ob ein Serientäter in der Stadt sein Unwesen treibt und die Stadt erneut in Verruf bringt.«

»Du meinst, ein zweites Monster von Florenz.«

Vito lächelte. »Du weißt, wie das läuft.«

Laura winkte ab. »Wollen wir nicht über etwas anderes sprechen? Für den Dienst ist morgen noch Zeit. Ich brauche jetzt echt eine Pause. Wie geht es deinem Goldfisch?«

Vito lehnte sich im Stuhl zurück und blickte nachdenklich in den Himmel, dessen Rot langsam in ein dunkles Grau überging. »Vor drei Tagen war ich kurz davor, ihm eine Signora an die Seite zu stellen. Er ist schon lange genug alleine.«

»Wieso hast du es nicht getan?«, fragte Laura.

Vito neigte den Kopf zur Seite. »Es ist nicht einfach, die Richtige für ihn zu finden. Schließlich müssen sie sich Tag und Nacht das Becken teilen.«

»Sie müssen sich eben zusammenraufen. Nicht immer ist das Zusammenleben einfach.«

Vito nickte. »Das stimmt, aber es gab noch ein anderes Problem.«

Laura führte den Strohhalm zum Mund. »So, welches denn?«

Vito zuckte mit den Schultern. »Als ich so vor dem Becken in der Zoohandlung stand und in das Aquarium schaute, wusste ich überhaupt nicht, wie man bei Goldfischen Männchen und Weibchen unterscheiden kann.«

»Du hättest fragen können.«

»Hätte ich, aber das war mir ... wie soll ich sagen, es war mir irgendwie peinlich.«

Laura stellte ihr leeres Glas auf dem Tisch ab. »Weil es dir peinlich ist, muss dein Fisch bis an sein Lebensende Single bleiben? Das ist unfair.«

Vito lächelte verträumt. »Vielleicht nehme ich ihn das nächste Mal mit, dann kann er sich seine Partnerin selbst aussuchen.«

»Gute Idee«, entgegnete Laura.

Vitos Miene wurde mit einem Mal ernst. »Ich brauche deine Hilfe«, sagte er und richtete sich auf.

»Wegen Lucia?«

Vito nickte. »Aber dazu müsstest du mich nach Rom begleiten.«

Nachdenklich blickte Laura auf die Stadt, die zu ihren Füßen lag und deren Lichter einen strahlenden Glanz in den Himmel zeichneten. Eigentlich war sie froh, Rom endlich hinter sich gelassen zu haben. »Sicher, du kannst dich auf mich verlassen«, antwortete sie mit weicher Stimme. »Wann willst du fahren?«

Vito seufzte. »Sofort wäre mir am liebsten, aber wir haben zuerst noch drei Morde aufzuklären.«

»Ich bin jedenfalls bereit, du musst es mir nur sagen«, entgegnete sie. Sie griff zu ihrem Scroppino und trank ihn in einem Zug leer.

KAPITEL 18

ALS LAURA AM NÄCHSTEN TAG in der Questura eintraf, war ihre Laune deutlich besser. Das Abendessen bei Vito hatte sie sehr genossen. Ihre innere Unruhe der letzten Tage erklärte sie sich mit dem Stress bei den Ermittlungen.

Am Morgen war eine Besprechung zur Abstimmung der bisherigen Fahndungsergebnisse angesetzt. Sie eilte rasch zu der kleinen Bar an der Ecke und besorgte für alle Kaffee. Bei ihrer Ankunft plauschte sie noch ein wenig mit Maria Totti, der Abteilungssekretärin, die schon dabei war, die Post des Tages zu sichten.

So kam es, dass sie als Letzte und ein wenig außer Atem im lichtdurchfluteten Besprechungsraum eintrat. Vito saß am Kopfende des Tisches und starrte an die Pinnwand mit den gesammelten Hinweisen zu den drei Fällen, Tatortfotos, Auffindesituationen und unzähligen Kärtchen mit Notizen. Chiara saß neben Vito und trug eine leichte gelbe Bluse. Ihre Haare hatte sie zu einem eleganten Knoten aufgetürmt. Als sie Lauras Palette mit den Kaffeebechern entdeckte, leuchteten ihre Augen auf.

»Meine geringfügige Verspätung hatte einen Grund«, begann Laura.

»Hast du einen Doppio für mich?« Vitos Blick wirkte hoffnungsvoll. Sie schob ihm einen Becher hinüber. »*Sì*, Vito. Wie immer. Fraccinelli, hier, ein Marocchino für Sie, und, Chiara, Maria hat mir verraten, dass Sie Cappuccino mit Hafermilch trinken.«

»Danke, Laura. Wir haben auf dich gewartet. Es gibt ein paar Neuigkeiten.« Vito blickte zur Pinnwand, an der mittlerweile ein neuer Name stand, bevor er weitersprach. »Die unbekannte Tote hieß Maria Labriola, geborene Gori. Sie war geschieden, kinderlos und als Sekretärin in einer kleinen Spedition in der Nähe des Arno beschäftigt. Sie hatte Urlaub, deswegen wurde sie dort nicht vermisst.« Er nahm einen Schluck Kaffee, bevor er fortfuhr. »Außerdem lebte sie allein, sie scheint keine nahen Angehörigen zu haben, die um sie trauern. Ihr Ex-Mann ist nach der Scheidung nach Sizilien gezogen und hat uns telefonisch mitgeteilt, dass er schon ewig keinen Kontakt mehr zu ihr hatte. Sie haben sich kurz nach der Hochzeit getrennt. Er hat ein Alibi, war die ganze Zeit auf Sizilien. Sein Arbeitgeber, ein großes Hotel, hat bestätigt, dass er dort seit einer Woche jeden Abend in der Küche steht.«

Fraccinelli, der heute ein lila-orange kariertes Hemd trug, deutete auf den Namen der zweiten Leiche. »Wir haben drei tote Marias, aber das ist nicht alles.«

Laura setzte sich, als Vito mit einem Seitenblick zu

Fraccinelli erneut das Wort ergriff. »Ja, drei Marias, zwei davon mit der gleichen Waffe getötet, wie die Obduktionen ergeben haben. Die Wunden stimmen überein, auch die Tiefe der Stiche passt. Das Zahnschema hat uns zur zweiten Leiche geführt, Maria Labriola. Ihr Zahnarzt hat sich bei uns gemeldet, und Conte wird gleich aufbrechen, um ihre Wohnung zu durchsuchen. Obwohl ich nach den bisherigen Ermittlungen nicht davon ausgehe, dass wir dort irgendetwas Hilfreiches finden.« Er seufzte frustriert. »Bei den anderen beiden Frauen war auch nichts im Umfeld merkwürdig. Weder bei Signora Rossi noch bei der armen Frau aus dem Boboli-Garten. Sie haben absolut nichts gemeinsam außer ihren Vornamen. Unterschiedliche Berufe, unterschiedliche Wohnorte, unterschiedliches Umfeld.«

Chiara mischte sich ein, sie hatte auf dem Laptop Daten ausgewertet und sah auf. »Ich fürchte, wir haben mehr als nur den Vornamen als Gemeinsamkeit.« Ihre Stimme vibrierte, und Laura und Vito wechselten einen Blick.

»Was haben Sie herausgefunden?«, wollte Vito wissen.

»Alle drei Marias sind im gleichen Jahr geboren. Alle drei Frauen sind rund um Fiesole zur Welt gekommen.« Chiara machte eine Pause.

Fraccinelli beugte sich vor. Laura hielt bei dieser Auskunft kurz den Atem an. Offenbar gab es noch mehr Gemeinsamkeiten zwischen den drei toten Frauen. Sie nickte Chiara aufmunternd zu, deren Nervosität fast mit Händen zu greifen war.

»Soweit ich das hier überblicke, ist die Leiche aus dem Boboli-Garten auch eine geborene Rossi. Und unsere Wasserleiche ebenfalls. Wir haben alle drei Leichen identifiziert und jetzt einiges an Daten. Sie sind alle im selben Jahr und in derselben Stadt zur Welt gekommen, zwei von ihnen definitiv als Maria Rossi. Maria Labriola wurde als Baby adoptiert. Die Unterlagen von der Adoptionsbehörde stehen noch aus, aber soviel ich in Erfahrung bringen konnte, lautete ihr Geburtsname vor der Adoption durch die Familie Gori ebenfalls Rossi.«

Vito schlug auf den Tisch, dass Laura zusammenzuckte. Fraccinelli war aufgesprungen und ließ seinen Blick zwischen der Pinnwand und Vito hin- und herwandern. Dieser rieb sich die Hand und brummte verlegen eine Entschuldigung. Chiara sah Vito mit großen Augen an.

»Ist das ganz sicher? Kein Irrtum möglich?« Laura stellte die Frage, die ihr zuerst in den Sinn kam.

Chiara schluckte und tippte erneut etwas in den Laptop. Sie mussten einen Moment warten, der sich in der angespannten Stille verdichtete, ehe sie mit sicherer Stimme antwortete. »Ja, kein Zweifel. Nachdem wir die Toten alle einwandfrei identifiziert haben, habe ich gestern mit Signora Totti alle Daten der ermordeten Frauen abgerufen. Ich hatte nur noch auf die Geburtsurkunde unserer Wasserleiche gewartet, gerade ist sie eingetroffen. Ich wollte ganz sicher sein.«

Laura und Vito tauschten einen langen Blick. Dann stand er auf und fing an, auf und ab zu gehen.

»Danke, Chiara. Sehr gute Arbeit.«

Die Praktikantin freute sich sichtlich über Lauras Worte.

»Dann ermordet anscheinend jemand gezielt Maria Rossis. Warum?«

»Ich denke«, begann Laura, »wir sollten unsere Ermittlungen auf die erste Leiche und die Pasta-Fabrik konzentrieren.« Chiara wirkte verwirrt. »Wieso, Commissaria? Immerhin wurde die erste Frau nicht erstochen.«

Laura verzog ihren Mund. »Richtig, die anderen zwei wurden von hinten erstochen. Diese Frau nicht. Immerhin haben wir einmal ein Mehlsilo und einmal Mehlrückstände am Tatort. Irgendetwas sagt mir, dass es kein Zufall ist.«

Vito nickte bedächtig. »Ja, ich finde auch, wir sollten uns noch mal in der Fabrik umhören. Die Tote trug als Einzige noch ihren Geburtsnamen und war somit die offensichtlichste Wahl. Vielleicht weiß jemand doch mehr, als er zugeben wollte. Außerdem will ich diesem Gennaro ein wenig auf den Zahn fühlen. Immerhin war er bei der Kastanienmühle.«

Er sah auf und seufzte genervt. »Chiara, unterstützen Sie bitte Conte bei der Durchsuchung der Wohnung von Maria Labriola. Versuchen Sie, alle Unterlagen zu sichern, die auf weitere mögliche Gemeinsamkeiten der Frauen hinweisen könnten oder darauf, dass sie einander kannten.«

Die Praktikantin nickte ernst, als Vito auch schon fortfuhr. »Rufen Sie bei Gericht an und lassen Sie sich von Richter Trancetti vorsichtshalber einen Beschluss für die Durchsuchung ausstellen. Wir haben keine Schlüssel bei der Leiche gefunden, wir brauchen einen Schlosser, falls wir die Vermieter nicht erreichen.«

Sein Blick fand Lauras. »Wir fahren mit Fraccinelli nach Camaioni. Ich höre mich noch einmal in der Firma um und spreche mit dem Produktionsleiter, du könntest mit Fraccinelli der Familie Abate mal ein wenig auf den Zahn fühlen. Irgendetwas ist faul, und ich will verdammt sein, wenn wir nicht rauskriegen, was.«

Laura nickte. »Ich bitte Signora Totti, mit den Standesämtern und Behörden zu telefonieren, ob irgendwelche ungewöhnlichen Anfragen eingegangen sind, die auf unsere Opfer hindeuten. Außerdem müssen wir klären, ob weitere Maria Rossis, die dieses Jahr sechsunddreißig werden, rund um Fiesole zu finden sind. Angesichts der drei Toten ist es sehr wahrscheinlich, dass auch sie in höchster Gefahr schweben.«

Vito nickte grimmig. »Richtig. Wenn es weitere Frauen gibt, müssen wir sie unter Personenschutz stellen. Wir gehen kein Risiko ein. Und wir sollten mit der Pressestelle sprechen. Ronaldo soll eine entsprechende Meldung vorbereiten für die Reporter. Drei Leichen sorgen natürlich für Unruhe. Und wir sollten auf keinen Fall den Eindruck erwecken, wir würden die Presse und die Öffentlichkeit im Unklaren lassen. Sag Maria Bescheid.«

Laura nickte und eilte zum Büro der Sekretärin. Als sie kurz darauf wieder in den Besprechungsraum zurückkehrte, stand Vito allein vor der Wand mit den Fallunterlagen und starrte grimmig auf das gruselige Mosaik aus Fallfragmenten.

»Conte und Chiara sind zur Wohnung der Wasserleiche gefahren, und Fraccinelli holt den Wagen aus der Tiefgarage.«

Laura hoffte, dass Conte und Chiara bei der Durchsuchung Erfolg haben würden, rechnete aber nicht wirklich damit.

Sie seufzte leise. »Die arme Frau lebte alleine, und nun ist sie tot, nur weil sie als Maria Rossi zur Welt gekommen ist. Ich frage mich, was dahintersteckt.«

Vito wandte sich zu ihr um.

Sie zuckte mit den Schultern. »Ich habe Maria gebeten, auch alle alten Fälle, insbesondere welche, bei denen Informanten für lange Gefängnisstrafen gesorgt haben, nach dem Namen Maria Rossi zu durchforsten. Vielleicht ist das Motiv für die Morde auch einfach Rache oder der Versuch, einen Zeugen aus dem Weg zu schaffen. Das würde die Namensgleichheit unserer Toten erklären.«

Vito nickte nachdenklich und starrte wieder auf das Bild des Silos. Mit dem Finger tippte er auf das Foto. »Mein Gefühl sagt mir, dass wir hier noch ein wenig graben sollten, was denkst du?«

Sie nickte. »Ja, aber ich möchte auch nicht den Vorwurf hören, nicht gründlich alle Möglichkeiten bedacht zu haben. Ich fürchte, nachdem alle hier wieder an das Monster von Florenz denken und unser Primo Dirigente schon nervös ist, stehen wir unter besonderer Beobachtung.« Sie strich sich eine Haarsträhne aus der Stirn und atmete tief ein. »Aber die Spuren von Kastanienmehl an der dritten Leiche waren schon merkwürdig, vor allem, weil Gennaro bei der Mühle war. Immerhin konnte das Labor die Mehlrückstände aus dem Boboli-Garten inzwischen eindeutig der Vergleichsprobe aus der Mühle in Mugello zuordnen. Der Mahlgrad stimmt exakt überein, und auch die Grundsubstanz hat dieselbe chemische Zusammensetzung ...«

Vito nickte und wandte sich Laura zu. »Dann lass uns jetzt zur Pastificio Mamma Marelli fahren, ich glaube, dort liegt der Schlüssel zur Lösung unseres Falles. Außerdem brauchen wir noch weitere Informationen, bevor wir mit Gennaro über seinen Besuch bei der Mühle sprechen. Und wir sollten klare Hinweise für seine Anwesenheit im Boboli-Garten finden.«

Als sie gemeinsam den Besprechungsraum verließen, hoffte Laura inständig, dass nicht noch eine weitere Tote namens Rossi auftauchte. Maria mochte ein Allerweltsname sein, Maria Rossi ebenso, zumindest in der Umgebung von Florenz, aber drei tote Maria Rossis waren mehr als ein merkwürdiger Zufall.

KAPITEL 19

STOLZ SASS FRACCINELLI hinter dem Steuer des geräumigen Jeeps, den er von der Fahrbereitschaft bekommen hatte. Mit diesem Wagen machte es richtig Spaß, den Chauffeur zu spielen. Sie hatten eine gute Zeit erwischt, die Straßen in Richtung Westen waren frei, und nur einmal, an einer Ampel unweit der Ponte alla Vittoria, mussten sie kurz warten.

Das zweite Mal erst wieder vor der geschlossenen Schranke, die zum Betriebsgelände der Pastificio führte. Als Fraccinelli den Besucherparkplatz ansteuerte, blickte sich Vito suchend um, doch den schwarzen Sportwagen des Juniorchefs konnte er nicht entdecken.

»Dann teilen wir uns jetzt auf«, sagte Vito. »Mal sehen, was Signore Emoli noch so alles weiß und ob er mir bei seiner Befragung nicht doch etwas vorenthalten hat.«

Laura und Fraccinelli steuerten das Verwaltungsgebäude an, Vito die Produktionsanlage. Vor der Halle traf er auf einen jungen Mitarbeiter, der ihn – nachdem er die vorgeschriebene

Hygienebekleidung angelegt hatte – in die Laborküche des Unternehmens führte.

Emoli saß in seinem weißen Mantel hinter einem Tisch und hatte mehrere Teller vor sich stehen, auf denen auffällig große Ravioli angerichtet waren. Er blickte auf, als der junge Mitarbeiter mit Vito im Schlepptau den weiß gekachelten Raum betrat.

»Commissario Carlucci«, sagte Emoli überrascht. »Was tun Sie hier, ich dachte der Mörder von Maria sitzt hinter Schloss und Riegel?«

»In so einem Verfahren ergeben sich im Laufe der Ermittlungen meist weitere Fragen ...«

»Was wollen Sie wissen?«, fiel ihm Emoli ins Wort und deutete auf den freien Stuhl neben sich.

»Ich störe hoffentlich nicht?«

Emoli schob Vito eine Gabel zu. »Nein, aber Sie können mir helfen. Das sind unsere Ravioli giganti mit verbesserter Rezeptur.«

Er schob Vito einen Teller zu, auf der eine riesige Ravioli dampfte. »Die Füllung ist aus einer Creme mit frischen toskanischen Kräutern und einer Lachs-Krabben-Kombination. Kosten Sie, aber vorsichtig, sie ist heiß.«

Vito nahm die Gabel zur Hand und versuchte ein Stück. Der Fischgeschmack mischte sich hervorragend mit den toskanischen Kräutern.

»Oder diese hier.«

Emoli schob den Teller fort und platzierte den nächsten vor Vitos Nase. »Geschmolzener Pecorino Romano mit einem Hauch Schwarzer Trüffel in einer cremigen panna acida.«

Vito probierte erneut, und auch diese Kreation überzeugte, wenngleich ihm die Lachs-Kräuter-Kombination besser schmeckte.

»Man muss sich stets etwas einfallen lassen, wenn man auf diesem Markt bestehen will. Und was ist Ihre Meinung?« Vito deutete auf die Ravioli mit Lachsfüllung. »Ausgezeichnet, und auch diese hier, mit dem Käse ist sehr ... aromatisch.«

Emoli lächelte zufrieden.

»Aber nun zu etwas anderem«, sagte Vito ernst. »Ich habe gerade gesehen, Gennaro Marelli ist wohl noch nicht hier in der Firma?«

Emoli winkte ab. »Nein, der Juniorchef hat hier keine festen Arbeitszeiten.«

»So, wie Sie das sagen, kommt er wohl wann und wie er will.«

»Sagen wir, sein Tag hat einen anderen Rhythmus als der von normalen Arbeitnehmern.«

»Was tut er hier eigentlich im Haus?«

»Er ist oder war offiziell freier Assistent der Geschäftsleitung, was auch immer das bedeutet.«

»Und er interpretierte seine Tätigkeit wohl sehr frei, wie ich Ihren Worten entnehme.«

Emoli beugte sich verschwörerisch über den Tisch. »Der alte Signore Marelli wusste genau, was er an seinem Sohn hatte, deswegen übertrug er die Geschäftsleitung seinem älteren Sohn Alberto. Gennaro war dort einfach fehl am Platz.«

»Fehl am Platz, wie meinen Sie das?«

»Er hat weder Geschäftssinn, noch kann er wirtschaften und einen Betrieb wie diesen hier führen. Er kann nur Geld ausgeben, Geld, das andere schwer verdienen müssen, verstehen Sie, Commissario?«

Vito verzog seinen Mund. »Und jetzt wird er tatsächlich neuer Inhaber dieser Firma, wie es aussieht. Da haben Sie sicherlich Ihre Bedenken.«

Emoli winkte ab. »Das ist noch nicht ganz sicher. Noch hege ich Hoffnung, dass es anders kommt.«

Vito runzelte die Stirn. »Ich verstehe nicht ganz ...«

»Nach dem Tod des Seniorchefs war alles testamentarisch geregelt«, erklärte der Produktionsleiter. »Alberto übernahm die Firma, und Gennaro bekam eine Art Treuhandfonds, aus dem er regelmäßig Geld erhält. Aber Alberto starb jung und vollkommen unerwartet bei einem Autounfall. Er hatte leider noch keine Kinder und wohl auch kein Testament verfasst. Nun führt diese Firma ein Sequester, bis das Erbe endgültig geregelt ist.«

»Aber Gennaro ist doch der einzige noch lebende Nachfahre des ehemaligen Seniorchefs«, wandte Vito ein.

»Dachte man, Commissario, dachte man«, entgegnete Emoli. »Eigentlich war alles klar, bis das Erbschaftsgericht eine regelmäßige Zahlung unseres Seniorchefs an eine Frau aus Fiesole feststellte, und dafür kann es eigentlich nur einen Grund geben. Aber wenn Sie mehr darüber wissen wollen, dann fragen Sie doch Avvocato Cara, er hat seine Kanzlei gerade einmal dreihundert Meter von hier in der Via San Vito. Ich kann Ihnen leider nicht mehr darüber sagen. Gerüchte sind nicht so mein Fall, und an Gerüchten über unsere Vorgesetzten möchte ich mich schon gar nicht beteiligen, das steht mir nicht zu, verstehen Sie?«

Signore Emoli hatte etwas untertrieben. Die Büroräume des Anwalts lagen beinahe einen Kilometer von der Pastificio entfernt. Als Vito die klimatisierte Kanzlei betrat und sein Anliegen vorgetragen hatte, verurteilte ihn die ältere Dame in einem beigen Kostüm am Empfang zuerst einmal zum Warten.

Er stöberte in einer aktuellen Ausgabe der *Repubblica*, die über die Morde in Florenz berichtete und in der letzten Zeile auf das Monster von Florenz verwies. Vito schüttelte den Kopf, als er die Zeitung zur Seite legte und ihn die Dame in das Büro des Anwalts führte.

»Ein Kommissar aus Florenz«, sagte der beleibte und glatzköpfige Mann Mitte sechzig, der sich hinter seinem Schreibtisch von seinem Stuhl erhob und mit ausgestreckter Hand auf Vito zukam.

»Wie kann ich als kleiner unbedeutender Anwalt der Staatsmacht zu Diensten sein?«, fragte er lächelnd, als er Vito die Hand drückte und ihm anschließend einen Platz auf dem grün gepolsterten Sessel vor dem Schreibtisch anbot. An der mit Holz vertäfelten Wand hing ein Druck des berühmten Freiheitskämpfers Garibaldi, der hoch zu Ross, umgeben von Soldaten in roten Uniformen, durch eine Landschaft ritt. Daneben stand die italienische Flagge in einem Ständer, und direkt darauf folgte, aus Holz geschnitzt und entsprechend bemalt, die rote Lilie auf weißem Grund, das Wappen von Florenz.

Ächzend nahm Cara hinter seinem Schreibtisch Platz. »Was führt Sie zu mir, Commissario?«

»Mamma Marelli«, entgegnete Vito. »Sie haben doch sicher von dem Mord an der Mitarbeiterin gehört.«

Cara nickte. »Das habe ich, und das stimmt mich auch sehr traurig, doch hörte ich, dass Sie den Täter dingfest gemacht haben.«

»Sie hörten auch von den weiteren Morden in Florenz?«, erwiderte Vito.

Cara atmete tief ein. »Ich bin nicht nur Anwalt, sondern auch im Stadtrat tätig, und glauben Sie mir, ich bin sehr gut informiert, wenn es um die Belange unserer schönen Region geht.«

»Dann brauche ich Ihnen nicht zu erklären, dass wir derzeit mit Hochdruck in alle Richtungen ermitteln.«

Cara drückte auf das Sprechgerät neben seinem Telefon. »Riccarda, bringen Sie uns Kaffee«, sagte er, ehe er sich erneut Vito zuwandte. »Was habe ich damit zu tun?«

»Wie ich hörte, wurden Sie durch das Erbschaftsgericht als Sequester für die Firma Mamma Marelli bestellt, weil die Erbfolge noch nicht ganz geklärt ist.«

»So ist es, Commissario«, antwortete der Anwalt. »Ich war und ich bin immer noch so etwas wie der Hausanwalt dieser Firma und der Familie. Wenn man mich auch nicht allzu oft brauchte, so pflegte ich mit dem alten Luigi und auch später mit Alberto ein sehr freundschaftliches Verhältnis. Luigi wusste, wie man eine Firma führt, und er hat damals auf meinen Rat hin auch frühzeitig Regelungen getroffen, nachdem er von seiner Krankheit erfuhr. Nur ist sein Sohn und Erbe Alberto viel zu früh verstorben, und es gab keine entsprechenden Regelungen. Deshalb das Erbschaftsgericht und deshalb die Sache mit dem Sequester.«

»Das wäre aber nicht passiert, wenn es eine klare Erbfolge gäbe, habe ich recht?«

»Erbfolgen sind meist klar«, entgegnete Cara. »Zuerst die Anverwandten erster Linie, dann die zweite Linie, und dann geht es immer so weiter, bis zum Schluss der Staat kassiert, wenn es niemanden mehr gibt.«

»Aber hier ist es anders, richtig?«

Cara schmunzelte. »Sie wissen, dass ich eigentlich nicht mit Ihnen darüber reden darf. Aber dann rufen Sie beim Gericht an und wedeln mit einem Beschluss vor meiner Nase herum, und ich muss Ihnen doch alles erzählen, was ich dazu weiß. Ich gehe also davon aus, Sie reichen den Beschluss nach, sollten wir ihn tatsächlich brauchen, und wir nehmen jetzt die Abkürzung. Was wollen Sie wissen?«

»Liege ich mit meiner Interpretation der Erbsache richtig, gibt es einen möglichen Miterben, der bislang noch nicht bekannt war?«

Cara fuhr sich mit der Hand über seinen grauen Dreitagebart. »Luigi unterhielt ein Konto, von dem niemand in der Familie wusste«, erklärte der Anwalt. »Es fiel bei der Feststellung des Vermögens durch das Erbschaftsgericht auf. Von diesem Konto gingen seit Oktober 1989 regelmäßige Zahlungen an das Konto einer Poststelle in Fiesole. Der erste Betrag war zwanzig Millionen Lire, also beinahe zehntausend Euro in heutiger Währung, und dann folgten jeweils zweitausendfünfhundert Euro beziehungsweise zuerst natürlich der Betrag von knapp fünf Millionen Lire, bis zur leidlichen Umstellung der Währung.«

Vito spitzte die Lippen. »Zweitausendfünfhundert Euro, jeden Monat?«

Cara nickte. »Bis 2008, dann gab es noch einmal die Summe von dreißigtausend Euro, und dann wurden die Zahlungen eingestellt.«

»Wissen Sie, an wen diese Zahlungen gingen?«

»Wie gesagt, an ein Chiffrekonto bei der dortigen Post. Es war nicht leicht herauszufinden, aber inzwischen kenne ich die Abholerin.«

Vitos Herzschlag erhöhte sich. »Und die wäre?«

»Die Abholerin war eine gewisse Signora Rossi aus Fiesole.«

»Maria Rossi?«

Cara schüttelte etwas verwirrt den Kopf. »Nein, Francesca Rossi, sie wäre heute sechsundfünfzig Jahre alt, verstarb aber leider im August 2014.«

»Doch sie hatte Angehörige, richtig?«

Cara atmete tief ein. »Ersten Grades, eine Tochter. Eine gemeinsame Tochter wohl mit Luigi, wobei der Beweis erst erbracht werden müsste.«

»Und diese Tochter heißt Maria Rossi, habe ich recht?«

»Woher ...«

Vito überlegte. Die Namensgleichheit der drei Frauenleichen wollte er dem Anwalt nicht direkt auf die Nase binden. »Wir sind die Polizei, schon vergessen?«, wich er aus.

»Sie haben recht, nur leider dauert es etwas, bis wir alle möglichen Kandidatinnen in Erfahrung gebracht haben. Offenbar ist der Name Maria Rossi in Fiesole inflationär, alleine drei habe ich aus dem Kirchenregister der Gemeinde entnommen, weil wir leider nicht viel mehr über diese Person wissen. Außer, dass sie im Jahr 1988 geboren sein muss. Die Anfrage an die Gemeinde läuft noch, aber Sie kennen das ja, bei den Behörden braucht es oft seine Zeit ...«

Vito runzelte die Stirn. »Haben Sie diese Liste hier?«

»Von der Kirchengemeinde?«

Vito nickte.

Cara erhob sich, ging zu einem Regalschrank in der Ecke und zog einen Ordner hervor. Er nahm ein Papier heraus und wedelte damit in der Luft. »Soll ich eine Kopie anfertigen lassen?«

»Sehr gerne.«

Im selben Moment klopfte es an der Tür, und die Sekretärin betrat mit einem Tablett das Büro und stellte es auf dem Schreibtisch ab.

»Riccarda, machen Sie bitte eine Kopie hiervon«, sagte er zu der Frau, als sie das Büro verließ. Eine Minute später hielt Vito seine Kopie in der Hand. Drei Namen und Geburtsdaten waren darauf vermerkt, inklusive der jetzt aktuellen Familiennamen nebst Adresse. Sie stimmten allesamt mit den Viten der Mordopfer überein.

»Wissen auch Gennaro und die möglichen weiteren Erben darüber Bescheid?«, fragte Vito, als er nach der Kaffeetasse griff.

Cara hatte wieder hinter seinem Schreibtisch Platz genommen und nickte beflissen. »Sicher doch, als Sequester und Erbverwalter bin ich ja sogar gesetzlich verpflichtet, alle Umstände an die im Verfahren beteiligten Personen weiterzugeben. Auch an die Signora Abate und ihre Kinder übrigens, denn die hatten gemäß dem letzten gültigen Testament mehrere verbriefte Rechte vom Erblasser erhalten. Unter anderem geht es da um ihre Positionen in der Chefetage der Firma.«

Als sich Vito eine halbe Stunde später auf den Rückweg zur Pastificio machte, war er zufrieden. Mit dieser Liste hatten sie einen sehr konkreten Ansatzpunkt. Jetzt war es langsam an der Zeit, sich näher mit Gennaro Marelli und dem Rest der Familie zu beschäftigen. Doch mit Vorsicht und Bedacht. Einen zweiten De Luca konnten sich weder er noch die Questura erlauben.

KAPITEL 20

LAURA GING, GEFOLGT VON FRACCINELLI, zu Ornella Abates Büro.

»Fraccinelli, Sie werden alles dokumentieren. Wir müssen die Familie jetzt genau unter die Lupe nehmen.«

Der Assistente nickte, und Laura klopfte kurz an.

»Herein!« Die Stimme von Ornella Abate klang selbstsicher, aber ihre Miene verdüsterte sich, als Laura eintrat.

Der zweite Schreibtisch, an dem die verstorbene Maria Rossi ihren Platz gehabt hatte, war verschwunden. Auch die große Pflanze war entfernt worden. Das Büro wirkte jetzt steril und modern.

»Guten Tag, Signora Abate, wie ich sehe, haben Sie sich neu eingerichtet.«

Ornella Abate schaute Laura unbeeindruckt an. »Es ist mein Büro. Maria ist verstorben. Ich bin nicht sentimental.« Ihr Blick streifte Fraccinelli.

»Das ist Assistente erster Klasse Ortensio Fraccinelli, er wird unser Gespräch protokollieren«, erklärte Laura ihr.

Ornella sah demonstrativ zur Uhr. »Ich habe in dreißig Minuten ein Vorstellungsgespräch, immerhin werde ich die Arbeit dauerhaft nicht alleine bewältigen können. Fassen Sie sich am besten kurz.«

Laura atmete tief ein. »Sind Sie sich sicher, dass Sie uns alles mitgeteilt haben, was Sie über Maria wussten?«

Ornella Abate zuckte mit den Schultern. »Sie wurde hier bevorzugt behandelt, hat aber im Großen und Ganzen ihre Arbeit gut erledigt. Mein Onkel Luigi hat sie eingestellt und dafür gesorgt, dass sie ihren Weg gemacht hat. Ich war immer der Meinung, dass ihre Fähigkeiten überbewertet wurden. Ich habe für die Qualitätssicherung eine Ausbildung gemacht, sie hat die Aufgabe einfach nur übernommen, weil sie sich in der Produktion nicht wohlfühlte.«

Laura nickte. »Also haben Sie ihr die Stellung als Vorgesetzte geneidet.«

Die Feststellung wurde von Ornella Abate mit einer hochgezogenen Augenbraue und einem undamenhaften Schnauben kommentiert. Dann schüttelte sie amüsiert den Kopf. »Commissaria, ich habe die Ausbildung gemacht und die Qualifikationen für die Leitung dieser Abteilung. Mein Onkel ist verstorben, und auch wenn Alberto noch warten wollte, um Maria schonend darauf vorzubereiten, ich hätte die Stelle als Abteilungsleiterin in Kürze erhalten. Bedauerlicherweise starb auch mein Cousin überraschend, bevor er mit Maria sprechen konnte. Jetzt warte ich, bis der Sequester die endgültige Erbfolge festlegt. Solange verwaltet er die Firma, und wir tun unsere Arbeit, um alles am Laufen zu halten.« Mit einer selbstsicheren Geste strich sie einen imaginären Fussel von ihrer Bluse. »Sobald der neue Geschäftsinhaber feststeht, ist meine Ernennung nur eine Formalität, seien Sie sich versichert.«

Fraccinelli machte sich Notizen, während Laura überlegte. »Da Ihr Onkel nur zwei Söhne hatte, ist jetzt Gennaro der Erbe, richtig?«

Die junge Frau blickte sie abfällig an. »Fragen Sie ihn einfach, Commissaria. Aber machen Sie sich keine Illusionen, er ist heute Morgen mit seinem teuren Spielzeug vom Gelände gebrettert, bestimmt um sich irgendwo wichtigzumachen und den Firmeninhaber zu spielen. Arbeit ist nicht so seine Sache, wissen Sie. Faulenzen und sich feiern lassen liegen ihm mehr.«

Der Assistente warf Laura einen fragenden Blick zu, aber sie schüttelte nur unmerklich den Kopf und verabschiedete sich kühl von Signora Abate.

Als sie vor dem Büro standen, überlegte sie kurz. Vito würde sich Gennaro vornehmen, sobald er greifbar war. Aber die Alibis der Familie – so schlüssig sie mit Blick auf den Mord im Silo auch sein mochten – mussten für die anderen beiden Taten überprüft werden.

»Wir fahren zu Signora Abates Mutter, der Schwester des toten Firmeneigners. Wir werden mal ein wenig im Trüben fischen, Fraccinelli.«

Der Assistente nickte ernst, und ein Funkeln zeigte sich in seinen Augen. »Ich denke, das wird einiges an die Oberfläche spülen«, bemerkte er lapidar. »Petri Heil.«

Sie verließen das Gebäude. Ein Lkw fuhr zum Silo. Ein paar Arbeiter pflegten die Grünanlage rund um den Produktionsbetrieb. Der Rasen war schon leicht gelb, und die spärlichen Sträucher spendeten kaum Schatten. Laura schrieb Vito kurz eine Nachricht, dass sie und Fraccinelli jetzt zu Ornella Abates Mutter fahren würden und Gennaro nicht angetroffen hätten.

Als Fraccinelli in den Jeep stieg, musste die Commissaria darüber schmunzeln, wie offenkundig gern der Assistente diesen modernen und leistungsstarken Wagen fuhr. Der Alfa war heute in der Werkstatt, und sie gönnte dem Ispettore das Vergnügen. Laura stieg auf der Beifahrerseite ein, und Fraccinelli raste mit quietschenden Reifen los.

»Langsam, ja? Das ist kein Rennen.«

Der Ispettore grinste, drosselte aber die Geschwindigkeit, sodass sie das Firmengelände in einem zivilen Tempo verließen.

Laura blätterte in der Ermittlungsakte. Sie wollte die Familienverhältnisse noch einmal durchgehen. Da war der verstorbene Inhaber Luigi Marelli, der zwei Söhne hatte: Gennaro Marelli, den noch lebenden jüngeren Sohn, und den verstorbenen Alberto Marelli.

Gennaro hatte sein Betriebswirtschaftsstudium abgebrochen und anschließend auch eine Ausbildung zum Industrietechniker. Sein älterer Bruder Alberto war bei einem Autounfall ums Leben gekommen. Er hatte nicht geheiratet und keine Kinder. Zum Zeitpunkt des Unfalls lag Luigi Marellis Tod gerade mal einen Monat zurück. Alberto selbst hatte keinerlei Vorsorge für seinen Tod getroffen.

Daher griff die gesetzliche Erbfolge, und die Firmenleitung wurde auf den Bruder des Toten übertragen: Gennaro Marelli.

Das zusätzlich vorhandene finanzielle Vermögen der Familie bestand aus einem undurchdringlichen Dickicht aus Fonds und Trusts.

Signora Abate lebte auf der anderen Seite des Arno in den pittoresken Hügeln. Ihr prachtvolles Haus war mit der Geschichte der Medici verwoben.

Als Laura und Fraccinelli den Arno über die Via la Nave überquerten, konnten sie das Haus schon von Weitem sehen. Die Villa Ronzanello Artimino ließ eher an ein Schloss denken. Sie lag auf dem Hügel direkt gegenüber von Camaione. Die meisten Räumlichkeiten der ehemaligen Medici-Residenz waren zu einem Hotel umgebaut worden. Gennaro und Albertos Tante, Marcella Abate, wohnte in einem der restaurierten Nebengebäude mit Ausblick auf die Pastificio und den Arno.

Fraccinelli parkte den Jeep direkt vor dem gelben Gebäude mit den dunkelroten Fensterläden und den Türen mit Rundbögen. Der Eingang und die Fensterrahmen waren in einem dunklen Grün gestrichen, und das Haus wirkte trotz seines Alters bestens in Schuss. Rechts und links neben dem Eingang standen zwei große Tontöpfe mit blühenden Zitronenbäumen.

Laura trat vor und klingelte. Kurz darauf öffnete eine kleine, rundliche Frau in schwarzer Trauerkleidung. Sie trug eine elegante Perlenkette, die Frisur war perfekt toupiert. Laura fiel die Ähnlichkeit der Augen zu jenen von Ornella

Abata auf. Sie hatten die gleiche Farbe, die Augenbrauen den gleichen Schwung. Als die ältere Frau, ein wenig erstaunt, die Besucher musterte, bildete sich eine Falte zwischen ihren Brauen, wie Laura es so schon bei Ornella gesehen hatte.

»Signora Abate? Marcella Abate?« Die Dame nickte. »Meine Tochter hat mir Ihr Kommen angekündigt. Darf ich Sie hereinbitten?« Sie war ausgesucht höflich, aber in ihrer Stimme lag keinerlei Wärme.

Laura trat ein, und hinter ihr, wie ein riesiger Schatten, Fraccinelli. In dem Flur mit überdimensionalen Terrakottafliesen war es kühl. Laura fröstelte in ihrer dünnen Bluse, dann vernahm sie das leise Brummen einer Klimaanlage in der Ferne.

»Folgen Sie mir in den *Salotto*.« Signora Abate schritt voran, mit ihrer rundlichen Gestalt wirkte sie wie ein davonschwebender Fesselballon.

Der Wohnbereich hatte ähnlich hohe Fensterbögen wie die Front des Gebäudes. Draußen auf einer lang gezogenen Veranda spendeten herabgelassene grüne Stoffmarkisen Schatten. Man hatte einen wunderbaren Blick auf die gepflegte Gartenanlage. Alles wirkte akkurat und makellos. Das galt auch für die Inneneinrichtung. Mit gestreiftem Chintz bezogene Sofas standen auf einem dekadent dicken Perserteppich, der einen Teil des glänzenden Parkettbodens bedeckte. Zudem war der Salon reich mit Antiquitäten und Kunstgegenständen geschmückt.

Fraccinelli trat unbehaglich von einem Fuß auf den anderen.

»Nehmen Sie bitte Platz. Darf ich Ihnen etwas zu trinken anbieten?«

Laura verneinte, aber Fraccinelli bat um ein Glas Wasser. Aus einem Durchgang trat eine junge Frau in Jeans und Bluse hervor und eilte auf einen leichten Wink der Signora davon.

Schweigend setzte sich Laura und musterte die Dame des Hauses. »Ihre Söhne sind nicht da, richtig?«

Diese Frage löste ein humorloses Lächeln bei der älteren Frau aus. »Nein. Sie sind erwachsene Männer, die beide Berufe ausüben. Sie sind in Florenz. Ignazio hält Anteile an einem Bekleidungsgeschäft, Roberto ist im Marketing tätig.«

Soweit Laura wusste, hatten beide Männer ohne besonderes Engagement in erfolgreiche Firmen investiert. Ansonsten hielten sie ihren Lebensstandard mit den Zahlungen aus den diversen Fonds und Trusts, die immer mehr schrumpften.

»Sie müssen sehr stolz auf sie sein.« Laura gab nicht preis, was sie dachte oder wusste.

Signora Abate lächelte, zum ersten Mal mit einer echten Gefühlsregung zwischen den strengen Zügen. Ihre Hände lagen damenhaft übereinander, der schwarze Rock bedeckte die Knie, und die Trauerkleidung wirkte hochwertig. »Eine Mutter liebt ihre Kinder immer und sollte in jedem Fall stolz sein. Aber ja, ich bin stolz auf meine Kinder und ihre Erfolge.«

Laura schwieg kurz, um Fraccinelli das Mitschreiben zu ermöglichen. »Kannten Sie die Tote? Maria Rossi?«

Falls Marcella Abate bei dieser Frage und dem Namen eine Gefühlsregung durchlebte, war es ihr nicht anzumerken. »Natürlich. Ich habe Luigi oft im Betrieb besucht. Immerhin ist die Pasta-Herstellung eine Familientradition und mein Erbe. Luigi, mein Bruder, Gott gebe seiner Seele Frieden, hat mich stets zurate gezogen, auch wenn ich kein Interesse hatte, in der Geschäftsführung mitzuwirken. Ich habe es immer als meine Pflicht gesehen, für meine Kinder da zu sein.«

Die junge Angestellte kehrte zurück mit einem Tablett, auf dem eine Karaffe Wasser sowie Gläser und eine Kristallschale mit Eiswürfeln standen.

Vorsichtig nahm Fraccinelli das geschliffene Kristallglas mit dem Mineralwasser entgegen. Laura schwieg, bis die Bedienstete sich wieder entfernte. Über dem Kaminsims hinter der Signora schlug eine antike Uhr Mittag. Der laute Ton war so durchdringend, dass Laura warten musste, bis die Uhr alle zwölf Gongschläge absolviert hatte.

»Mein Vater hat diese Uhr geliebt. Mein Bruder Luigi mochte sie nicht.« Signora Abate grinste amüsiert, als wäre das ein Witz, den außer ihr niemand verstand.

»Sie hatten also ein gutes Verhältnis zu Ihrem verstorbenen Bruder?« Laura ließ die Frau nicht aus den Augen.

»*Sì*, Commissaria. Er und ich waren zwar grundverschieden, aber Blut ist eben dicker als Wasser. *La famiglia*, Sie verstehen? Ich war mit meinem zweiten Sohn schwanger, als unser Vater verstarb und die Firmenführung an meinen Bruder ging. Doch mein Vater hatte auch für mich gesorgt, mit einem großzügigen Fonds und diesem Haus.

Mein Ehemann war finanziell nicht ganz so erfolgreich, aber wir hatten ein gutes, sorgenfreies Leben. Was will man mehr.«

Laura waren der hochwertige Schmuck, die Designerkleidung und der hier offen zur Schau gestellte Luxus nicht entgangen. Es machte nicht den Eindruck, als hätte die Signora jemals wirkliche Entbehrungen erlitten.

Ein junger Mann trat unvermittelt in den Salon. Er hatte dunkle, feucht wirkende Haare, das blaue Hemd mit dem breiten Kragen war aufgeknöpft. Erstaunt blickte er zu Laura. Sie bemerkte den misstrauischen Ausdruck, der kurz über seine markanten Gesichtszüge huschte. Dann zauberte der Mann ein offenes, freundliches Lächeln hervor, so schnell und unverbindlich, dass ihn ein Berufspolitiker um diese Fähigkeit beneidet hätte.

»Mama! So ein attraktiver Besuch, und du sagst mir nichts?« Seine Stimme hatte ein tiefes, angenehmes Timbre. Fragend blickte er Signora Abate an.

»Commissaria Gabbiano und ihr Kollege sind wegen der armen Maria Rossi hier. Commissaria, dies ist mein Sohn Roberto.«

Roberto Abate nickte ihr zu und nahm neben seiner Mutter Platz, ließ dabei aber Laura nicht aus den Augen. »Was führt Sie hierher? Meine Mutter ist ja nicht in der Fabrik tätig und hat Maria bestimmt seit dem letzten Firmenfest nicht mehr gesehen.«

Signora Abate nickte bestätigend.

»Reine Routine. Wir prüfen alle Alibis und wollten nachhören, ob Sie vielleicht etwas wissen, was uns weiterhelfen kann. Gründliche Befragungen sind so wichtig.« Der letzten Bemerkung nahm sie mit einem Lächeln die Spitze.

»Ich glaube, meine Schwester hat Ihnen schon mitgeteilt, dass wir alle bei einer Geburtstagsfeier in Florenz waren, zu dem Zeitpunkt, als die arme Maria im Silo eingeschlossen wurde.«

Laura unterbrach ihn. »Eine Feier, bei der auch Ihr Cousin Gennaro anwesend war, richtig?«

Er nickte. »Ja, er kam erst etwas später, kurz vor sechs. Aber er war auch dabei. Es macht mich ganz betroffen, dass wir unbeschwert gefeiert haben, während die arme Maria ihr Leben verloren hat.« Die Worte klangen aufrichtig, aber sein Lächeln erreichte seine Augen nicht.

»Ja, in der Tat, ein unglücklicher Umstand. Können Sie mir sagen, wo Sie gestern Abend waren, Signore und Signora Abate?«

Marcella Abate überlegte. »Ich war hier, ich hatte eine Abendgesellschaft. Mein Sohn Ignazio war auch da.«

Roberto sah Laura fragend an, antwortete dann aber. »Ich war in Florenz, im Nuovo Bianco, zum Abendessen mit ein paar Freunden.«

Fraccinelli runzelte die Stirn.

Das Bianco, ein angesagtes Sternerestaurant, lag direkt am Boboli-Garten. Somit hätte Roberto zumindest räumlich die Möglichkeit gehabt, den Mord in dem Park zu verüben.

»Wären Sie so freundlich, Ispettore Fraccinelli den Namen und die Kontaktdaten Ihrer Freunde zu geben?«

Roberto Abate nickte zögerlich und sichtlich verwirrt. »Ja, aber da war Maria doch schon lange tot.«

»Wir haben noch weitere Tote gefunden. Alle mit dem Geburtsnamen Maria Rossi.«

Signora Abate wurde kalkweiß. »Ich wusste, diese Schlampe würde uns eines Tages in Schwierigkeiten bringen. Aber dass sie sogar nach ihrem Tod Ärger stiftet ...«, platzte sie heraus.

Laura horchte auf. »Wen meinen Sie? Maria Rossi?«

Signora Abate schnaubte. Ihr Sohn hatte eine grimmige Miene aufgelegt und starrte auf seine Hände.

»Nein. Die Mutter von Maria Rossi, Francesca. Mein Bruder hatte eine unbedeutende Affäre mit ihr, vor mehr als sechsunddreißig Jahren, kurz vor seiner Heirat. Aber sie hat ihm natürlich das große Drama vorgespielt. Angeblich hat er sie geschwängert, und Luigi hat ihr das doch tatsächlich geglaubt. Sie hat es kurz nach seiner Hochzeit behauptet, und was hätte er da noch tun können? Er hat sie finanziell unterstützt, eine Abtreibung kam nicht infrage. Mein Bruder war ein Ehrenmann, aber er fühlte sich auch seiner jungen Ehefrau verpflichtet.« Ein missbilligendes Schnauben entfuhr der Signora. »Francesca gab das Mädchen nach der Geburt zur Adoption frei. Luigi hat sie weiter für ihr Schweigen bezahlt.«

Signora Abate ergriff die Hand ihres Sohnes und sprach dann etwas ruhiger weiter. »Vor einigen Jahren tauchte eine Maria Rossi auf und bewarb sich in der Fabrik. Luigis Frau war gestorben, und er wollte unbedingt glauben, dass sie seine verschollene Tochter war.«

Fraccinellis Stift flog nur so über sein Notizbuch.

»Sie waren davon nicht überzeugt?«, hakte Laura nach.

Signora Abate versuchte, wieder ihre gelassene Miene aufzusetzen. »Nein. Francesca hat die Unterstützung meines Bruders angenommen, aber das Kind zur Adoption freigegeben. Luigi hatte nur einen Verdacht, und deshalb hat er Maria auch bevorzugt behandelt. Er war aber nicht so dumm, ihr davon zu erzählen. Wem hätte es auch genützt? Er gab ihr eine Arbeitsstelle, das war mehr, als viele andere getan hätten.«

Laura fand zwar, dass es durchaus weitere Möglichkeiten für Luigi Marelli gegeben hatte, hielt aber ihren Mund. Stattdessen setzte sie die Befragung fort.

»Hat er es seinen Söhnen erzählt? Alberto und Gennaro?«

»Nein, Commissaria, aber ich hielt es für meine Pflicht, die beiden nach seinem Tod vor einer potenziellen Erbschleicherin zu warnen. Immerhin gehören Gennaro und Alberto zur Familie, und Luigi war sentimental. Er hatte sich immer eine Tochter gewünscht. Ich habe meinen Neffen nach Luigis Tod mitgeteilt, dass eventuell noch jemand Anspruch auf das Erbe erheben könnte.«

Laura überlegte. »Wurde, als Luigi starb, nicht auch das uneheliche Kind in der Erbfolge berücksichtigt? Wenn Ihr Bruder doch schon den Verdacht hatte, dass Maria Rossi seine Tochter war?«

Jetzt schaltete sich Roberto ein. »Mein Onkel wollte nur seinen ältesten Sohn als Nachfolger. Er konnte ja nicht ahnen, dass Alberto ihm so rasch in den Tod folgen würde. Er hat Gennaro nur einen kleinen Teil vermacht, streng in einem Fonds angelegt, um ihm ein dauerhaftes Auskommen zu sichern. Ich weiß, dass er versucht hat, mehr über

Maria zu erfahren, aber das war nicht so einfach, und er dachte, er hätte mehr Zeit.« Er sah zu seiner Mutter, ergriff ihre Hand und drückte sie.

Signora Abate huschte ein trauriger Zug über das Gesicht. »Mama hat ihren Bruder geliebt. Sein recht unerwarteter Tod hat sie sehr getroffen. Sie hat davon aber nicht profitiert. Meine Mutter hält ein paar Anteile an der Fabrik, mehr nicht, und die hat sie von ihrem Vater geerbt.«

»Also haben Sie auf das Erbe von Luigi Marelli keinen Zugriff?«

Roberto schüttelte den Kopf und grinste schief. »Nein. Und auch jetzt haben wir keinen Vorteil. Gennaro ist derjenige, der davon profitieren wird. Es sei denn, der Sequester findet noch einen weiteren Erben von Alberto. Mein Cousin hat kein Testament hinterlassen.«

Signora Abate nickte grimmig. »Gennaro hat noch nie einen Schuss Pulver getaugt. Er ist ein Blender, ein Verschwender und ein verwöhntes Nesthäkchen. Luigi war immer zu weich mit ihm, aber er hat erkannt, dass der Junge sich nicht für die Geschäftsführung eignete. Leider wird er dieses Erbe ruinieren. Schnelle Autos, Partys und Mädchen, mehr hat der Bengel nicht im Kopf. Sein Bruder war ein würdiger Nachfolger. Jetzt wird Gennaro die Firma zugrunde richten, warten Sie es nur ab, Commissaria.«

Laura stand auf und nickte Fraccinelli zu. »Ich danke Ihnen. Falls wir weitere Fragen haben, kommen wir auf Sie zu.«

Roberto Abate war aufgesprungen und reichte Laura eine blütenweiße Visitenkarte. »Rufen Sie mich an. Ich stehe gern zur Verfügung.«

Sie nickte und übergab die Karte an Fraccinelli. »Der Ispettore wird Sie kontaktieren wegen der Adressen Ihrer Begleiter im Nuovo Bianco am 18. Juli.«

Der Gesichtsausdruck des Mannes wurde maskenhaft, aber er lächelte schmallippig weiter. »Natürlich, Commissaria.« Dann wandte er sich um. »Alexandra, begleiten Sie unsere Gäste doch hinaus.«

Die junge Frau, die das Wasser serviert hatte, kam ins Zimmer und bedeutete Laura und Fraccinelli, ihr zu folgen. Als sie die Eingangshalle erreichten, wandte sich Laura an die Angestellte.

»Stimmt es, dass Signore Luigi Marelli und seine Schwester ein gutes Verhältnis zueinander hatten?«

Die junge Frau wurde blass, nickte aber.

»Keine Angst, ich werde Ihre Antworten nicht mit Ihrer Arbeitgeberin besprechen. Alles hier bleibt vertraulich und ist inoffiziell. Wie sah es mit dem Sohn aus, bevor er starb? Wie ist die Signora mit Alberto ausgekommen?«

Die Frau warf einen Blick zurück, bevor sie leise antwortete. »Sie hatte ein gutes Verhältnis mit ihrem älteren Neffen. Er hat sie regelmäßig besucht und kam auch mit den Kindern der Signora gut aus.«

Fraccinelli hörte aufmerksam zu, während Laura mit der Befragung fortfuhr. »Und der jüngere Sohn? Gennaro?«

Die Angestellte zuckte mit den Achseln. »Einmal hat er sich furchtbar mit der Tochter gestritten. Die Signora ist freundlich zu ihm, aber die Kinder mögen ihn nicht. Gennaro hasst Ornella, denke ich. Sie nennt ihn einen jämmerlichen Versager.«

Sie erreichten die Tür. »Danke.« Laura hatte nur eine Bestätigung gebraucht und stellte keine weiteren Fragen mehr. Sie würde alles mit Vito besprechen – und dann gegebenenfalls erneut der Familie Abate ihre Aufwartung machen.

KAPITEL 21

GENNARO MARELLI BEWOHNTE eine luxuriöse Eigentumswohnung unweit der Porta San Miniato im Stadtteil San Niccolò. Nach allem, was die Ermittlungen bislang ergeben hatten, verdichtete sich der Verdacht gegen den jungen Lebemann, und es war an der Zeit, ihm auf den Zahn zu fühlen. Vito hatte noch einmal in der Pastificio angerufen, dort war Gennaro zwar kurz aufgetaucht, doch bald darauf wieder verschwunden.

Sie hatten Fraccinelli an einer Bushaltestelle abgesetzt, damit er zurück in die Questura fahren konnte, um das Alibi von Roberto Abate zu überprüfen. Er hatte inzwischen wie versprochen eine Liste seiner Freunde übersandt, mit denen er im Nuovo Bianchi gespeist hatte. Zudem hatte Chiara über das Standesamt der Stadt Fiesole herausgefunden, dass es keine weitere Maria Rossi mehr gab, auf die das Geburtsjahr zutraf und die also vermutlich in Gefahr geschwebt hätte. Nun fuhren sie die malerische Straße an der hohen Mauer entlang, die in das noble Wohnviertel führte, in dem Gennaro Marelli lebte.

Als sie bei seiner Adresse ankamen, stand Marellis schwarzer Maserati auf der Straße direkt vor dem Haus.

»Der kann sich was leisten«, kommentierte Vito. »Monatlich dreitausend aus dem Fonds, dazu noch das Gehalt als Assistent der Geschäftsleitung und bald als Chef. Alleine für den Wagen, den er fährt, bräuchten wir zwei bis drei Jahresgehälter.«

Vor der offenen Eingangstür nickten sie einem Monteur im blauen Arbeitsanzug zu, der mit der Reparatur eines Briefkastens beschäftigt war. Gennaro wohnte im vierten Stock des Altbaus, der innen mit Marmor gefliest war und einen Aufzug hatte. Dennoch nahmen sie die Treppe.

Kurz bevor sie die letzten Stufen hinter sich gebracht hatten, wurde die Tür zu Gennaros Wohnung geöffnet. Eine junge, ausgesprochen hübsche Frau mit langen schwarzen Haaren in einem gelben, extrem kurzen Sommerkleid kam aus der Wohnung und wandte sich noch einmal um.

»Ciao, *Bello*«, rief sie mit dunkler Stimme. »Sehen wir uns morgen?«

»Ich ruf dich an«, schallte es aus der Wohnung zurück.

Vito beschleunigte seinen Schritt und stand neben ihr, bevor sie die Tür zuziehen konnte.

»*Che cosa?*«, fragte sie, als Vito sie zur Seite schob. Ein Blick auf seinen Dienstausweis ließ sie verstummen.

»Alles in Ordnung«, beruhigte Vito die Frau. »Wir müssen uns kurz mit Signore Marelli unterhalten.«

»Gennaro, *la polizia è qui*«, rief sie, bevor sie im Fahrstuhl verschwand.

Im Flur stand Gennaro in schwarzen Shorts mit nacktem und nahtlos sonnengebräuntem Oberkörper.

»*Buona giornata*, Commissario«, begrüßte er Vito mit einem breiten Lächeln. »Haben Sie Ihren Mörder schon verhaftet?«

Laura, die direkt hinter Vito stand, musterte den jungen Mann, in dessen Gesicht sich keine Spur von Unsicherheit oder Überraschung abzeichnete.

»Das ist meine Kollegin, Commissaria Gabbiano«, sagte Vito und trat einen Schritt zur Seite. »Können wir uns irgendwo ungestört unterhalten?«

Gennaro kam auf Laura zu, griff nach ihrer Hand und hauchte ihr einen Kuss auf den Handrücken. »*Buona giornata*, schöne Frau«, sagte er. »Treten Sie einfach ein. Einen Kaffee, Martini oder einen Cocktail?«

Er benahm sich eher wie ein leichtsinniger Jugendlicher als wie ein Firmenchef, der bald eine Pastificio mit beinahe einhundert Mitarbeitern leiten sollte.

Gennaro führte seine Besucher in das geräumige Wohnzimmer, ein buntes Einrichtungspotpourri. Moderne Designermöbel standen neben neoklassizistischen Skulpturen, und ein riesiger Flachbildschirm hing an der Stirnwand. Gennaro bat Vito und Laura, auf einem roten Sofa in Herzform Platz zu nehmen.

»Und, wie ist es nun, einen Drink, einen Kaffee?«, fragte er, als er sich an der kleinen Hausbar in der Ecke einen Whisky einschenkte.

»Direktimport aus Schottland, ist hier nicht zu haben.«

»Danke, nein«, lehnte Vito ab, und auch Laura verzichtete.

»Bestimmt wollen Sie noch einmal von mir wissen, wann genau ich diesen *Briccone* vor unserer Firma gesehen habe?«

»Sie meinen De Luca?«

»Den Ex von Maria, um den geht es ja wohl«, bestätigte Gennaro Marelli und prostete seinen Besuchern zu.

»Sie müssen sich geirrt haben«, entgegnete Vito. »De Luca hat ein Alibi für die Tatzeit. Er kann Maria Rossi nicht in das Silo gesperrt haben.«

Einen kurzen Augenblick verzog Gennaro Marelli seinen Mund, doch dann fand er wieder zu seinem normalen Verhaltensmuster zurück. »Na gut, dann habe ich mich vielleicht geirrt, kann sein. Es waren ja auch einige hundert Meter zwischen mir und ihm. Und dabei dachte ich, ich könnte Ihnen bei der Aufklärung des Mordes behilflich sein.«

»Wo waren Sie zur Tatzeit, sagen wir zwischen fünf und sechs Uhr?«, mischte sich Laura ein.

Gennaro Marelli zuckte mit den Schultern. »Ich sagte doch bereits, ich war auf einer Familienfeier und bin etwas früher gegangen. War wohl so um halb fünf, als ich den Ex-Freund oder zumindest einen, der aussah wie er, hinter dem Zaun gesehen habe.«

»Komischerweise sind Sie erst nach sechs auf der Familienfeier erschienen«, fuhr Vito fort.

»Wer sagt das?«

Die Gesichtszüge des Mannes veränderten sich. Die Leichtigkeit wich einer gespannten Aufmerksamkeit.

»Wir haben mit Ihren Verwandten gesprochen«, erklärte Laura.

Kurz entspannten sich die Züge des Mannes wieder. »Tja, dann haben die sich wohl geirrt«, sagte er und lächelte dabei. »Vielleicht haben sie mich einfach übersehen, schließlich waren wir beinahe zwanzig Personen, und ich habe zuvor noch telefoniert.«

»Sind Sie sicher?«

Gennaro Marelli winkte ab und schlenderte auf einen Sessel neben dem Glastisch zu. »Was wollen Sie von mir? Verdächtigen Sie mich etwa?«

Weder Laura noch Vito antworteten und ließen ihn einfach mit seiner Frage im Schweigen zurück.

»Was soll das, weshalb hätte ich dieser Frau etwas antun sollen? Sie war eine graue Maus, eine Mitarbeiterin in der Firma, was hätte ich davon?«

Vito räusperte sich. »Es gibt Menschen, die ungerne teilen, vor allem, wenn es um das Erbe geht.«

Nun war es mit der Gelassenheit endgültig vorbei. Gennaro Marelli errichtete eine Festung aus Widerspenstigkeit und Trotz um sich. »*Senza senso*«, fluchte er.

»Wo waren Sie am Abend des achtzehnten auf den neunzehnten Juli?«, feuerte Laura die nächste Frage ab.

Gennaro Marelli betrachtete nachdenklich das Whiskyglas, das er in seiner Hand hin und her drehte. Die Frage ließ er unbeantwortet.

»Sie haben die Frage meiner Kollegin gehört, würden Sie bitte antworten«, forderte Vito den inzwischen nervös wirkenden Mann im Sessel auf.

»Und waren Sie in der letzten Zeit mal in der Nähe der Visarno Arena am Arno?«, fragte Laura weiter.

Gennaro Marelli atmete tief ein, dann schoss er wie ein Blitz aus seinem Sessel auf, eilte zur Wohnzimmertür und riss diese auf.

»Gehen Sie, alle beide!«

Laura erhob sich. »Es wäre besser, wenn Sie antworten. Wenn Sie ein Alibi haben, dann gibt es keinen Grund, unseren Fragen auszuweichen.«

»Ich muss gar nichts, gehen Sie, jetzt!«

Auch Vito erhob sich. Langsam gingen sie zur Tür. Als sie an ihm vorbeikamen, beugte sich Vito noch einmal zu ihm hinüber. »Es ist besser für Sie, wenn Sie die Stadt in den nächsten Tagen nicht verlassen!«

Gennaro Marelli wandte den Kopf zur Seite und schwieg.

Nachdem Laura und Vito die Wohnung verlassen hatten und über die Treppe nach unten gingen, hallten laute Flüche von oben durch das Treppenhaus.

Vito lächelte. »Ich glaube, wir haben die Fassade ein klein wenig angekratzt.«

Laura nickte. »Er benimmt sich wie ein trotziges Kind.«

»Dann sollten wir den Druck noch ein klein wenig erhöhen. Und das nächste Mal wird es ein Heimspiel.«

KAPITEL 22

LAURA BETRAT DAS GERICHTSGEBÄUDE und sah sich kurz um. Noch immer war es ihr suspekt, ein riesiger Betonbunker aus Glas und glatten Flächen. Im Inneren kam sie sich verloren vor und verirrte sich regelmäßig. Zum Glück traf sie beim Eintreten Trancettis Gerichtssekretärin, die ihr schon einmal einen Beschluss persönlich in die Questura gebracht hatte.

»Commissaria. Was führt Sie hierher?«

Laura ließ sich ihre Erleichterung nicht anmerken und lächelte die Frau in dem strengen Kostüm an. Signora Benotti war eine Sekretärin der alten Schule, immer effizient und freundlich. Laura hatte den Verdacht, dass sie noch keinen einzigen Arbeitstag ohne Pumps und perfektes Make-up in diesem Rechtspalast absolviert hatte. Sie mochte die etwas herb wirkende Frau mit den Lachfalten im sonnengebräunten Gesicht, der übergroßen Brille und dem kurzen grauen Haar.

»Ich möchte tatsächlich gerade zu Ihrem Chef, eine Vorladung beantragen. Ist er verfügbar, oder muss ich zu einem Kollegen?«

»Kommen Sie.« Signora Benotti eilte auf einen der Aufzüge zu, und Laura folgte ihr. Die Sekretärin trug einige Akten auf dem Arm, und dank ihrer Pumps konnte man jeden ihrer Schritte auf dem glatten Boden gut hören. »Sie haben Glück, eigentlich hätte er heute eine Verhandlung gehabt, aber die wurde abgesagt. Mal wieder.« Sie klang entrüstet, als wäre eine abgesagte Verhandlung das Schlimmste, was man ihr und ihrem Chef antun konnte. Dabei kam es öfters vor, dass Termine verschoben wurden. Angeklagte erkrankten, Zeugen erschienen nicht, Anwälte baten um Vertagungen.

»Was brauchen Sie von Richter Trancetti?« Signora Benotti musterte Laura über die Gläser ihrer Brille hinweg.

»Eine Vorladung. Wir haben im Fall einen Verdächtigen, den wir gern näher unter die Lupe nehmen wollen.«

Der Aufzug hielt im dritten Stock, und die Sekretärin hastete voraus, den Gang entlang und betrat am Ende des langen Flures ein hochmodernes Büro. Zwei Schreibtische standen sich gegenüber, der kleinere war offensichtlich ungenutzt.

Signora Benotti legte die Akten auf dem größeren der beiden Tische ab, nahm den Hörer des Telefons und lächelte Laura kurz an. »Sie haben Glück, dass er noch hier ist. Die meisten Richter sind um diese Zeit schon weg. Aber er arbeitet immer bis mindestens neunzehn Uhr. Und das, obwohl er morgens schon vor acht im Haus ist. Ah, Richter

Trancetti, entschuldigen Sie die Störung. Commissaria Gabbiano ist hier.« Signora Benotti lauschte kurz, legte dann auf und deutete auf die graue Tür rechts hinter dem Schreibtisch. »Gehen Sie hinein.«

Als Laura eintrat, saß Richter Trancetti an einem riesigen, antiken Holzschreibtisch, der so gar nicht zu der eleganten und modernen Vorzimmeratmosphäre passte. An der rechten Bürowand stand ein dunkler Holzschrank mit Vitrinentüren und Löwenfüßen. Im Inneren stapelten sich unzählige in Leder gebundene Bücher und Schriftsätze. Bilder von alten Schlachtszenen, mit Soldaten in bunten Uniformen und Reitern schmückten die sonst kahlen Wände. Hinter dem Schreibtisch, auf einem Sims stehend, zog eine Marmorfigur der Justitia Lauras Blick auf sich. Flankiert wurde die Statue von einer italienischen und einer florentinischen Flagge. Der Richter selbst thronte davor auf einem riesigen Ledersessel wie ein Medici-Fürst.

»Starren Sie nicht, machen Sie die Tür zu, Commissaria.« Die schnarrende, stets missgelaunt wirkende Stimme gehörte zu Trancetti wie sein stechender Blick. Seine dünnen grauen Haare standen wie immer ein wenig wirr ab, aber ansonsten war sein Erscheinungsbild tadellos. Er trug einen Anzug mit Weste und Einstecktuch, trotz der draußen herrschenden Hitze. »Sie besuchen mich zum Glück diesmal hier, nicht wieder bei mir zu Hause. Ich schätze es, dass Sie mich nicht sonntags aus dem Bett klingeln.« Der Richter war gereizt, und Laura schluckte den erteilten Tadel hinunter.

»Es war sehr freundlich, uns beim Fall Simonetti außerhalb

der Bürozeiten zu unterstützen. Diesmal ist die Aktenlage ähnlich klar, und vor allem ist die Sache ziemlich dringlich.«

Der Schreibtisch des Richters war übersät mit Akten. Er notierte etwas mit grüner Tinte, ein weiteres seiner Markenzeichen. »Es geht um die drei Frauenleichen, hoffe ich. Wen haben Sie im Verdacht?« Er schaute nur kurz auf.

Laura versuchte, nicht von seiner schroffen Art genervt zu sein. »Signore Gennaro Marelli, den Sohn des ehemaligen Besitzers der Pastificio Mamma Marelli.«

Damit gewann sie die Aufmerksamkeit Trancettis. Er hob den Kopf und sah sie durchdringend an. »Luigis Jüngster? Warum sollte er drei Frauen umgebracht haben? Er ist ein Nichtsnutz, aber ein Mörder? Schwer vorzustellen, dass das Kerlchen den Mumm für so was besitzt.«

Laura hob erstaunt die Augenbrauen. »Sie kennen Gennaro Marelli?«

Trancetti schüttelte den Kopf. »Wir sind in Florenz, Commissaria Gabbiano. Da begegnet man auf den Konzerten und Wohltätigkeitsveranstaltungen den immer gleichen Leuten. Sie habe ich auf der Ausstellung letztens auch in Begleitung gesehen, wenn ich mich nicht irre. Ich kenne Gennaro genauso, wie ich meinen Gärtner oder den Postboten kenne. Was sind die Indizien, die gegen ihn sprechen? Womit begründen Sie die Vorladung?«

Laura reichte Trancetti die mitgebrachte Ermittlungsakte, die er ungeduldig durchblätterte.

»Sein Vater hat die Firma Gennaros Bruder Alberto vermacht. Dieser ist überraschend verstorben, und das Erbe wird derzeit von einem Sequester, Avvocato Dino Cara aus

Camaione, verwaltet. Wir nehmen an, dass Cara eine weitere Erbin, eine uneheliche Tochter von Luigi Marelli, ausfindig gemacht hat.«

Richter Trancetti lehnte sich zurück und funkelte Laura interessiert an. »Gennaros Bruder, Alberto war sein Name, richtig?«

Laura nickte.

»Kein Testament, nehme ich an?«

»Stimmt, Richter Trancetti. Wir gehen davon aus, dass Gennaro das Unternehmen nicht mit einer unbekannten Halbschwester teilen wollte. Alle drei Frauen sind in Fiesole im gleichen Jahr mit dem Namen Maria Rossi geboren. Gennaros Vater Luigi hatte eine Affäre mit Francesca Rossi. Wir konnten inzwischen den Geburtsnamen bei allen Toten als Maria Rossi bestimmen. Unsere derzeitige Praktikantin sollte Ihnen diese Unterlagen schon zur Verfügung gestellt haben.«

Der Richter runzelte die Stirn. »Und Gennaro hat kein Alibi für die Mordzeitpunkte?«

Laura zögerte. »Er hat Alibis angegeben, aber diese sind nicht beweiskräftig. Zum einen gibt es über die Uhrzeiten verschiedene Aussagen, zum anderen konnten wir ihn mit einem speziellen Kastanienmehl in Verbindung bringen, das bei der Leiche im Boboli-Garten gefunden wurde. Für die Tatzeit dort hat er die Angabe eines Alibis verweigert. Die Befragung hat er abgebrochen.«

Der Richter klappte die Akte geräuschvoll zu. »*Basta*, genug gehört.« Er zog einen Vordruck aus einem der Aktenberge vor sich und setzte seine schwungvolle Unterschrift darunter. »Hier, die Vorladung. Sollten Sie ausreichend Indizien oder Beweise haben, erwarte ich, dass Sie mich informieren, damit ich auch den Haftbefehl und den Durchsuchungsbeschluss ausstellen kann. Aber wir halten uns streng an Verfahrensregeln, die Familie Marelli hat einen gewissen Stand in der Region.«

Laura nickte. Richter Trancetti war nicht so erfolgreich geworden, weil er nur die unbedeutenden Fälle bearbeitete. Er wusste genau, wann er seinen Hut in den Ring warf.

Als Laura eine gute halbe Stunde später in der Osteria del Gatto e la Volpe ankam, winkte ihr Vito von einem Zweiertisch vor einem der vielen Weinregale zu. Das von außen unscheinbar wirkende graue Gebäude entpuppte sich von innen überraschend als gemütliche Osteria mit Flair. Der Duft von Kräutern und Tomatensauce hing in der Luft.

Lauras Magen meldete sich laut knurrend. Zügig trat sie durch die eng bestuhlte volle Gaststätte, in der viele Leute bei einem Glas Wein und einem Teller Pasta ihren Feierabend genossen. Laura war angetan, die Ziegelwände, die nur von Regalen oder in die Wand eingelassenen Weinschränken geschmückt wurden, die geschmackvollen Landschaftsbilder und die stoffbezogenen Schirme der Wandlampen. Es wirkte rustikal und gemütlich. Der mit breiten roten Fliesen im Fischgrätmuster bedeckte Boden war ebenso passend wie die Eichenstühle und die grob wirkenden Holztische.

»*Buona sera,* Laura. Hat alles im Gericht mit Trancetti geklappt?«, fragte Vito.

Sie nickte. Vito hatte ein Glas Rotwein auch für sie bestellt.

»Für dich«, sagte er und prostete ihr zu. Sie lächelte. »Danke dir, und danke für die Mitteilung, dass wir uns hier treffen. Ich bin am Verhungern.«

»Ich habe dir zu danken, dass du trotzdem noch zum Gericht gefahren bist. Ich konnte dafür in der Questura mit Maria und Chiara die Ermittlungsakten sortieren und die Befragung von Gennaro für morgen vorbereiten. Außerdem habe ich die Aussage des Sequesters dokumentiert. Bei der Wohnungsdurchsuchung unserer Wasserleiche haben Chiara und Conte leider nichts Hilfreiches entdeckt. Die Tote lebte ähnlich unauffällig wie die anderen Opfer.«

Laura hatte bereits die Karte aufgeklappt und überflog die Gerichte. »Wie schade, eine Verbindung zu Gennaro oder der Familie Marelli wäre wirklich gut gewesen.«

Vito tippte gegen Lauras Lektüre, und sie sah widerwillig auf. »Nimm die Penne alla Vodka, vertrau mir.«

Sie legte die Speisekarte zur Seite und hob die Hand, der Kellner war sofort bei ihnen am Tisch.

»Einmal ...«

»Zweimal die Penne alla Vodka, *per favore*«, fiel ihr Vito ins Wort.

»Da bin ich mal gespannt. Wie wollen wir morgen vorgehen?«

Vito nahm einen Schluck Wein und lehnte sich entspannt zurück. »Ich dachte, meine Wenigkeit und Fraccinelli spielen die harten Jungs, während du und Chiara dann der Befragung den Stachel nehmen könntet. Gennaro ist von seinem

Vater und Bruder immer übergangen worden, wegen seiner etwas flatterhaften Art. Er wird auf männliche Autorität entsprechend mit Widerstand reagieren.«

Laura überlegte kurz und nickte dann bedächtig. »Da könntest du recht haben. Er war auch heute zu mir freundlicher und aufmerksamer als zu dir.«

Vito schwieg kurz, als der Kellner mit zwei Bruschettas kam, einem Gruß aus der Küche. Der Duft der sonnengereiften Tomaten und des frischen Basilikums – Laura biss schnell in die kross gegrillte Ciabatta-Scheibe.

Vito schmunzelte. »Ich vergesse immer, dass du, wenn du Hunger hast, fast schon am Verhungern bist.«

»Ich hatte heute zum Frühstück nur eine kleine Schüssel Obstsalat, und dann sind wir ja durch halb Florenz gehetzt. Wenn du mich nicht hierher zum Essen bestellt hättest, hätte ich nach dem Gerichtsbesuch irgendwo ein paar Tramezzini erbeutet. Ich hatte schon Angst, mein Magen knurrt den Richter an.«

Vito lachte herzlich auf. »Trancetti hätte dir bestimmt verziehen. Du bist schnell gewesen, mich quetscht er immer stundenlang aus.«

Laura aß den Rest ihrer Bruschetta und zuckte mit den Schultern. »Vielleicht hatte er Angst, dass ich wieder bei ihm zu Hause auftauche, wenn er sich nicht beeilt oder sich weigert.«

Sie lachten, und dann kehrte eine angenehme und friedliche Stille ein. Jeder nippte an seinem Wein, und gemeinsam genossen sie die lebhafte Trattoria-Atmosphäre um sie herum.

»Ich hoffe, wir kriegen morgen ein Geständnis oder wenigstens neue Hinweise.«

»Das hoffe ich auch.«

»Wir treffen uns um sieben in der Questura und holen ihn uns, was denkst du?«

Sie nickte. »Klingt nach einem guten Plan.«

In diesem Moment trat der junge Kellner erneut an den Tisch und stellte zwei große Pasta-Teller vor ihnen ab. Die Penne alla Vodka dampften, und Laura griff nach der Gabel.

»Feierabend, Commissario Carlucci. Das hier riecht viel zu gut, um es nicht voll zu würdigen«, sagte sie, bevor sie sich den ersten Bissen Nudeln mit der Sauce aus Vodka, kleinen Pancetta-Stücken und dem Saft von zerdrückten Cocktailtomaten auf der Zunge zergehen ließ.

Auch Vito kaute genießerisch, und endlich fiel etwas von der Anspannung des Tages von ihnen ab.

KAPITEL 23

KURZ NACH SECHS UHR war die Nacht vorbei. Der Wecker riss Vito unsanft aus seinem Tiefschlaf. Er erhob sich, rieb sich den Schlaf aus den Augen und klopfte mit der flachen Hand auf den Radiowecker. Das infernalische Summen verstummte.

Sein erster Weg führte in die Küche, um die Kaffeemaschine einzuschalten und einen Doppio zu brühen. Heute galt es, hellwach zu sein.

Erst nach der kalten und anschließend warmen Wechseldusche, die seinen Kreislauf vollends in Schwung brachte, fühlte sich Vito in der Lage, den möglichen Dreifachmörder festzunehmen.

Er stieg in seinen BMW, der mit gelbem Blütenstaub überzogen war, fuhr über die Via Gabriele D'Annunzio und kam um fünf Minuten vor sieben bei der Questura an. Sein Handy am Ladegerät war bei vierzig Prozent.

Er war gespannt darauf, wie Gennaro auf ihren Besuch

reagieren würde. Spielte er erneut den widerspenstigen, pubertären Jungen oder schüchterte ihn die Vorladung auf die Questura ein? Egal wie, auf alle Fälle wäre es ihm eine Freude, wenn er sich gegen die Mitnahme wehren würde und er Gennaro Handschellen anlegen dürfte. Zwar war eine richterliche Vorladung noch kein Haftbefehl, aber dank Trancettis Schreiben konnten sie ihn auch gegen seinen Willen zur Questura bringen. Ein weiteres Mal würde er sich von diesem jungen Schnösel nicht aus der Wohnung werfen lassen. Seinen ersten Gedanken, eine Streife der Carabinieri mitzunehmen, hatte er bereits am gestrigen Abend verworfen. Zu viel Aufsehen konnte manchmal auch schaden.

Als er die letzten Stufen hinter sich gebracht hatte, kam ihm Laura im Treppenhaus entgegen.

»Da bist du ja endlich«, sagte sie.

Vito runzelte die Stirn und blickte auf seine Armbanduhr. Drei Minuten nach sieben zeigte sie an.

»Ich bin doch die Pünktlichkeit in Person«, sagte er mit einem Grinsen auf den Lippen. »Guten Morgen, übrigens.«

»Guten Morgen«, antwortete sie, wedelte mit dem Wagenschlüssel in ihren Händen und huschte an ihm vorbei. »Wir nehmen den Jeep, ich fahre.«

Vito zuckte mit den Schultern und folgte ihr.

Als sie aus der Tiefgarage fuhren und auf die Piazza Bambine e Bambini di Beslan einbogen, räusperte sich Vito. »Wir fahren zuerst nach San Niccolò. Ich glaube nicht, dass er der Typ ist, der um halb acht an seinem Schreibtisch sitzt.«

Vito fasste sich an den Hosenbund. »Verdammt, meine Handschellen liegen noch im Büro.«

»Ich habe meine dabei, aber deine Waffe hast du?«
Vito nickte lächelnd.
Laura fuhr los.

Der Arno zeigte wieder seine braune Färbung, und die Dächer der Häuser auf der nahen Ponte Vecchio glänzten im Licht der Morgensonne.

Der Stau auf der Ponte alle Grazie löste sich auf, nachdem ein Lastwagenfahrer nach der Brücke gewendet hatte. Sie bogen in die Via dei Renai ab und kamen fünf Minuten später vor Gennaro Marellis Wohnhaus an. Der schwarze Maserati, der gestern noch vor dem Haus auf der Straße gestanden hatte, war weg.

Vito folgte Laura zur Haustür, die diesmal verschlossen war. Laura drückte die Klingel mit dem Namen Marelli in Schnörkelschrift, doch nichts geschah.

»Der schläft sicherlich noch«, bemerkte Vito und läutete an der Klingel daneben. In der Sprechanlage war ein Knacken zu hören, dann ertönte die Stimme einer Frau.

»Wir wollen zu Signore Marelli«, erklärte Vito. Eine Antwort bekam er nicht, dafür schnarrte das Türschloss.

Sie betraten das kühle Treppenhaus und fuhren mit dem Aufzug nach oben. Eine junge Frau im weißen Morgenmantel stand auf der Treppe.

»*Buongiorno*, wir wollen zu Signore Marelli«, wandte sich Vito der Frau zu, während Laura an Marellis Wohnungstür klopfte.

»Ich glaube, er ist nicht da«, sagte die Frau.

»Ist er denn schon weggegangen? Haben Sie ihn gesehen?«
Die Frau schüttelte den Kopf. »Gestern Abend fuhr er

weg, und wenn sein Wagen nicht vor dem Haus steht, dann ist er nicht da.«

»Er hat keine Garage?«

Die Frau verzog ihren Mund. »Doch, eine Straße weiter, aber der Wagen steht immer vor der Tür. Der gute Herr ist zu faul, die paar Schritte zu gehen. Außerdem war er gestern Abend wohl gar nicht hier. Zumindest habe ich ihn nicht gehört, er trampelt nämlich manchmal wie ein Elefant, und seine Musik schallt durch das ganze Haus.«

Laura, die inzwischen ihre Bemühungen an Marellis Wohnungstür eingestellt hatte, schüttelte den Kopf.

»Ich danke Ihnen, Signora, und entschuldigen Sie die Störung.«

»Er ist nicht hier, oder er macht einfach nicht auf«, sagte Laura an Vito gewandt. »Zumindest habe ich in der Wohnung nichts gehört.«

Vito winkte ab. »Der Vogel scheint ausgeflogen zu sein. Fahren wir in die Firma.«

»Wenn er sich nicht schon abgesetzt hat.«

»Umso besser, für Typen, die sich einfach absetzen, hat Trancetti überhaupt kein Herz.«

Als sie am Arno entlang nach Camaioni fuhren, mussten sie kurz hinter Brucianesi zwei Streifenwagen der Carabinieri mit eingeschaltetem Signalhorn und Blaulicht vorbeilassen. Vito schaltete das Funkgerät auf die Frequenz der Stadtpolizei um.

»Hoffentlich kein Unfall auf der Strecke«, murmelte Vito. Auf dem Funkkanal herrschte Hochbetrieb, doch von einem Unfall war nicht die Rede.

Als sie schließlich die Pastificio erreichten, standen dort zu ihrer Überraschung die Streifenwagen der Carabinieri vor dem Tor und versperrten die Zufahrt. Mehrere Menschen hatten sich im Hof versammelt und wurden von drei Beamten zur Seite gedrängt. Chico, der Pförtner, saß in seinem Stuhl und starrte vor sich auf den Boden. Sein Gesicht war weiß wie eine gekalkte Wand.

»Was ist hier los?«, fragte Vito mit lauter Stimme, während er aus dem Auto stieg.

Der Angesprochene blickte auf.

»Was ist hier los?«, wiederholte Vito die Frage.

»Der ... der junge Signore ... Gennaro, er ist tot«, stammelte der alte Mann in der blauen Uniformjacke.

KAPITEL 24

GENNARO HING AUF ETWA fünf Meter Höhe in der Fertigungshalle unter dem Dach an einem roten Abschleppseil, das am Haken eines Flaschenzugs festgemacht war. Er trug eine weiße Leinenhose, ein weinrotes Hemd und braune Mokassins, wovon er offenbar einen verloren hatte. Ein umgestürzter Bürostuhl lag unter ihm, und daneben stand eine Flasche Glenmorangie Single Malt Whisky. Die gleiche Flasche, aus der er sich bei ihrem Besuch in seinem Apartment ein Glas eingeschenkt hatte. Und noch etwas lag dort, ein gelbes Kästchen mit einem roten und einem grünen Druckschalter und einem schwarzen Regler. Das Bedienteil des Flaschenzugs.

Signore Emoli hatte ihn entdeckt, als er die Türen zu den Hallen aufschloss, und hatte die Mitarbeiter zurückgehalten. Er musterte Vito und Laura mit strengem Blick, als die beiden in Straßenkleidung das Heiligtum der Fabrik betraten.

»Haben Sie etwas verändert?«, fragte Vito den Mann im Schutzanzug.

Emoli schüttelte den Kopf. »Ich habe sofort abgeschlossen und alles so gelassen, wie es war. Dann habe ich den Rettungsdienst und die Polizei gerufen.«

»Gut gemacht«, lobte Laura den Produktionsleiter.

»Es kam mir schon komisch vor, weil sein Wagen draußen stand. So früh war er eigentlich noch nie in der Firma.«

»Wann haben Sie ihn so gefunden?«

»Kurz nach sieben.«

»Sonst war niemand hier?«

Emoli schüttelte den Kopf. »Niemand, und alles war verschlossen, nur die Hintertür nicht.«

Conte betrat den Fertigungsbereich im Spurensicherungsanzug. Zwei seiner Mitarbeiter folgten ihm. »Das ist jetzt mein Reich«, knurrte er und wies zur Tür. »Wenn ich bitten dürfte.«

»War denn schon der Notarzt hier?«, fragte Vito.

»Der ist auf dem Weg, wir fotografieren alles und holen ihn dann runter. Aber tot ist der sicher, man sieht es an seiner Zunge.«

Conte zeigte nach oben, und Vito folgte seinem Blick. Schließlich zuckte er mit den Schultern.

»Also raus jetzt! Trancetti hat mich schon angerufen, er hat die Nachricht von Marellis Tod im Polizeifunk gehört. Er will kein großes Aufsehen, wenn ihr wisst, was ich meine. Und jetzt lasst mich meine Arbeit machen.«

»Können wir uns unterhalten?«, fragte Vito Emoli.

Er nickte und führte sie in den hinteren Bereich der Lagerhalle in ein kleines Büro.

»Signore Emoli«, begann Vito mit der Befragung, »Sie wussten doch, dass Luigi Marelli eine uneheliche Tochter hatte, oder?«

Emoli zuckte mit den Schultern. »Ich sagte ja bereits, Gerüchte sind nicht so meine Sache.«

»Jetzt reden Sie schon, Sie wissen, was hier vorgeht«, herrschte ihn Vito an.

Emoli sog die Luft tief in seine Lungen. »Maria, Maria Rossi, alle dachten, sie wäre die Tochter des Seniorchefs, und er selbst hat sie wohl in die Firma geholt und ihr den guten Job in der Qualitätskontrolle verschafft.«

»Hat er nie mit Ihnen darüber geredet?«

Emoli hob abwehrend die Hand. »Nie, nein, nie. Ich bin ... sagen wir, die Familie ist sehr traditionell. Ich bin zwar hier der Produktionsleiter, aber ich gehöre nicht zur Familie. Und ich finde, zwischen dem Direktor und seinen Untergebenen, zu denen ich mich ebenfalls zähle, gehört ein gebührender Abstand. Sie verstehen, was ich meine?«

»Das heißt, über Privates hat er nicht mit Ihnen gesprochen?«

»Nein, wirklich nicht, glauben Sie mir.«

Laura räusperte sich. »Aber auch Sie wussten, dass es möglicherweise eine weitere Erbin gibt, richtig?«

Emoli wiegte den Kopf hin und her. »Es heißt, Avvocato Cara sei dieser Ansicht, aber ich weiß es nicht genau. Er sprach ja nicht mit mir darüber, ich gehöre nicht zur Familie.«

»Was halten Sie davon?«, fuhr Laura fort.

»Es steht mir nicht zu, darüber zu spekulieren.«

Vito ging auf den kleinen Schreibtisch zu, an dem Emoli

saß, und ließ sich darauf nieder. »Aber es muss Sie doch interessiert haben, schließlich geht es hier auch um Ihre Arbeit.«

Emoli zierte sich.

»Jetzt reden Sie schon!«

Der Produktionsleiter seufzte. »Ich habe kurz mit der Signora darüber gesprochen, aber sie hat mir gesagt, ich leiste gute Arbeit, und alles geht hier seinen gewohnten Gang. Das hat mir gereicht.«

»Signora Abate, Marcella?«

Emoli nickte. »Sie ist die Einzige, die noch die Tradition und Geschichte der Firma bewahren möchte.«

»Und wo waren Sie am gestrigen Abend?«, fragte Laura.

Emoli blickte Laura mit großen Augen an. »Nur für den Fall …«

»Ich verstehe«, entgegnete Emoli trocken. »Ich lebe alleine und war zu Hause. Ich habe eine Folge *Hotel Imperial* auf Rai-Uno geschaut, dann bin ich zu Bett gegangen. So etwa gegen elf, denke ich.«

»Danke.«

Sie ließen Emoli im Büro zurück und traten auf den Hof hinaus.

»Was meinst du?«, fragte Vito, doch Laura zuckte nur mit den Schultern. »Ich weiß nicht so recht. Hat ihn unser gestriger Besuch tatsächlich so schwer beeindruckt?«

»Das Gefühl hatte ich nicht.«

»Ich auch nicht, im Gegenteil, ich habe auch heute eher mit Widerstand gerechnet.«

»Man kann eben nicht in die Menschen hineinschauen.«

Conte kam wenig später aus der Tür. »Kommt ihr, wir sind so weit.«

Laura und Vito folgten ihm in den Fertigungsbereich.

Conte stapfte in seiner bewährten Art voraus und blieb vor dem umgestürzten Stuhl stehen. Gennaros Leiche war inzwischen heruntergelassen worden und lag mit einer Leichendecke zugedeckt neben dem Stuhl auf dem Boden. Daneben lag der verlorene Schuh.

Conte ging auf den Toten zu und schlug die Decke zurück. »Den Notarzt habt ihr verpasst, aber seiner Einschätzung nach trat der Tod zwischen vier und fünf Uhr heute Morgen ein. Und betrunken war er ordentlich, von seinen Ausdünstungen wird mir jetzt noch schummrig. Ansonsten gibt es keine äußeren Verletzungen.«

»Das wird die Obduktion erweisen«, entgegnete Vito, doch Conte winkte ab.

»Hört mir erst einmal zu«, fuhr er fort. »Nach unseren Berechnungen hat er sich auf den Stuhl gesetzt, sich das Abschleppseil um den Hals gelegt, es im Flaschenzug eingehakt und sich dann mit der Fernbedienung …« Conte wies auf den kleinen gelben Kasten, der am Boden lag. »… nach oben befördert. Das hat zur Strangulation und schließlich zum Tod geführt.«

»Du meinst Selbstmord?«, fragte Laura.

»Da bin ich mir zu einhundert Prozent sicher.«

»Ich weiß nicht …«

»Ich habe eine Haarprobe von ihm genommen und bin sicher, wir werden seine DNA am Abschleppseil finden, das übrigens aus seinem Wagen stammt.«

»Aber es könnte doch …«

»Der umgestürzte Stuhl, die Bedienung des Flaschenzuges, der Sturzwinkel und die Lage und auch der Schuh, den wir fanden, alles passt und spricht eine klare Sprache.«

»Und noch etwas«, fügte er hinzu. Conte ging zu seinem Koffer und holte eine kleine Plastiktüte hervor. Darin steckte ein Notizzettel, darauf stand mit krakeliger Handschrift: *Es hat alles keinen Sinn mehr …*

Der Spurensicherer legte die Tüte zurück in den Koffer »Noch Fragen?«

»Ich will dennoch eine Obduktion«, sagte Laura bestimmt.

Conte winkte ab. »Keine Chance. Ich habe bereits mit Richter Trancetti telefoniert. Der Fall ist eindeutig, und ihr kennt die Vorschriften. Keine Fremdbeteiligung, keine Ermittlungen. Trancetti will wegen des Rufs der Familie, die sich eine rasche Bestattung wünscht, kein weiteres Aufheben. Schlimm genug, dass Gennaro vermutlich drei Menschen auf dem Gewissen hat.«

Laura und Vito blickten sich an.

»Dachte ich mir schon, dass ihr skeptisch seid, aber Trancettis Anweisungen sind klar und unumstößlich«, knurrte Conte. »Damit ich auch eine gute Nachricht für euch habe, kommt einfach mal mit.«

Laura schüttelte den Kopf. »Ich möchte mich erst noch einmal hier umsehen.«

»Gut, dann wenigstens du, Vito. Annina hat im Wagen etwas sehr Interessantes gefunden.«

Vito folgte Conte hinaus auf den Parkplatz zu Gennaros Auto.

»Was hast du gefunden?«, fragte Vito die junge Spurensicherungsbeamtin.

Sie hatte die Fußmatte in Plastikfolie verpackt, trat an Vitos Seite und wies in den Fußraum der Fahrerseite. Dort war feinkörniger Sand zu erkennen.

»Was ist das?«, fragte Vito.

»Kastanienmehl«, antwortete Annina. »Feines Mehl aus Mugello.«

KAPITEL 25

DER FLASCHENZUG SCHWEBTE über der Leiche wie ein stummes Mahnmal. Laura schauderte, als sie den zweiten Schuh betrachtete, der neben dem abgedeckten Körper lag. Gennaro hatte ihn offenbar im Todeskampf verloren.

Ihr blieben Zweifel. Gennaro hatte nicht wie jemand agiert, der keinen Ausweg mehr sah. Okay, sie waren ihm auf den Fersen gewesen, aber noch hatte es keinerlei Beweise gegeben, nur Indizien. Er hatte nicht wie jemand gewirkt, der sein Leben vorzeitig wegwerfen würde – dafür hatte er es zu offensichtlich in vollen Zügen ausgekostet.

Vito kam von draußen herein und trat zu ihr, nachdenklich und mit gerunzelter Stirn. »Tja, sieht so aus, als hätten wir unseren Täter gestern zu sehr unter Druck gesetzt.«

Laura schwieg und musterte die einzelnen Markierungen, wobei ihr Blick immer wieder zum Flaschenzug glitt. »Ich bin mir unsicher, Vito.«

Er blickte sie fragend an. »Bei was? Dass er der Täter war oder dass er sich umgebracht hat?«

Laura rang damit, wie sie ihre Gefühle und Instinkte in Worte fassen konnte. Sie starrte erneut zu dem leicht schwingenden Flaschenzug. »Ich glaube, beides. Gennaro war nicht der Typ, der bei den ersten Schwierigkeiten aufgegeben hätte. Nicht, weil er stark war, sondern weil er bestimmt nicht geglaubt hat, dass man ihm auf die Schliche kommt. Bestimmt hätte er sich sogar heute früh gewundert, dass wir ihn tatsächlich vorladen. Er wirkte eher wie der naive Typ.«

Vito überlegte. »Ja, da könntest du recht haben. Aber auch wir irren uns gelegentlich, Laura. Was soll sonst passiert sein?«

Sie sah erneut zur Leiche, ihr Blick blieb ein weiteres Mal am Schuh hängen. »Auch das passt für mich nicht. Erhängen, meinetwegen, aber er hätte es in seiner Wohnung getan, nachdem er sich Mut angetrunken hat. Er wäre doch nicht mit seinem teuren Spielzeug hergefahren, hätte sich in die Produktion geschlichen, um genau hier seinem Leben ein Ende zu setzen. Nach allem, was wir wissen, war er der Pasta-Herstellung nie sehr zugetan. Er schätzte Geld und Einfluss. Arbeit und die Produktionsabläufe waren weniger seine Sache.« Laura zuckte verlegen mit den Schultern. »Es ist nur ein Gefühl, aber einen Selbstmord hier im Betrieb würde ich vielleicht von Signore Emoli erwaren, nicht von Gennaro. Ich bin nicht mit Conte konform, dass nur ein Suizid infrage kommt. Ich glaube, er wurde ermordet und irgendjemand lässt es wie Selbstmord aussehen. Es passt so schön und macht für uns die Sache rund.«

Vito schwieg lange. Laura war gespannt, wie ihr Kollege reagieren würde.

»Gut, gehen wir davon aus, er hat sich nicht umgebracht.« Vito klang nicht überzeugt, aber er schien die Möglichkeit eines Mordes nicht ganz von der Hand weisen zu wollen.

»Wer würde von seinem Tod profitieren?« Vito stellte genau die Frage, die immer im Raum stand. Oder, wie ihr Professor gesagt hatte: »Schaut nach, wo das Geld versteckt ist, in der Regel findet ihr da ein Motiv.«

Laura beobachtete, wie die Polizeifotografin ein paar letzte Bilder knipste, aber lange nicht so gründlich oder motiviert wie bei einem Mordschauplatz. Ein Selbstmord wurde nicht so akribisch dokumentiert, es lag dabei kein Fremdverschulden vor. Ein paar Aufnahmen, ein paar Spuren, um den Bericht zu vervollständigen, mehr war da nicht nötig. Hätte hier nicht vor einigen Tagen Maria Rossi ihren Tod im Silo gefunden, wäre nicht einmal das im heutigen Umfang erfolgt.

»Gennaro war der Typ Mann, der jeden Tag so intensiv wie möglich genossen hat, wahrscheinlich hat er kein Testament hinterlassen, und Nachfahren hat er auch nicht. Also geht das Vermögen an seine nächsten Verwandten, das wäre dann die Familie Abate.«

Vito blickte sich um. »Kein kleines Erbe. Und die Tochter arbeitet schon hier. Wir sollten ein paar Befragungen durchführen.«

Laura hielt ihn am Arm fest, als er Anstalten machte, sich abzuwenden. Erstaunt musterte er sie.

»Ja, aber nicht nur. Ich möchte gern Gennaros Blut untersuchen lassen. Er war ein Blender, aber durchtrainiert und sportlich. Freiwillig und ohne Spuren hätte er sich ohne Einfluss eines Sedativums oder etwas in der Art wahrscheinlich nicht mit dem Flaschenzug aufhängen lassen. Und Conte hat ja keine Verletzungen an der Leiche gefunden. Er hat den Toten freigegeben. Ich will keinen Wirbel veranstalten, wenn es doch nur so ein Gefühl ist.«

Vito lächelte. »Du willst es auf eigene Faust durchführen, um auf Nummer sicher zu gehen, bevor du Conte einen Fehler unterstellst?« Er hatte sie durchschaut.

Laura zuckte mit den Achseln. »Es wäre ja ein verständlicher Irrtum. Aber einer, der uns Beweismittel kosten könnte. Und wenn es kein Selbstmord war ...« Sie brauchte nicht weiterzusprechen, Vito verstand sofort.

»Dann lassen wir einen Mörder von drei Frauen mit einem vierten Mord davonkommen. Und wahrscheinlich bekommt er dann auch noch das Erbe.« Vito schaute zur Kollegin der Spurensicherung, die Schildchen einsammelte und ihre Ausrüstung verstaute. Jeden Moment würden die Bestatter eintreffen und den Leichnam abholen. Er trat an den Rollwagen der Forensiker und griff schnell hinein, als niemand aufpasste. Dann zwinkerte er Laura zu, und sie folgte ihm hinüber zu dem Toten.

»Commissario, kann ich Ihnen helfen?« Die Fotografin im weißen Papieranzug hielt inne.

Vito schüttelte den Kopf. »Wir wollen uns die Leiche nur noch einmal abschließend ansehen. Sicher ist sicher, oder?«

Die junge Frau wurde rot, weil Vito ihr bei diesen Worten ein charmantes Lächeln schenkte.

»Räumen Sie ruhig ein, wir kommen schon zurecht. Die Bestatter müssen jeden Moment hier sein.«

Die Beamtin wandte sich ab, und Vito ging neben dem abgedeckten Körper auf die Knie. Er zog die Leichendecke ein wenig zur Seite. Gennaro trug ein kurzärmeliges Hemd, der breite Halsausschnitt gab einen Blick auf die Würgemale frei. Vito holte eine leere Spritze mit Kanüle aus seiner Tasche und entfernte die Plastikkappe von der Nadel.

Laura schaute sich um. Um sicherzugehen, dass ihn niemand bei seinem Tun beobachtete, positionierte sie sich hinter Vito. Insgeheim war sie froh, dass er das Blut abnahm. Nicht, dass sie es nicht konnte, aber sie wusste, dass sie nicht so routiniert und sicher die Nadel in den Arm der Leiche gestochen und das schon dickflüssige Blut aufgezogen hätte. Vito hingegen agierte ganz ruhig.

Als der Hohlkörper gefüllt war, zog er die Kanüle aus dem Blutgefäß, verschloss sie mit einer Hand und ließ die Probe in seiner Tasche verschwinden. Dann bedeckte er die Leiche wieder und stand auf.

»Komm, gehen wir. Wir müssen das hier sofort untersuchen lassen.«

Laura winkte der Kollegin kurz zu, bevor sie Vito nach draußen folgte. Vor der Tür gab er ihr die gefüllte Spritze. Conte war schon abgefahren, Emoli diskutierte gerade mit einem der Mitarbeiter, die den Raum schnellstmöglich reinigen sollten, sobald die Leiche abtransportiert war. Der

Betriebsleiter dachte einzig daran, die Produktion wieder zu starten. Nur der Transporter der Spurensicherung stand noch neben ihrem Jeep. Selbst die Carabinieri waren schon abgerückt.

Vito runzelte kurz die Stirn. »Nimm du den Jeep und fahr in die Gerichtsmedizin, ich lasse mich von der Spurensicherung mit zur Questura mitnehmen. Ich setze Fraccinelli ins Bild, und wir prüfen noch mal alles. Er soll sich auch die Familie Abate vornehmen.«

Laura zögerte nicht. Sie wollte keine Zeit verlieren und die Probe zu Dr. Grassi bringen. Sie hoffte, dass sie die Rechtsmedizinerin antraf und nicht einen Kollegen, den sie nicht kannte.

Laura hatte Glück. Als sie in der Gerichtsmedizin eintraf, öffnete ihr Dr. Grassi die Tür und lächelte sie an. »Ihr Kollege, Commissario Carlucci, hat mich schon angerufen und mir Bescheid gegeben.«

Laura erwiderte den Händedruck und holte die Spritze mit dem Blut aus ihrer Tasche.

»Wann war der Todeszeitpunkt?« Signora Grassi ging voraus ins Labor, Laura folgte ihr.

»Zwischen vier und fünf am Morgen, meinte Conte. Deshalb habe ich mich auch so beeilt.«

Die Dottoressa nickte. »Ich werde auf Betäubungsmittel testen, obwohl es knapp werden könnte. Wenn der Todeszeitpunkt um vier Uhr war, sind seitdem schon über viereinhalb Stunden vergangen. Hoffen wir einfach, dass ich etwas finde.« Sie schenkte Laura ein entschuldigendes Lächeln, als sie auf einen der unbequemen Drehhocker deutete, die hier im Labor vor zwei Mikroskopen standen. Sie selbst trat an die Zentrifuge.

»Wenn es recht ist, können wir uns duzen. Du kannst mich Paola nennen. Ich gebe das Blut in die Zentrifuge, und dann hole ich uns Kaffee. Es wird ein wenig dauern.«

Laura nahm auf dem unbequemen Sitz Platz. »Gerne, ich bin Laura.« Sie ging sonst nicht so schnell zum Du über, aber Paola Grassi hatte etwas an sich, das es ihr leicht machte.

Mit routinierten Bewegungen verteilte die Medizinerin das Blut in diverse Behälter und auf Träger. Erst danach verließ sie den Raum, um kurz darauf mit zwei dampfenden Kaffeebechern zurückzukehren.

»Leider haben wir hier nur so eine unsägliche Filterkaffeemaschine, aber es ist Koffein.« Mit einem entschuldigenden Lächeln reichte die Rechtsmedizinerin Laura einen Becher mit Minion-Aufdruck. Der Kaffee war heiß und bitter, aber er belebte ihre Lebensgeister.

»Danke, ich musste heute Morgen schon um halb sechs aufstehen und fürchte, es wird ein langer Tag.«

Um die Wartezeit zu überbrücken, plauderte sie mit Paola, die ihre Untersuchungen fortsetzte. Sie hatten erstaunlich viele Gemeinsamkeiten, lasen beide gerne Biografien und interessierten sich für die Geschichte der Medici. Überraschend bald spuckte der Nadeldrucker lautstark ein Blatt aus, eng mit Zahlen und Datenreihen bedeckt.

Paola Grassi setzte sich eine Lesebrille auf und prüfte die Ergebnisse. »Du hattest recht. Das wird eurem Brummbären von Spurensicherungsexperten gar nicht gefallen. Der Tote hatte Fentanyl im Blut, genug, um einen Ochsen lahmzulegen. Er kann sich unmöglich aufgehängt haben. Er hätte nicht mal mehr stehen können, wenn ich mir die Konzentration ansehe. Gut gemacht, Laura. Reines Glück, dass sich die Droge noch nicht abgebaut hatte.«

Laura schnappte sich ihre Tasche und kramte ihr Handy hervor. Am anderen Ende der Leitung klingelte es nur einmal, dann war Vito am Apparat.

»Vito, du musst sofort Richter Trancetti anrufen, ich kümmere mich um Gennaro. Er hatte Fentanyl im Blut und war laut Dottoressa Grassi gar nicht in der Lage, sich aufzuhängen.«

Vito versicherte, sich sofort darum zu kümmern, und Laura nahm eilig den Laborbericht von der Pathologin entgegen.

»Kannst du den Bericht bitte auch zur Questura schicken? Ich werde versuchen, so schnell wie möglich die Leiche zu sichern, bevor sie in Rauch aufgeht. Falls Richter Trancetti etwas für die Akten benötigt, wird Vito deine Ergebnisse brauchen.«

Paola nickte ernst. »Wenn die Leiche ins Krematorium soll, ist sie im Crematorio di Firenze. Das ist das kommunale Krematorium der Stadt in der Via Bolognese, direkt neben dem Cimitero di Trespiano, das schaffst du in zwanzig Minuten.«

Laura winkte und eilte hinaus zum Auto. Sie hoffte, dass Vito schnell mit dem Beschluss zur Untersuchung der Leiche kam. Und dass Conte ihr den Vorstoß verzeihen würde –

immerhin hatte sie ihm einen groben Schnitzer nachgewiesen.

Als sie sich in den Verkehr einfädelte, beschäftigte sie ein weiterer Gedanke: Wer immer Gennaro umgebracht hatte – hatte derjenige auch die drei Marias auf dem Gewissen?

KAPITEL 26

ZWEIMAL HATTE VITO inzwischen Ermittlungsrichter Trancetti auf seinem Handy angerufen, doch es meldete sich jeweils nur die Mailbox. Er versuchte es in dessen Büro, doch auch dort klingelte das Telefon durch. Er schaute auf seine Uhr, kurz nach zwölf, bestimmt waren alle, einschließlich des Richters, in der Mittagspause.

»*Dannato*«, fluchte er, als er die Nummer der Pforte des riesigen, postmodernen Justizpalastes anwählte und in der üblichen Warteschleife landete. Es nutzte nichts, die Zeit drängte. Also griff er nach dem Autoschlüssel, rannte hinunter in den Polizeihof, wo Fraccinelli neben dem Hintereingang stand und mit einer Kollegin von der Sitte flachste.

»Ähm ... *Scusi*, Commissario, Sie sehen gehetzt aus, kann ich irgendwie helfen?«, fragte Fraccinelli verdutzt. Er machte ein Gesicht, als wäre er gerade bei etwas Unredlichem erwischt worden.

»In der Tat«, entgegnete Vito. »Versuchen Sie, Trancetti

zu erreichen oder herauszufinden, wo der sich gerade aufhält, und geben Sie mir Bescheid, und beeilen Sie sich, sonst kommt ein Mörder ungestraft davon.«

Die Kollegin von der Sitte machte große Augen, während Fraccinelli tatendurstig nickte und sich sofort umwandte und in das Dienstgebäude eilte. Auch Vito hastete weiter, stieg in den Alfa und brauste in Richtung Ausfahrt davon.

Doch scheinbar war es heute wie verhext, denn im Gegensatz zu den Tagen zuvor staute sich der Verkehr auf der Via Luigi Gordigiani. Vito musste hinter zwei Lastwagen abbremsen, und beinahe wäre er bei einem Überholversuch mit einer Vespa zusammengestoßen. Es half nichts, er war in Eile, und er musste den Richter, der so sehr auf den Formalien bestand, von der Notwendigkeit einer Obduktion bei Gennaro Marelli überzeugen. Und zwar bevor die Leiche im Brennofen landete und nichts mehr außer einem Häufchen Asche übrig blieb.

Vito fasste unter den Fahrersitz, öffnete die Seitenscheibe und klatschte das magnetische Blaulicht auf das Dach. Darauf kam es nun auch nicht mehr an. Er gab Gas und zog an den beiden Lastwagen vorbei. Das Signalhorn jaulte infernalisch, doch es half, die aufgestauten Wagen zur Seite zu drängen.

Als er in die Viale della Toscana einbog, schaltete er das Signal ab. Zu viel Aufmerksamkeit wollte er auch wieder nicht auf sich ziehen. Kurz vor dem gläsernen Justizpalast am Parco San Donato vibrierte sein Handy. Vito fuhr an den Straßenrand und nahm das Gespräch an. Fraccinelli.

Der Teufelskerl hatte tatsächlich herausgefunden, wo sich Richter Trancetti aufhielt.

»Der Richter speist zu Mittag und sitzt im Toscana an der Via di Novoli.«

»Ja, das kenne ich.« Vito bedankte sich und wendete den Wagen.

Fünf Minuten später parkte er an der Baustelle gegenüber dem Lokal. Zwar stand er hier total falsch und verbotswidrig, doch wofür hatte er das Blaulicht auf dem Dach.

Die gemütliche Osteria war im Erdgeschoss eines Mehrfamilienhauses an der Ecke zur Via Mario Ulivelli, und der Eingang versteckte sich hinter einer hohen Platane. Die meisten Gäste hatten draußen am breiten Gehweg Platz genommen, doch dort konnte er den Richter trotz seiner Größe nicht entdecken.

Vito betrat das klimatisierte Restaurant und traf auf einen jungen Ober mit schwarzer Hose, einem weißen Rüschenhemd und Fliege am Kragen.

»Eine Person?«, fragte dieser.

Doch Vito schüttelte den Kopf, zeigte vorsichtshalber seinen Dienstausweis. »Ich suche Richter Trancetti.«

Der Kellner wies mit dem Kopf in den hinteren Teil des nur mäßig gefüllten Gastraumes.

Vito folgte der Geste und entdeckte Trancetti, der an einem Zweiertisch neben dem Fenster Platz genommen hatte und gerade seine Cozze al vino bianco genoss.

»*Buon appetito!*«, wünschte Vito, als er an den Tisch des Richters trat.

Trancetti blickte auf. »Carlucci«, sagte er in seiner gewohnt abweisenden Art. »Womit wollen Sie mir heute den Appetit und den Tag verderben?«

»Entschuldigen Sie, aber ich brauche dringend einen Beschluss!«

Trancetti schob sich ein Salatblatt in den Mund und kaute darauf herum, ehe er sich in seinem Stuhl zurücklehnte. »Zuerst vermiest mir Ihre neue Kollegin beim Mord an Simonetti den Sonntag, und jetzt halten Sie mich vom Essen ab, und das in meiner Mittagspause. Warum kommen Sie nicht einfach zu normalen Öffnungszeiten in mein Büro?«

Vito zog sich einen Stuhl heran. »Vielleicht deswegen, weil das Verbrechen weder einen Sonntag noch eine Mittagspause kennt.«

Der Richter seufzte. »Also, Carlucci, was genau wollen Sie von mir?«

Vito atmete tief ein. »Ich will einen Beschluss zur Beschlagnahme der Leiche von Gennaro Marelli und die Anordnung zur Obduktion. Und es eilt, bevor der Körper in Rauch aufgeht.«

Trancetti machte große Augen. »Was wollen Sie?«

Vito wiederholte seine Worte. »Sie sind wohl verrückt geworden, Carlucci«, rief der Richter. »Wie lange sind Sie nun schon bei der Kriminalpolizei?«

»Lange genug, um zu wissen, wenn etwas zum Himmel stinkt.«

Der Richter legte verwirrt sein Besteck zu Seite. »Ispettore Conte, übrigens ein Meister seines Faches, berichtete mir von einem eindeutigen Selbstmord – und damit endet meine Zuständigkeit. Weisen Sie Marelli die Frauenmorde nach, damit die Region wieder zur Ruhe kommt. Und dann schreiben Sie mir einen Bericht, damit wir dieses unselige Kapitel endlich abschließen können!«

»Wie wäre es mit einer Ladung Fentanyl im Blut, die selbst einen Elefanten betäubt hätte?«, wandte Vito ein.

Der Richter atmete tief ein. »Heißt das etwa, Sie haben ohne Legitimierung ...« Trancetti sprach so laut, dass sich einige der wenigen Gäste seinem Tisch zuwandten.

»Beruhigen Sie sich«, beschwichtigte Vito und hob abwehrend die Hände. »Wir haben Blut zur Bestimmung seiner DNA genommen. Schließlich verdächtigen wir Gennaro Marelli, drei Frauen vorsätzlich getötet zu haben. Und da feststeht, dass ihn die Familie einäschern will, herrschte Gefahr im Verzug. Sie waren zu Tisch, und im gesamten Justizpalast konnte ich niemand erreichen. Sie sagten ja gerade selbst, wir haben ihm noch die Morde nachzuweisen. Und in dem Bericht sollen doch sicherlich keine Vermutungen, sondern harte Fakten stehen.«

Trancetti beugte sich verschwörerisch über den Tisch. »Hören Sie, Carlucci, Justitia ist zwar blind, aber nicht taub. Ihre Anspielungen können Sie sich schenken. Also, was ist mit dem Blut des Suizidanten?«

Vito fasste in seine Jackentasche und zog die Kopie des Blutbefundes heraus, die ihm Laura übermittelt hatte, und reichte sie dem Richter. »Ich würde sagen, Dottoressa Grassi ist ebenfalls versiert auf ihrem Gebiet. Ich habe wohl einen Fehler bei der Beantragung der Blutuntersuchung bei der Gerichtsmedizin gemacht und vergessen, zu erwähnen, dass wir nur das DNA-Muster benötigen. Also wurde von der Dottoressa das gesamte Spektrum abgeglichen. Sie wissen ja selbst, es gibt Automatismen ...«

»Bei Gott, Carlucci, lassen Sie es«, unterbrach ihn der Richter, nachdem er das Papier überflogen hatte.

»Was ist nun?«, fragte Vito.

Trancetti räusperte sich. »Gefahr im Verzug, sagten Sie?«

Vito nickte.

»In Gottes Namen, beschlagnahmen Sie die Leiche. Fahren Sie im Büro vorbei. Meine Sekretärin wird Ihnen alles fertig machen. Aber halten Sie sich künftig an meine Anordnungen, Carlucci!«

Vito wies auf den Teller des Richters. »Dann noch einen guten Appetit, ich hoffe, dass die Muscheln noch nicht kalt sind.«

Er erhob sich und eilte zur Tür. Draußen auf der Straße wählte er Lauras Nummer.

KAPITEL 27

LAURA SCHAFFTE ES in fünfzehn Minuten zum Krematorium. Der moderne Bau hatte ein rundes Zentrum, das große Ähnlichkeit mit einer Urne aufwies. Drei Seitenflügel gingen von der Mitte ab. Sie wirkten wie kleine Wohnhäuser. Die Parkplätze davor befanden sich in einer neu angelegten, runden Grünanlage, die dem eher schlichten Gebäude eine organische Anmutung verliehen.

Laura jagte den Jeep in eine der freien Parkbuchten. Beim Aussteigen hatte sie das Telefon schon am Ohr, doch Vito hob nicht ab und bei Fraccinelli war besetzt. Sie betrat das kühle Gebäude durch die große Eingangstür. Ein Empfangstresen in hochglänzendem Weiß dominierte die ansonsten braun-beige gehaltene Inneneinrichtung. Dahinter saß ein gelangweilt wirkender Mittzwanziger unter einer großen Anzeigetafel, die über stattfindende Trauerfeiern und die jeweils dafür vorgesehenen Räume informierte. Die Anzeige verriet Laura, dass das Gebäude eine große

Aussegnungshalle sowie weitere Abschieds- und Aufbahrungsräume hatte. Laut einem Aufsteller auf dem Tresen konnte man auf Wunsch der Einäscherung mittels Videovorführung beiwohnen. Ein in Schwarz gekleidetes Paar trat gerade aus einem der drei Seitenflügel und ging langsam zum Ausgang. Der Mann stützte die Frau, die leise schluchzte.

Laura legte dem Mitarbeiter ihren Dienstausweis auf die Theke und beugte sich dabei so vor, dass er ihre Waffe, die sie im Holster unter dem Blazer trug, deutlich erkennen konnte. Sie hatte keine Zeit für weitere Verzögerungen. Das ungute Gefühl hatte sie fest im Griff, seit sie Gennaros Leiche gesehen hatte, und es wurde von Minute zu Minute intensiver.

»Commissaria Gabbiano, Kriminalpolizei. Ich suche eine Leiche, die vor ein oder zwei Stunden eingetroffen sein muss.«

Der Angestellte schaute sie verschreckt an. »Wessen Leiche?«, stammelte er.

»Gennaro Marelli. Der Körper wurde aus Camaioni hierhergebracht. Wo finde ich ihn?«

Er runzelte die Stirn, tippte hektisch etwas auf der Tastatur und starrte dann auf den Bildschirm. Der süßliche Moschusgeruch seines Aftershaves war durchdringend und unangenehm. Je länger er versuchte, die Information zu finden, desto deutlicher konnte Laura die Schweißperlen auf seiner hohen Stirn sehen.

»Sie haben doch die Leiche des Mannes hier? Das hier ist doch das kommunale Krematorium?« Laura konnte nicht verhindern, dass sie genervt klang und die Ironie in ihrer Stimme deutlich hervortrat.

Er wurde rot und nickte hektisch. »Er sollte in der Kühlhalle sein, wir haben ziemliche Wartezeiten im Moment, aber der Computer behauptet, dass er gleich eingeäschert wird.«

Lauras Fluch hallte wenig pietätvoll durch das Rund des Eingangsbereiches, und der Mann warf ihr einen strafenden Blick zu. »Wo ist die Leiche jetzt?«

»In einem der Andachtsräume, Signora.« Er deutete nach links. »Raum zwei. Aber er wird jeden Moment in den Brennofen gefahren.«

Laura rannte los. Beim Raum angekommen, zögerte sie kaum merklich, dann öffnete sie ohne Ankündigung schwungvoll die Tür.

Marcella Abate und ihre Tochter Ornella saßen neben einem Sarg, beide in schwarzem Trauerflor. Auf der schlichten Holzkiste lag ein lila Tuch, darauf ein geschmackvolles Arrangement aus Rosen und Lilien.

Die Frauen wandten sich zur Commissaria um, in ihren Mienen spiegelte sich Überraschung und Verblüffung. Beim Anblick des Sarges verspürte Laura Erleichterung. Sie war noch rechtzeitig eingetroffen.

Ein Mann trat durch eine Tür auf der anderen Seite des Andachtsraumes. Mit leiser, angenehmer Stimme wandte er sich an Signora Abate. »Ich hoffe, Sie haben sich verabschiedet. Wir nehmen Ihren Neffen jetzt mit.« Langsam ging er auf Gennaros sterbliche Überreste zu.

»Nein, das kann ich nicht erlauben. Der Körper muss

obduziert werden.« Lauras Stimme durchschnitt laut die feierliche Stille. Alle starrten sie an, der Angestellte runzelte die Stirn.

»Was fällt Ihnen ein?« Signora Abate war aufgesprungen, ihr Gesicht blass unter dem perfekten Make-up.

»Ja, junge Frau, was fällt Ihnen ein? Dies ist ein Ort der Andacht und des Abschiedes.«

Laura wandte sich an den Mitarbeiter und ignorierte die Frauen. Sie zeigte ihm ihre Dienstmarke und erntete einen fassungslosen Blick. »Wir müssen die Leiche sofort in die Gerichtsmedizin bringen. Es gibt eindeutige Hinweise, dass kein Suizid vorliegt.«

»Die Familie wünscht eine rasche Einäscherung, und die Leiche ist freigegeben. Das ist höchst irregulär«, argumentierte der Mann und fuhr sich nervös mit der Hand durch die Haare.

Ornella Abate legte schützend einen Arm um ihre geschockt wirkende Mutter. Mit zornblitzenden Augen wandte sich die junge Frau Laura zu. »Wie können Sie es wagen! Gennaro hat sich das Leben genommen. Das hat die Untersuchung heute Morgen ergeben, Ihr eigener Experte hat die Leiche freigegeben! Jetzt zu behaupten, jemand könnte meinen armen Cousin umgebracht haben, wo wir doch alle wussten, wie labil und sprunghaft er war, ist reine Amtsanmaßung und Schikane. Haben Sie unsere Familie noch nicht genug traktiert?« Ornellas Augen zogen sich zusammen, dann wandte sie sich an den Mitarbeiter des Krematoriums. »Ich wünsche, dass Sie meinen Cousin jetzt wie geplant seinen letzten Gang antreten lassen.«

Der Blick des Angestellten wanderte von Ornella Abate zu Marcella, die zur Bekräftigung heftig nickte. »Haben Sie einen Gerichtsbeschluss?«, fragte er Laura.

Sie fluchte in sich hinein, wo blieb nur Vito? »Der Beschluss müsste jeden Moment hier eintreffen. Ich beschlagnahme die Leiche, bis mein Kollege mit den Papieren kommt.«

Der Mann runzelte die Stirn. »Wie ich schon sagte, ist das höchst irregulär. Ich fürchte, ich muss ohne eine gültige gerichtliche Anordnung den Zeitplan einhalten und die Wünsche der Familie respektieren. Ich werde den Toten jetzt mitnehmen.«

Der Sarg mit Gennaro war auf einem Metallgestell mit Rädern angebracht. Laura zögerte nicht, zog ihre Handschellen heraus, trat vor und schloss diese mit einem lauten Klicken und einer schnellen Bewegung um eine der Metallstreben der Bahre. Ihre linke Hand glitt in die zweite Schelle, und sie spürte das kalte Metall um ihr Gelenk. Laura hatte sich an Gennaros Leiche gekettet. Dann wandte sie sich den drei verblüfften Anwesenden zu. »Bitte schön. Dann müssen Sie mich mit in den Ofen schieben.«

Signora Marcella Abate sank fassungslos auf einen der Stühle, Ornella fing lautstark an, Laura zu beschimpfen. Der Angestellte floh, bestimmt auf der Suche nach Unterstützung.

»Sie dumme *Putanna*! Sehen Sie nicht, was Sie meiner Mutter damit antun? Wie können Sie es wagen! Ich werde mich bei Ihrem Vorgesetzten über Sie beschweren.«

Laura ertrug die Tirade ungerührt. Ornella trat näher an sie heran, hochrot und wutentbrannt.

»Geben Sie mir den Schlüssel für die Handschellen«, zischte sie.

Laura schüttelte den Kopf. »Nein.« Ihre befehlende Stimme ließ die aufgebrachte Frau kurz verharren. »Treten Sie zurück, sonst bin ich gezwungen, meine Waffe zu ziehen.« Die Worte hatten nicht den geplanten, beruhigenden Effekt, sondern schienen Ornellas Wut nur noch mehr zu schüren.

Mit einem Satz stürmte sie vor. Ihre Hand knallte Laura ins Gesicht. Marcella Abate schrie entsetzt auf. In diesem Moment öffnete sich die Tür hinter Laura. Erleichtert erblickte sie Vito. Er erfasste die Situation in Sekundenschnelle, und er nahm Ornella Abate ins Visier.

»Haben Sie gerade eine Polizistin in Ausübung ihrer Pflicht geohrfeigt und bedroht?«

Die junge Frau wich zurück und wandte sich hilfesuchend an ihre Mutter.

»Hast du den Beschluss?« Lauras sachliche Frage stand im Gegensatz zu ihrer inneren Verfassung. Das Brennen auf ihrem Gesicht nahm zu, und ihr Herz klopfte wie wild. Mit der freien Hand tastete sie nach ihrer Wange, bestimmt hatte sich ein roter Abdruck an der pochenden Stelle unterhalb ihres Auges gebildet.

Vito trat näher und sah zu den Handschellen. »Wohl gerade noch rechtzeitig«, sagte er.

Laura nickte erleichtert. »Ja. Ich habe zwar keine Lust, im Ofen zu landen, aber ich hätte es darauf ankommen lassen.«

Vier Stunden später warteten Laura und Vito noch immer vor dem Raum der Gerichtsmedizin auf die Ergebnisse. Dottoressa Grassi hatte direkt nach ihrem Eintreffen mit Gennaros sterblichen Überresten die Autopsie in Angriff genommen. Sie waren übereingekommen zu bleiben. Um die Zeit zu verkürzen, hatten sie nacheinander am Laptop ihre Berichte getippt.

Ornella Abate hatte die Fassung aufgrund der abgesagten Einäscherung verloren und einen hysterischen Anfall bekommen. Sie und ihre Mutter waren erst aus dem Krematorium verschwunden, als Laura ihnen zusicherte, keine Anzeige wegen Körperverletzung zu erstatten.

Dieses Entgegenkommen hatte Vito gar nicht gefallen, seitdem war er wortkarg und missmutig. Obwohl Laura ihm erklärte, dass weiteres Aufsehen den Ermittlungen nur schaden würde, hätte er Ornella Abate gerne für den tätlichen Angriff auf eine Polizeibeamtin zur Rechenschaft gezogen.

»Tut die Wange noch weh?«, brach er endlich das unangenehme Schweigen.

»Nein, geht wieder. Aber danke dir. Für eine Bürokraft hat sie einen sehr heftigen Schlag, das muss man ihr lassen.«

Vito schnaubte amüsiert, dann wurde er ernst. »War es nicht etwas drastisch, sich an den Sarg zu ketten?« Es war klar gewesen, dass er früher oder später auch das ansprechen würde.

»Was hätte ich deiner Meinung nach sonst tun sollen? Sie waren dabei, Gennaro zum Brennofen zu fahren. Ich hatte keinen Beschluss, und auch wenn ich es nicht beweisen kann, ich bin mir sicher, dass dieser Mitarbeiter geschmiert war. Immerhin ist es mehr als ungewöhnlich, dass eine Leiche so schnell verbrannt wird.«

Vito nickte. »Ungewöhnlich, aber in Florenz nicht unmöglich. Ich denke, dass du auf eine Anzeige verzichtet hast, wird Ornella Abate nicht davon abhalten, Beschwerde einzureichen.«

Genervt verschränkte Laura ihre Arme vor der Brust. »Das kann sie ruhig tun. Ich stehe zu dem, was ich gesagt und getan habe.«

Sie sah aus den Augenwinkeln, dass Vito schmunzelte. Dann schwiegen sie und lauschten dem Ticken der Uhr, die am Ende des kargen Flures lautstark die Zeit in kleine Stücke teilte. Fast so, als wollte sie die Toten verhöhnen, für die Zeit keinerlei Bedeutung hatte.

Die Tür zum Obduktionsraum öffnete sich, und Paola trat zu ihnen in den Flur. Ihre grüne Kluft hatte Flecken, und dunkle Schatten zeichneten sich unter ihren Augen ab.

»Sie schaffen es wirklich, für einen kurzweiligen Arbeitstag zu sorgen. Ich habe die Obduktion beendet.«

»Und?«, fragten Vito und Laura wie aus einem Mund.

Die Dottoressa grinste schief und zog sich die grüne Haube ab, sodass ihr dickes blondes Haar wieder elegant ihr Gesicht umspielte.

»Eindeutig Mord. Er ist erhängt worden. Ich konnte zwar leider nur noch wenig Betäubungsmittel nachweisen, weil die Leiche so spät hier ankam. Aber es fehlen einige Anzeichen, die man bei einem Suizid durch Erhängen finden müsste. Ich will Sie jetzt nicht mit Fachausdrücken langweilen, aber bedenkt man die Menge Fentanyl, die er zum Tatzeitpunkt in sich hatte, wäre er nicht in der Lage gewesen, eine Schlinge zu knüpfen oder eine Fernbedienung zu benutzen. Mein Bericht ist in gut zwei Stunden in der Questura.«

Laura bedankte sich und erhob sich steif.

Vito stand ebenfalls auf und reichte Paola die Hand. »Danke, Dottoressa Grassi.«

Diese nickte knapp. »Ich muss weitermachen, diese ungeplante Obduktion hat mich jetzt ziemlich aus dem Zeitplan geworfen. Ich hoffe, Sie finden den Mörder.« Sie eilte davon und verschwand dann am Ende des Flures.

»Lass uns in die Questura fahren. Wir müssen überlegen, wie wir weiter vorgehen.«

Vito ging voraus und hielt Laura die Ausgangstür auf. Sie trat in die warme goldene Abendluft hinaus und atmete tief ein.

»Was denken Sie beide sich eigentlich, was das heute werden sollte? Ich will sofort, dass Sie meinen Cousin freigeben und sich bei meiner Mutter und meiner Schwester entschuldigen. Mama wollte Gennaro seinen Frieden geben, und Sie haben seine Ruhe entweiht!« Roberto Abate stürmte auf sie zu. Er schien nur auf ihr Auftauchen gewartet zu haben.

»Vito, das ist Signore Roberto Abate, der jüngste Sohn von Marcella Abate.«

Vito warf dem Mann, der wütend vor ihnen stand, einen kalten Blick zu. »Wollen Sie uns hier jetzt etwa sagen, wie wir unsere Arbeit zu machen haben?«

Abate schnaubte wütend. »Ich werde nicht zulassen, dass

Sie meinen Cousin noch länger in diesem unpersönlichen Bunker seiner Einäscherung entziehen! Meine Mutter ist außer sich.« Er funkelte Laura wütend an. Sein Kurzarmhemd und die Leinenhose saßen perfekt, am Straßenrand stand ein schwarzer Porsche mit offener Fahrertür.

»Ihr Cousin, Signore Abate, wurde ermordet. Wir sind davon ausgegangen, dass auch seine Familie wissen will, wer dafür verantwortlich ist.«

Roberto starte Vito wütend an. »So ein Blödsinn! Wer sollte diesen Idioten umbringen wollen? Er war ein Loser, mehr nicht. Keine Kugel wert!«

Laura kniff die Augen zusammen. »Das klingt nicht so, als hätten Sie viel für ihn übriggehabt. Und trotzdem sind Sie so darauf erpicht, ihm ein würdiges und schnelles Begräbnis zu garantieren. Möchten Sie uns mehr darüber erzählen?«

Roberto schnaubte. »Kommen Sie meiner Mutter nicht mehr zu nahe! Ich warne Sie!« Er drehte sich auf dem Absatz um und hastete zu seinem Sportwagen, der einen Moment später mit heulendem Motor die schmale Straße entlangfuhr.

»Interessant.« Vito starrte dem Wagen hinterher, und dann zeigte sich ein zufriedenes Lächeln auf seinem Gesicht. »Ich dachte erst, du hättest zu heftig reagiert, und deine Aktion im Krematorium würde uns auf die Füße fallen, aber offenbar hast du auf den richtigen Bienenstock geschlagen.«

Laura nickte. »Tja, jetzt müssen wir nur noch herausfinden, welches der Tierchen seinen Stachel in Gennaro gebohrt hat.«

KAPITEL 28

EIN LANGER ARBEITSTAG lag hinter ihnen, dennoch war an Feierabend nicht zu denken. Drei Frauenmorde wollten sie aufklären, und nun, nach dem Ergebnis der Obduktion, war ein weiterer Mord hinzugekommen. Noch dazu am Tatverdächtigen.

Alle hatten sich im Besprechungsraum eingefunden. Als Vito den Raum betrat, hallten die Glocken der nahen Basilika San Lorenzo durch die Straßen und Gassen. Er schloss die beiden Fenster, die zur Straße in Richtung des Giardino di Valfonda zeigten, bevor er zu Conte ging, der in sich zusammengesunken am Tisch saß und apathisch auf die Tischplatte starrte. Er berührte ihn an der Schulter und drückte ihn.

»Es war mein Fehler, wie konnte ich das nur übersehen«, stammelte Conte.

»Du hast nichts übersehen«, beruhigte ihn Vito. »Der Selbstmord war gut inszeniert, und ohne die Rückstände des Betäubungsmittels im Blut wäre auch uns nichts aufgefallen.«

»Über zwanzig Jahre mache ich diesen Job, und noch nie bin ich so einem fatalen Irrtum aufgesessen«, stöhnte er.

»Dafür hast du am Silo ganze Arbeit geleistet, und deswegen vertrauen wir dir«, schob Laura nach. »Wir sollten uns jetzt auf unseren Fall konzentrieren. Der ... oder möglicherweise auch die Täter sind mit allen Wassern gewaschen. Ein zweites Mal wird uns so etwas nicht passieren.«

Vito nickte. »Laura hat recht, wir müssen den Mord an Gennaro aufklären, und wir müssen so schnell wie irgend möglich herausfinden, ob Gennaro auch tatsächlich der Mörder unserer Maria Rossis ist. Conte, hast du sein Handy schon unter die Lupe genommen?«

Conte räusperte sich. »Es lag im Wagen, ich habe es der IT-Abteilung zur Auswertung übergeben, aber eines kann ich schon sagen, er erhielt um siebzehn Uhr zweiunddreißig einen Anruf aus der Firma mit einer Gesprächsdauer von knapp fünf Minuten. Leider ist nur die Nummer der Zentrale gespeichert, das heißt, jeder aus der Firma hätte ihn anrufen können.«

»Die Firma«, knurrte Vito nachdenklich.

»Dafür wissen wir, dass er an diesem Tag im Casino di Venezia – Ca' Noghera in der Via Paliaga war«, fuhr Conte dort. »Er hatte diese Adresse in seinem Navi eingespeichert und war laut den Angestellten des Casinos tatsächlich dort, zwischen Mittag und bis kurz nach dem Telefonat.«

»In Venedig, in einem Casino«, bemerkte Laura verdutzt.

»Dann scheint ihn unser Besuch am Vortag nicht besonders beeindruckt zu haben.«

»Die IT liest das Navi aus. Vielleicht finden wir heraus, wo er sich in den letzten Tagen und Wochen aufgehalten hat.«

»Und nehmt euch die Wohnung vor«, fügte Vito hinzu.

»Die Beschlüsse liegen allesamt vor.«

Chiara rutschte unruhig auf ihrem Stuhl hin und her. Vorsichtig hob sie die Hand.

»Chiara«, sagte Vito, der ihr ansah, dass ihr etwas unter den Nägeln brannte.

Sie räusperte sich. »Gestern, nachdem bekannt wurde, dass wir gegen Signore Marelli ermitteln, hat uns Ispettore Sico vom Betrugs- und Glücksspieldezernat angerufen. Er hat mich darüber informiert, dass diverse Schuldscheine von Signore Marelli in den einschlägigen Kreisen im Umlauf sind. Offenbar spielte er gerne Poker, aber nicht sehr erfolgreich. Einige dieser Schuldscheine, so sagte mir der Kollege, befinden sich in Händen von Leuten, die keinen Spaß verstehen. Er schickt uns eine Liste.«

»Sehr gut«, lobte Laura die Praktikantin. »Aber niemand schlachtet eine Kuh, die noch gute Milch gibt.«

»Wir müssen diesen Umstand dennoch in Betracht ziehen«, bemerkte Vito. »Außerdem müssen wir klären, woher das Fentanyl stammt. So etwas hat man doch nicht einfach so zu Hause herumliegen.«

»Es ist Bestandteil eines starken Schmerzmittels«, meldete sich Fraccinelli zu Wort, während er in einer roten Aktenmappe vor sich blätterte. »In der Kürze der Zeit habe ich zwar noch nicht sehr viel über die Familie Abate herausgefunden, aber ich weiß, dass Gaetano, Marcellas Mann, vor fünf Jahren an Darmkrebs starb. Er lag offenbar vier Wochen auf einer Palliativstation, bevor man ihn nach Hause holte, wo er zehn Tage später verstarb. Fentanyl ist der Wirkstoff einer starken Schmerztablette und wird oft in der Palliativmedizin eingesetzt.«

Vito kratzte sich nachdenklich an der Stirn. »Das heißt, im Haus Abate könnte durchaus noch etwas von dem Medikament übrig geblieben sein.«

»Außerdem kommt Ignazio Abate als Täter für den Mord an Gennaro Marelli nicht in Betracht, er ist seit Anfang der Woche in Tokio und stellt dort seine neueste Kollektion vor.«

»Woher weißt du das?«, fragte Laura.

Fraccinelli lächelte stolz und hielt eine Modezeitschrift in die Höhe. »Wenn man modisch im Trend liegen will, muss man sich informieren. In dem Heft ist eine Reportage über Ignazios neues Modelabel.«

»Dann wundert es mich, dass er seinen kleinen Bruder nicht mitgenommen hat«, kommentierte Laura.

Fraccinelli winkte ab. »Ignazio feiert Erfolge, während Roberto eher seinem Cousin Gennaro nacheifert. Er hat ein Büro in der Firma, aber eigentlich läuft seine Marketingfirma mehr schlecht als recht. Ohne Aufträge seines Bruders wären wohl längst schon die Lichter aus. Im Prinzip lebt er vom Geld seiner Mutter.«

»Richter Trancetti hat übrigens seine Erlaubnis erteilt, die DNA der toten Marias mit der von Gennaro abzugleichen.

In zwei bis drei Tagen sollten wir wissen, ob sich unter den Leichen tatsächlich seine Halbschwester befindet.«

Vito schaute verwundert. »Ich dachte, es gibt keine weiteren Frauen mit diesem Namen, dem gleichen Geburtsort und dem Geburtsjahr?«

»Richtig, trotzdem brauchen wir diese Verbindung. Schließlich wäre es ein weiteres Indiz für Gennaros Täterschaft. Folgen wir dem Geld, du weißt schon ...«

Vito lächelte. »Ja, richtig, folgen wir dem Geld, und da in den nächsten Tagen über das Erbe entschieden wird, wie ich vom Gericht erfahren habe, sollten wir uns intensiv um die Familie Abate kümmern. Ich glaube, dort könnten wir fündig werden.«

»Wenn nicht die gesamte Familie dahintersteckt, schließlich profitieren alle von einem gemeinschaftlichen Mord an Gennaro«, fügte Laura hinzu.

Vito nickte und wandte sich Fraccinelli zu. »Hast du noch etwas über die Familie herausgefunden?«

Fraccinelli blätterte auf die nächste Seite. »Ich hatte wie gesagt nur wenig Zeit, aber offenbar wurde die Signora Abate damals, nach dem Tod des Vaters, ein klein wenig ausgebootet. Sie hat die ganze Zeit in der Firma gearbeitet, während Luigi in Bologna und San Francisco Marketing und Betriebswirtschaft studiert hat und durch die Welt gejettet ist. Trotzdem war er und nicht Marcella als Erbe vorgesehen. Ich denke, das hat sie damals schwer getroffen, auch wenn sie nicht am Hungertuch nagen musste.«

»Hat sie in der Firma unter Luigi weitergemacht?«, fragte Laura.

»Ein paar Monate noch, doch irgendwie hat es nicht funktioniert. Ich habe übrigens noch erfahren, dass Gennaro einen großen Teil seiner Kindheit im Hause Abate verbracht hat, während Alberto eher zu seinem Vater aufsah.«

»Und was ist mit Ornella?«

»Über Ornella habe ich nicht viel herausgefunden, daran arbeite ich noch.«

»Albertos Unfall«, bemerkte Vito nachdenklich. »Ich denke, den sollten wir uns auch noch einmal vornehmen. Irgendwie habe ich das Gefühl, dass hier jemand schon seit einiger Zeit Fäden für ein Netz gesponnen hat, um eine lang ersehnte Beute einzufangen.«

Laura runzelte die Stirn. »Du glaubst, Ornella hatte einen Plan, um an die Firma zu kommen?«

Vito zuckte mit den Schultern. »Ornella, Roberto, Marcella, alle drei möglicherweise, und Ignazio ist ebenfalls noch nicht heraus aus dieser Nummer, nur weil er derzeit in Tokio weilt.«

»Ein Pasta-Komplott«, folgerte Fraccinelli mit breitem Grinsen.

»Warum nicht«, sinnierte Vito gedankenverloren. »Nach allem, was wir bislang über Gennaro wissen, kann ich irgendwie nicht glauben, dass er alleine auf die Idee gekommen ist, seine vermeintliche Miterbin aus dem Weg zu räumen. Wir müssen diese Familie irgendwie aus der Reserve locken.«

»Und wie stellst du dir das vor?«, fragte Laura.

Vito zuckte mit den Schultern. »Bislang habe ich leider noch keine Idee.«

KAPITEL 29

DIE IN DER QUESTURA herrschende Stille des frühen Morgens wurde von Maria Totti unterbrochen, die mit einer Kanne Kaffee in den Besprechungsraum trat. Laura sah auf, ihr Nacken war steif. Sie hatte schon seit einer halben Stunde die Auswertungen des Navigationsgeräts aus Gennaros Maserati studiert.

Hinter Maria kam Vito in den Raum, gähnte und murmelte ein »Guten Morgen«.

»Guten Morgen. Ich bin schon an der Auswertung von Conte. Der schiebt Überstunden bei dem Versuch, seinen Fehler mit Gennaro auszubügeln.«

Schweigend tranken sie ihren Kaffee.

»Wo sind eigentlich Fraccinelli und Chiara?«, fragte Vito Maria nach einer Weile.

»Fraccinelli ist mit einem Kollegen der Spusi zur Pastificio Mamma Marelli gefahren. Conte hat gestern noch Gennaros Büro versiegeln lassen, sie durchsuchen es heute.«

Vito nickte anerkennend.

»Und Chiara kommt etwas später, sie hat noch einen Zahnarzttermin.«

Laura folgte Vitos Blick auf die mittlerweile aufgeräumte und übersichtliche Tafel. Einige Fragen waren geklärt, aber dafür waren neue hinzugekommen. Gennaros Fall nahm einen Großteil der Fläche ein. Während er am Kaffee nippte, betrachtete Vito nachdenklich das Foto, das Conte von der am Flaschenzug baumelnden Leiche gemacht hatte.

Als er sich schließlich zu Laura setzte, war sie immer noch mit den Bewegungsdaten beschäftigt und sah nur kurz auf. Maria Totti war wieder in ihr Büro verschwunden, die Berichte des gestrigen Tages lagen sauber abgetippt neben der Kaffeekanne.

»Was bin ich froh, dass unsere Maria nicht in Fiesole geboren ist oder Rossi heißt«, brummte Vito.

Laura hob den Kopf, schenkte ihm ein zustimmendes Lächeln und reichte einen Kartenausschnitt von Florenz und Umgebung über den Tisch. Auf diesem hatte sie akribisch die geschätzten Zeitpunkte der Morde neben Kreuzen markiert, die für die Fundorte der Leichen standen.

»Gennaro war zu dem Zeitpunkt, als man die arme Maria Rossi im Silo eingesperrt hatte, ebenfalls auf dem Fabrikgelände. Das sagt zumindest die Auswertung seiner Aufreißerkarre.«

Vito schmunzelte. »Das Auto ist ein Klassiker, Laura. Es kann nichts für seinen Besitzer. Aber das ist noch kein zuverlässiges Indiz, immerhin arbeitete Gennaro auch in der Fabrik.«

»Das ist richtig, Vito. Aber er war auch ein paar Tage zuvor in der Nähe der Arbeitsstelle unserer Wasserleiche, Maria Labriola. An dem Tag und zu ungefähr der Uhrzeit, die Paola, ich meine Dottoressa Grassi, als ungefähre Todeszeit bestimmt hat. Sie ist nur wenige Kilometer vom Fundort der Leiche im Fluss entfernt.«

Vito überlegte. »Gut. Und wo war er, als die Frau im Boboli-Garten getötet wurde?«

Laura schob ein weiteres Blatt zu Vito hinüber. »Du wirst es nicht glauben.«

Sein Blick huschte über den Ausdruck. »Er hätte nicht dichter am Tatort sein können, wenn er drinnen geparkt hätte. Himmel, er war tatsächlich bei allen drei Morden mit seinem Auto in der Nähe.«

»Da ist noch mehr, Vito.« Laura zog einen Bericht aus der Akte und reichte ihn über den Tisch. »Das ist eine Auswertung der Mehlspuren aus Gennaros Auto. Sie stimmen mit denen aus der Fabrik und der Mühle überein und sind auch mit den Spuren aus dem Boboli-Garten identisch. Es ist in allen Fällen dieses Kastanienmehl. Conte meinte, dass das schon ziemlich gute Indizien sind.«

Vito lehnte sich zurück. »Ja, aber ich würde trotzdem gern etwas mehr finden. Etwas, mit dem sich alle Zweifel ausräumen lassen. Immerhin können wir von Gennaro kein Geständnis mehr bekommen, und der Mord an ihm wirft noch einige weitere Fragen auf. Eben nach möglichen Mittätern oder Drahtziehern von Gennaros Taten. Oder war es wirklich so ein Zufall mit potenziell gewinnbringenden Folgen für die Abates, dass Gennaro alle anderen Erben aus dem Weg geräumt hat, bevor er selbst aus der Erbfolge entfernt wurde?«

Laura musste Vito recht geben. »Entfernt, wie du sagst, wurde er bestimmt nicht ohne Grund. Da es wohl eher nicht Gennaros Spielschulden waren, vermute ich, dass seine Stellung als letzter nachfolgender Erbe seines Bruders doch eine gewisse Rolle gespielt hat. Dummerweise wissen wir nicht, wer in der Familie dafür gesorgt haben könnte, dass der Sequester jetzt die Verteilung des Nachlasses neu organisieren muss.« Sie erhob sich und öffnete das Fenster.

Die hereinströmende Morgenluft brachte einen angenehmen Rest Nachtfrische mit sich. Lauras Blick fiel auf Gennaros im Innenhof geparkten Maserati.

»Im Auto waren keine weiteren Spuren mehr zu finden, bis auf das Kastanienmehl. So leichtsinnig Gennaro beim Navi gewesen war, leider hat er uns keine Tatwaffe oder etwas ähnlich Beweiskräftiges hinterlassen.«

Kurz schwiegen sie, die Stille wurde nur von leisem Geraschel unterbrochen, als Vito erneut die Akten der Mordopfer durchblätterte.

»Okay, lass uns sehen, dass wir vorankommen. Ich warte hier auf Chiara und überprüfe mit ihr den Tod von Gennaros Bruder Alberto. Nicht, dass der auch ermordet wurde. Du fährst mit Conte zu Gennaros Appartement.«

»Er wollte bald starten, ich gehe schon mal runter. Er klingt ziemlich bedrückt.« Ihr war die trübe Stimmung des Forensikers bei ihrem kurzen Telefonat nicht verborgen geblieben.

»Ich kenne ihn schon lange, und er nimmt sich seinen

Fehler sehr zu Herzen«, sagte Vito in versöhnlichem Tonfall.

Laura hoffte, dass es stimmte und Conte nicht doch einen Groll auf sie hatte.

Als sie kurz darauf durch die Innenstadt fuhren, war sie ein wenig verlegen.

»Tut mir leid, dass ich der Leiche ohne dein Wissen Blut abgenommen habe.« Sie warf ihm einen entschuldigenden Seitenblick zu.

»Schon gut. Nächstes Mal erinnere mich einfach an diesen Fall, wenn du ein ungutes Gefühl hast.« Er grinste schief und bog mit Schwung um eine Kurve. »Du hast ja einen ganz schönen Sturkopf, aber du versteckst ihn gut.« Contes Bemerkung klang versöhnlich.

»Tut mir leid. Ich habe viel Geduld für alles Mögliche, aber manchmal gehen die Pferde einfach mit mir durch.«

»Dafür bin ich oft barsch und manchmal nicht so geschickt mit Leuten.« Seine Worte kamen mit einem verschmitzten Lächeln, während er den Blinker setzte und eine blutrote Ape überholte, auf deren Ladefläche unzählige tiefgrüne Wassermelonen gestapelt waren. Der Fahrer des dreirädrigen Lastenmobils hupte wütend, als sie vor ihm einscherten.

»So würde ich das nicht sagen.« Laura hatte ihren Kollegen meist gut gelaunt erlebt.

Er lächelte ironisch. »Das waren auch nicht meine Worte, sondern die unseres Primo Dirigente bei der letzten Beurteilung.«

Sie schwiegen, bis sie vor Gennaros Haus geparkt hatten. Erneut waren Arbeiter an der Tür zugange, und einer der blau gekleideten Männer beobachtete ihre Ankunft misstrauisch. Laura wies sich kurz aus und fragte nach dem Hausmeister. Sie hatte sich telefonisch angekündigt.

Der Handwerker deutete auf einen kleinen Mann in grauer Kluft, der dabei war, eine Mülltonne vors Haus zu ziehen.

»Das ist Signore Montero, Signora.«

Gennaros Wohnungsschlüssel war bei den Beweismitteln gelagert. Laura hatte sich vor ihrem Aufbruch erkundigt, ob der Hausmeister die Wohnung des Toten für sie öffnen würde.

Kurz darauf standen sie in dem modernen Appartement, jeweils mit blauen Überschuhen und den notwendigen Handschuhen ausgerüstet.

»Annina wird auch bald hier sein, bis dahin können wir uns schon mal einen Überblick verschaffen. Ich würde sagen, ich gehe ins Schlafzimmer, und du nimmst dir das Wohnzimmer vor, was denkst du?«

Erleichtert nahm Laura Contes Vorschlag an. Hier im Eingangsbereich roch es nach Parfüm und kaltem Zigarrenrauch. Kunstgegenstände, Chrom und Leder schienen Gennaro gefallen zu haben. Alles war einen Hauch zu protzig, zu gewollt, zu neureich. Der kalte Marmorboden unterstrich das, und die futuristischen Sitzmöbel wirkten unbequem. Nichts an diesem Interieur vermittelte Behaglichkeit.

Ein riesiger Flachbildschirm im Wohnbereich, eine teure Musikanlage und eine topaktuelle Spielekonsole. Eine gut bestückte, wenngleich schon weitgehend geleerte Hausbar fehlte ebenfalls nicht. Das Büro war, wie das Wohnzimmer, in Betonoptik gehalten.

Laura betrat den kleinen Raum, den ein riesiger Schreibtisch dominierte. Die graue Tischplatte war unter der Flut an Papieren kaum auszumachen. Gennaro hatte Ablage für einen Umstand gehalten, der seine Aufmerksamkeit nicht verdiente. Eine Steuernachforderung lag offen auf dem Papierchaos, ebenso ein paar Kontoauszüge, die verrieten, dass der Tote weit über seine Verhältnisse gelebt hatte.

Unter einem Stapel Rechnungen für teure Mode und Restaurantbesuche lugte die Ecke eines alt wirkenden Buches hervor. Endlich mal etwas, das man in dieser Umgebung als ungewöhnlich bezeichnen konnte. Vorsichtig zog Laura die geöffnete Lektüre unter dem Papierstapel heraus. Das Buch musste Teil einer medizinischen Enzyklopädie sein und behandelte die inneren Organe des Menschen. Es war auf einer Seite über die Leber aufgeschlagen.

»Conte, ich glaube, ich habe etwas gefunden!«

»Da bist du nicht alleine!« Der bärtige Forensiker erschien an der Tür und hielt einen Beweismittelbeutel hoch, in dem ein Stilett lag. »Es war im Bad im Spülkasten. Kein sehr originelles Versteck, wenn du mich fragst.«

Laura schob das Buch genau so aufgeklappt, wie sie es gefunden hatte, in eine weitere Beweismitteltüte. »Ich habe eine interessante Lektüre über die Anatomie des Menschen gefunden. Es war bei der Leber aufgeschlagen. Offenbar war Gennaro doch gewillt, sich ab und an weiterzubilden.«

Conte und sie tauschten einen langen Blick.

»Lückenlose Beweismittelkette.« Conte sagte das in einem

Tonfall, der klarmachte, dass auch er roch, dass hier etwas zum Himmel stank.

»Ja. Und praktisch, dass wir auf Anhieb zwei Dinge finden, die wie die Faust aufs Auge zu unseren Frauenmorden passen. Gennaro mag nicht der cleverste Mann im Umkreis von fünfzig Kilometern gewesen sein, aber für so dumm hätte ich ihn auch wieder nicht gehalten.«

In diesem Moment klingelte es, und sie zuckten beide zusammen.

Conte wandte sich der Tür zu. »Das ist bestimmt Annina. Ich lass sie mal herein.«

Laura nickte. Sie hatten alles gefunden, was sie benötigten, die Frauenmorde dürften mit den hier entdeckten Beweisen aufgeklärt sein. Sie glaubte allerdings nicht, dass Gennaro das Zeug dazu gehabt hatte, alles allein zu planen und durchzuführen. Wer immer ihn getötet hatte, musste auch etwas mit den drei Frauenmorden zu tun haben.

KAPITEL 30

SERRAVALLE PISTOIESE HIESS der kleine verschlafene Ort an der Autostrada Firenze-Mare, die von Livorno an der Westküste bis nach Florenz führte und dort in die A1, der großen Nord-Süd-Verbindung mündete. Knapp fünfzig Kilometer westlich von Florenz nahe dem gleichnamigen Rasthof an der Autobahn hatte sich der Unfall ereignet, bei dem Alberto Marelli ums Leben gekommen war. Die Polizia di stradale von Pistoia war zuständig gewesen und hatte den Verkehrsunfall aufgenommen, an dem mehrere Fahrzeuge beteiligt gewesen waren. Alberto war jedoch der einzige Tote dieses Tages gewesen.

Vito und Chiara hatten sich um neun Uhr mit Ispettore Capo Domenico Belotti auf der Raststation in der Nähe der Unfallstelle verabredet, um Genaueres über den Unfallhergang und die Beteiligten zu erfahren. Nachdem sich ihr Fall derart entwickelt hatte, erschien auch der Unfall von Alberto Marelli in einem neuen Licht. Und alleine die Akten zu studieren, war Vito zu wenig. Er wollte sich selbst vor Ort ein Bild über den Unfallhergang machen.

Als sie kurz vor neun auf den Rasthof abbogen und den Parkplatz nahe des Autogrills ansteuerten, war von dem Kollegen der Polizia di stradale noch nichts zu sehen. Die Sonne hatte inzwischen die morgendliche Frische vertrieben und heizte den Asphalt auf, sodass die Luft vibrierte.

»Darf ich dich zu einem Kaffee einladen, oder musst du noch warten nach deinem Zahnarztbesuch?«

Chiara richtete ihre Bluse und nickte mit einem Lächeln auf den Lippen. »Ja, gerne.«

Zusammen schlenderten sie über den asphaltierten Weg zum Rasthof und suchten sich einen Platz im Schatten.

»Espresso, Cappuccino, Caffè Latte, was darf es für dich sein?«, fragte Vito. »Hier ist Selbstbedienung.«

In der Ferne rauschten die Autos auf der mehrspurigen Autobahn vorbei, ab und zu dröhnten die Motoren so laut, dass man kaum sein eigenes Wort verstand.

»Wasser, ohne Kohlensäure, wenn es geht«, entgegnete Chiara.

»*Va bene,* Signora.«

Vito betrat das Verkaufsgebäude und kehrte nach einigen Minuten wieder zum Tisch unter dem Sonnenschirm zurück, an dem neben Chiara ein Mann in blauem Uniformhemd Platz genommen hatte. Direkt an der kleinen Haltebucht, nahe der Zapfsäulen der Tankstelle, stand ein hellblau und weiß lackierter BMW mit zwei Blaulichtern auf dem Dach und der Aufschrift *Polizia* an der Fahrertür.

Vito trat näher und stellte eine eiskalte Flasche Wasser vor Chiara ab. Sich selbst gönnte er einen Doppio.

»Ah, Commissario Carlucci«, sagte der Mann, erhob sich und legte seine Hand an die imaginäre Mütze. »Belotti, Polizia di stradale, Pistoia. Wir haben telefoniert.«

Vito reichte dem Kollegen mit der hohen Stirn und den buschigen, tiefdunklen Augenbrauen die Hand. »Sie haben den Unfall von Alberto Marelli bearbeitet.«

»Das ist richtig«, bestätigte der Kollege von der Autobahnpolizei. »Es war einer der schwersten Unfälle in den letzten Jahren in diesem Abschnitt. Das Verfahren ist auch noch nicht abgeschlossen. Ist ja erst drei Monate her.«

»Wie ist das denn genau passiert?«, fragte Vito und blickte über den Parkplatz zur Autobahn, die in Richtung Florenz nach einer Kurve in den bewaldeten Hügeln verschwand.

Der Ispettore trat ein paar Schritte vor und wies mit ausgestreckter Hand auf die Kurve. »Es war der sechsundzwanzigste April. Es hatte in der Nacht stark geregnet, und auch am Morgen gegen sieben Uhr setzte Regen ein und ließ erst gegen Mittag nach. Wir wurden alle gehörig nass bei der Unfallaufnahme.«

Chiara hatte sich ebenfalls erhoben und trat an Vitos Seite.

»Aber es war schon ausreichend hell?«, fragte Vito

Der Kollege nickte. »Vermutlich lag es an der Nässe. Zwei Lkw fuhren aufeinander auf und verkeilten sich. Dann kam zuerst ein BMW und krachte in die quer stehenden Laster, anschließend geriet Signore Marelli mit seiner Barchetta unter den Anhänger des hinteren Lasters. Der Sachverständige meint, er fuhr bestimmt einhundertvierzig, obwohl hier bei Nässe achtzig Kilometer vorgeschrieben sind. Er war sofort tot.«

»Die Ursache steht zweifelsfrei fest?«

»Eindeutig, außerdem verstarb der Verursacher, ein bulgarischer Lkw-Fahrer, ein paar Tage später im Krankenhaus.«

»Es ist also unwahrscheinlich, dass dieser Unfall absichtlich durch Dritte verursacht wurde?«, schob Chiara nach.

»Hören Sie, Signorina«, holte der Autobahnpolizist aus. »Hier gab es nur Tote und Schwerverletzte, die mit viel Glück dem Teufel von der Schippe gesprungen sind. Wer solch einen Unfall absichtlich provoziert, ist entweder lebensmüde oder hat seinen Verstand verloren.«

»Beim Verursacher gibt es keine Verbindung nach Italien?«, fragte Vito.

»Nicht, dass ich wüsste. Er stammte aus Sofia und fuhr für eine dortige Spedition.«

»Gab es hier denn schon mehrere so schwere Unfälle?«

»Früher schon, aber dann wurde eine Geschwindigkeitsbeschränkung eingerichtet. Wenn sich alle daran halten würden, dann wäre wohl auch dieser Unfall so nicht passiert. Es war der zweite in diesem Jahr in dieser Kurve.«

»Am Wagen Marellis war vorher alles in Ordnung?«, fuhr Vito mit der Befragung fort.

»Zumindest hat der Sachverständige keine Defekte gefunden, die vor dem Unfall bestanden.«

»Ich danke Ihnen für Ihre Zeit, Ispettore«, sagte Vito und lud Belotti noch auf einen Kaffee ein, bevor sie sich auf die Rückfahrt machten.

»Das war wohl tatsächlich ein glasklarer Unfall«, sagte Vito, nachdem Chiara auf dem Beifahrersitz Platz genommen hatte. Ihre Antwort ging im lauten Gesang von Gianna Nannini unter. Vito griff zum Handy. Die Dottoressa aus der Rechtsmedizin war am Apparat.

»Guten Morgen, Commissario«, sagte sie. »Leider kann ich Ispettore Conte nicht erreichen, aber er hatte mir Ihre Nummer gegeben, falls sich noch etwas findet.«

»Und es hat sich etwas gefunden?«

»Das kann man wohl sagen. Die DNA von Gennaro Marelli und dem Mordopfer Maria Labriola weisen eine deutliche Übereinstimmung auf.«

»Oha, das ist aber sehr interessant.«

»Allerdings. Ich würde sagen, Maria Labriola war Gennaros Halbschwester.«

Als Vito das Gespräch beendet hatte, atmete er erst einmal kräftig durch. Mit dieser nicht ganz unerheblichen Feststellung schloss sich der Kreis um die geheimnisvollen Frauenmorde. Doch wie sah es mit dem Kreis um den Mord an Gennaro aus?

KAPITEL 31

VITO HATTE DAS BILD von Maria Labriola in die Mitte der Pinnwand gehängt und zeigte darauf.

»Das ist Gennaros Halbschwester«, sagte er. »Sie war das eigentliche Ziel des Mordanschlags. Die beiden anderen Frauen hatten nur das Pech, dass sie im selben Jahr mit demselben Namen in derselben Stadt geboren wurden und Gennaro offenbar nicht viel mehr über seine Halbschwester wusste.«

Laura trat an Vitos Seite. »Aber auch die Familie Abate wusste über Luigi Marellis Fehltritt Bescheid, und sie wusste auch, dass es drei denkbare Mitbewerberinnen um das Erbe gibt. Schließlich musste Cara die mögliche Verbindung offenlegen, dazu war er gesetzlich verpflichtet.«

»Alles nur, weil die Namen der drei Frauen im Kirchenregister der Stadt verzeichnet waren.«

»Bei der Halbschwester tappten die Abates sicherlich auch im Dunkeln. Wenn sie dahinterstecken, hätten sie

Gennaro ansonsten bestimmt auf die richtige Spur angesetzt. Nehme ich doch an.«

Vito seufzte. »Es ist sowieso die Gretchenfrage, ob Gennaro die Morde allein verübt hat oder ob ihm jemand aus der Familie Abate dabei geholfen hat.«

Fraccinelli, der am anderen Ende des Tisches Platz genommen hatte, räusperte sich und zupfte sich seine grell rote Krawatte zurecht. »Wir haben das Messer, und wir haben das Buch«, sagte er. »Zudem wissen wir, dass sich Gennaros Wagen etwa zu den Tatzeiten in der Nähe der Tatorte befand.«

Vito nickte. »Es spricht viel dafür, dass Gennaro die Taten selbst ausführte, aber war er auch die treibende Kraft?«

Laura blickte Vito fragend an.

»Er hatte Schulden und brauchte Geld«, fuhr Fraccinelli fort.

»Noch dazu waren einige seiner Schuldscheine bei Leuten gelandet, die keinen Spaß verstehen«, fügte Chiara hinzu.

Vito ging zum Tisch, zog sich einen Stuhl zurecht und ließ sich darauf nieder. »Das alles mag stimmen, aber nach allem, was wir über Gennaro erfahren haben, war er zwar leichtsinnig und hatte wenig für das Geschäft übrig, aber war er auch kaltschnäuzig genug, um allein diese Morde zu planen und auszuführen?«

Laura setzte sich neben Vito. »Er selbst wurde ermordet, und die Beweismittel für die Morde an den Frauen waren in seiner Wohnung nicht besonders gut versteckt. Aber wer aus der Familie hat hier die Finger im Spiel? Oder waren es vielleicht sogar alle? Der Anruf kurz vor seinem

Tod kam aus der Firma. Ornella arbeitet dort, aber auch Roberto oder Marcella und bestimmt auch Ignazio haben Zutritt zur Firma.«

»Es kann aber niemand sagen, ob Roberto oder Marcella dort waren«, gab Fraccinelli zu bedenken. »Emoli war der Letzte, der die Firma gegen siebzehn Uhr verlassen hat. Er wusste aber auch nicht, ob Ornella Abate noch in ihrem Büro war. Und sie selbst sagt, sie sei schon gegen sechzehn Uhr gegangen.«

Vito lächelte. »Ich glaube, der Einzige, dem etwas an der Firma liegt, ist Emoli. Ihm kann man glauben. Von den Abates traue ich keinem über den Weg.«

»Außer Ignazio, der war ja in Japan«, warf Fraccinelli ein.

Laura erhob sich, ging zu einem der Fenster des Besprechungsraumes und kippte es. »Hat Conte schon etwas über diesen Notizzettel in Gennaros Tasche herausgefunden?«

Vito zuckte mit den Schultern. »Er meint, die Schrift passt zu Gennaro, auch wenn sie krakelig ist und der Schreiberling wohl keine richtige Orientierung mehr hatte. Aber die Aussage – *es hat alles keinen Sinn mehr* – bedeutet gar nichts, er kann es in seinem Suff geschrieben haben ...«

»... weil ihn jemand dazu aufgefordert hat und er restlos betrunken war«, ergänzte Chiara.

Vito seufzte und warf Laura einen Blick zu. »Weißt du noch, als wir das erste Mal bei Gennaro in der Wohnung waren?«

Laura nickte.

»Dieses Buch über die Anatomie des menschlichen Körpers passt irgendwie nicht zu ihm und auch nicht zu seiner

Einrichtung. Die einzige Lektüre dort waren Automagazine, ansonsten war er bestimmt keine Leseratte. Also, woher stammt dieser dicke Wälzer?«

Chiara blätterte in ihrer Akte. »Signore Abate, der verstorbene Ehemann von Marcella, war Mediziner und arbeitete bis zu seiner schweren Erkrankung im Santa Maria Hospital als Chefarzt in der Inneren Medizin.«

Laura lehnte sich im Stuhl zurück. »Das bringt uns aber nicht weiter. Schließlich wissen wir nicht mit Sicherheit, dass das Buch aus dem Hause Abate stammt. Und selbst wenn, jeder hätte darauf Zugriff gehabt, und zudem könnten sie behaupten, Gennaro habe es sich einfach genommen.«

»Wo ist dieser alte Schinken überhaupt?«, fragte Vito. »Aus welchem Jahr stammt es, aus der Vorkriegszeit?«

Laura schüttelte den Kopf. »Es war eine Ausgabe vom Medizinischen Fachbuchverlag Verona aus dem Jahr 1971, Conte hat es mit ins Labor genommen. Er will etwas versuchen.«

Vito winkte ab. »Diese alten vergilbten Seiten sind wohl schon durch viele Hände gegangen.«

»Dennoch sitzt die Leber heute immer noch dort, wo sie auch im Jahr 1971 gesessen hat«, fuhr Laura fort. »Und ein Stich in die Leber führt zu einer sehr intensiven inneren Blutung und hat meistens den Tod zur Folge.«

Vito atmete tief ein. »Marcella, Ornella, Roberto oder Ignazio«, seufzte er. »Wenn wir dem Geld folgen, dann profitiert die gesamte Familie davon.«

»Gemeinsam oder einer von ihnen«, schob Laura nach.

»Das müssen wir herausfinden. Bei der jetzigen Beweislage haben wir allenfalls Indizien für den Mord an Gennaro. Das ist Richter Trancetti zu wenig, damit bekommen wir nie einen Durchsuchungsbeschluss, geschweige denn eine richterliche Vorladung.«

»Selbst ein mittelmäßiger Anwalt zerreißt uns bei dieser Beweislage in der Luft«, bestätigte Chiara.

Vito nickte zustimmend. »Chiara hat absolut recht. Wir brauchen mehr, viel mehr, wenn wir Gennaros Mörder überführen wollen.«

»Vielleicht doch einer von Gennaros Gläubigern, der ein Zeichen setzen wollte?« Fraccinelli blickte in die Runde, als ob er etwas sehr Schlaues gesagt hätte, doch Laura verzog ihren Mund.

»Was hätten die davon? Das Geld wäre weg und ihr Schuldner ebenfalls. Und weder die Signora noch Ornella würden Schuldscheine ihres Neffen begleichen.«

»Gennaro verbrachte in seiner Kindheit mehr Zeit bei seiner Tante als mit der eigenen Familie«, sagte Vito und fuhr sich mit der Hand über die Stirn. »Seine Mutter kränkelte, und sein Vater hatte keine Zeit für ihn.«

Laura nickte. »Für Alberto schon.«

»Alberto hat sich frühzeitig für die Firma interessiert«, resümierte Vito. »Das hat seinem Vater Luigi wohl sehr gefallen.«

Chiara legte die Akte zur Seite. »Aber Alberto ist tot. Und an einem Unfall gibt es keine Zweifel.«

Vito erhob sich, ging zum Fenster und schloss es wieder. Draußen hatte der Lärm auf der Straße zugenommen.

»Dummerweise hat er kein Testament hinterlassen, so wie sein Vater Luigi. Und plötzlich tauchte mit Maria Rossi, der unehelichen Tochter von Luigi, eine Frau auf, die sogar als Erbin infrage kommt. Das hieß für Gennaro, dass er teilen muss.«

»Nicht nur das, er konnte mit dem Erbe auch nicht einfach machen, was er wollte«, fügte Fraccinelli hinzu. Alle Augen richteten sich auf ihn. Er zuckte mit den Schultern. »Verkaufen, zum Beispiel«, fügte er kleinlaut hinzu.

Laura winkte ab. »Marcella Abate hätte alles unternommen, um dies zu verhindern.«

Vito nickte zustimmend. »Ausgerechnet morgen läuft die Meldefrist ab, und Avvocato Cara wird die Erbfolge in Bezug auf Albertos Tod bekannt geben. Die Familienverhältnisse stehen fest, und alle Zweifel scheinen beseitigt. Wenn wir doch nur irgendwie kräftig auf den Busch klopfen könnten, um diesen verschworenen Familienclan nachhaltig zu erschüttern. Ich habe nur keine Idee, wie.«

»Aber ich«, sagte Chiara leise.

»Du?«, fragte Laura überrascht.

»Ich hätte eine Idee, es wäre eine Chance, die Familie aus der Reserve zu locken, aber ob es klappt, das weiß ich natürlich nicht.«

Vito wandte sich Chiara zu. »Jetzt bin ich aber mal gespannt.«

KAPITEL 32

DIE TESTAMENTSERÖFFNUNG STAND kurz bevor. Der gemütlich eingerichtete Konferenzraum bot Platz für acht Personen. Am Kopfende des dunklen Tisches saß Avvocato Dino Cara in einem schwarzen Anzug mit Weste und blickte in die vor ihm liegende Akte. Als er sich die Jacke zurechtrückte, blitzte die goldene Kette einer Taschenuhr auf.

Marcella Abate, die von der Sekretärin gerade einen Kaffee serviert bekam, saß neben ihrer Tochter in direkter Nähe des Sequesters. Sie wirkte ungeduldig und gereizt. Ornella schien den Gemütszustand ihrer Mutter zu teilen. Ihre perfekt manikürten Finger trommelten leise auf der Armlehne des Stuhls herum.

Marcella trug dem Anlass entsprechend ein schwarzes Kleid mit einem Hut, dessen Schleier ein wenig altmodisch wirkte. Insgesamt bewies die Matriarchin Klasse und Understatement. Ihr Blick huschte immer wieder zu der Akte auf dem Tisch vor dem Sequester.

Ein Klingeln schrillte unvermittelt durch die Kanzlei, und die Frauen zuckten zusammen. Mit einer gemurmelten Entschuldigung eilte die Sekretärin aus dem Raum. Kurz darauf traten die Brüder Ignazio und Roberto Abate ein. Sie wandten sich zuerst an ihre Mutter, küssten diese auf beide Wangen. Sie trugen Jeans und helle Sakkos, Roberto sogar weiße Turnschuhe. Als Signore Cara die Männer bat, Platz zu nehmen, lümmelte sich Ignazio auf einen der Stühle, während Alberto lieber stehen blieb.

»Wir sollten noch ein paar Minuten warten, der Termin ist erst für zehn Uhr angesetzt. Ich möchte pünktlich beginnen.«

Marcella Abate schnaufte abfällig. »Hätten Sie nicht so lange gewartet, bis die komplette Unfalluntersuchung der Tragödie mit Alberto abgeschlossen war, hätten wir diese achtwöchige Frist zur Eröffnung schon längst hinter uns. Die Firma hat erst unter den stümperhaften Händen des armen Gennaro gelitten und ist jetzt erneut ohne kompetente Führung. Wir müssen an die Angestellten und unsere Verpflichtung gegenüber denen denken, die von uns abhängig sind. Diese Farce hat schon lange genug gedauert. Alle, die es betrifft, sind anwesend. Fangen Sie endlich an!«

Dino Caras Gesicht blieb unbewegt. »Ich musste die Untersuchung abwarten, und bin verpflichtet, mögliche Erben ausfindig zu machen und zu informieren. Ich habe mir keine Versäumnisse vorzuwerfen, Signora. Und wir werden pünktlich anfangen.«

Marcella Abate war nicht glücklich mit dieser Antwort,

aber sie schwieg mit säuerlicher Miene. Alle schauten stumm vor sich hin, bis der Anwalt schließlich nach ein paar Minuten, um Punkt zehn, die Akte öffnete und ein paar Papiere herauszog.

Bevor er jedoch beginnen konnte, schrillte erneut die Türglocke. Alle erstarrten, und der Sequester hielt inne.

»Worauf warten Sie?«, herrschte Ornella den Anwalt an, der seine Stirn in Falten legte und der jungen Frau einen eisigen Blick zuwarf. In diesem Moment kam die Sekretärin in den Raum und flüsterte dem Sequester etwas zu.

Er nickte. »Dann führen Sie die junge Frau bitte herein.«

Kurz darauf trat eine dunkelhaarige Frau ein. Sie trug eine schwarze Hose, eine legere graue Bluse und hatte eine natürliche, jugendliche Ausstrahlung, die durch einen Pferdeschwanz und fehlendes Make-up unterstrichen wurde. Nervös betrachtete sie die Anwesenden.

Dino Cara erhob sich und bot ihr einen Platz am Ende des Tisches an, direkt ihm gegenüber. »Ich freue mich, dass Sie gekommen sind. Darf ich fragen, ob Sie sich legitimieren können, Signora Labriola?«

Der Name schlug bei den Abates ein wie eine Bombe. Alle starrten die junge Frau an. Auf Marcellas Gesicht bildeten sich rote Flecken, Ornella wirkte irritiert, und die Brüder tauschten nervöse Blicke.

»Was soll das?«, herrschte die Matriarchin den Sequester an. »Was hat das zu bedeuten?«

Der Avvocato wandte sich an die entrüstete Marcella. »Ich habe natürlich pflichtgemäß alle Erben benachrichtigt. Selbstverständlich auch Maria Labriola, die eine uneheliche

Tochter ihres Bruders ist und als Albertos Erbin in Betracht kommt.«

»Ich freue mich sehr, Sie kennenzulernen«, murmelte die junge Frau. »Ich habe mir immer Familie gewünscht.« Die sanften Worte wurden mit einem deftigen Fluch von Ornella quittiert, die aufgesprungen war.

Marcella Abate hatte sich ebenfalls erhoben und funkelte den Anwalt wütend an. »Sie sind dumm, Signore Cara. Maria Labriola müsste jetzt so alt sein wie Alberto. Und der war sechsunddreißig Jahre alt, als er starb. Diese Frau ist doch höchstens zwanzig! Also kann sie nicht Maria Labriola sein!«

Signora Labriola sah zum Sequester. »Ich bin auch nicht Maria Labriola«, begann sie schüchtern.

Marcella schüttelte den Kopf und fiel ihr ins Wort. »Was machen Sie dann hier. Verschwinden Sie! Wir haben hier wichtige Angelegenheiten zu regeln!«

Dino Cara hob die Hand und warf den beiden Abate-Frauen einen strengen Blick zu. »Lassen Sie die Signora bitte ausreden.« Er wandte sich der nervösen, jungen Frau zu, die am Tischende stand und ihre Finger ineinander verschränkte. Sie wirkte aufgewühlt, aber angesichts der ihr entgegenschlagenden Feindseligkeit war das eine verständliche Reaktion. Der Sequester nickte ihr aufmunternd zu. »Fahren Sie bitte fort, meine Liebe.«

Sie atmete tief ein, und die Stille im Raum schien sich auszudehnen und den Platz der Empörung einzunehmen.

»Ich bin nicht Maria Labriola. Ich bin ihre Tochter, Chiara Labriola. Meine Mutter hat mich mit sechzehn Jahren bekommen, und mein Vater hat mich großgezogen. Sie haben auf Drängen meiner Großeltern zwar geheiratet, aber meine Mutter verließ uns, als ich zwei Jahre alt war. Nun wurde meine Mutter ermordet, sodass ich ihr Erbe antreten muss.«

Marcella und Ornella wechselten einen Blick, Ignazio schlug auf den Tisch, so heftig, dass ein Wasserglas umfiel.

»Das ist unmöglich!« Es war Ornella, die den Sequester wütend anstarrte. »Ist das ein Scherz? Ich verlange, dass diese Person ihre ungeheuerliche Behauptung beweist!«

Der Anwalt nickte. »Können Sie sich legitimieren?«

Chiara griff in ihre Handtasche und reichte dem Anwalt ein kleines Familienstammbuch sowie ihren Ausweis. Der Sequester prüfte die Geburtsurkunde und gab die Papiere daraufhin mit einem Lächeln zurück.

»Ich hatte Ihre Mutter angeschrieben, mein Beileid zu Ihrem Verlust.«

Chiara Labriola senkte den Blick und bedankte sich leise.

»In diesem Fall geht der Erbanspruch von Maria Labriola auf Sie über. Natürlich benötige ich noch die Sterbeurkunde ihrer Mutter. Ich nehme an, Sie haben keine weiteren Geschwister oder Verwandte, die ebenfalls erbberechtigt sind?«

Chiara verneinte. »Nein. Die Leiche meiner Mutter ist noch nicht freigegeben, deshalb liegt noch keine Sterbeurkunde vor.« Ein leises Schluchzen entrang sich Chiaras Kehle, bevor sie mit belegter Stimme fortfuhr. »Sie hätte sich gefreut, ihre Familie kennenzulernen.«

Diese Worte quittierte Signora Abate mit einem abfälligen Schnauben.

Der Sequester überspielte diese Unverschämtheit und fuhr fort. »Ihre aktuelle Adresse liegt mir noch nicht vor.« Während die Abates mit wütenden Blicken lauschten, gab Chiara dem Sequester ihre Anschrift. Dann verstummte sie.

»In diesem Fall kann ich die Erbsache Alberto Marelli eröffnen. Da kein letzter Wille vorhanden ist und alle von mir benachrichtigten erbberechtigten Personen anwesend sind, muss ich feststellen, dass gemäß Recht und Gesetz das Vermögen und der Besitz des verstorbenen Alberto Marelli – unter Berücksichtigung der fehlenden und noch nachzureichenden Urkunde – auf die Nachfahrin erster Ordnung, Chiara Labriola, übergeht.«

Roberto Abate sprang auf, sein Stuhl kippte mit einem lauten Poltern um. »Das können Sie nicht machen! Die Fabrik gehört der Familie, nicht der Enkelin einer kleinen Schlampe, die einmal für meinen Onkel die Beine breitgemacht hat!«

Die beleidigenden Worte ließen Chiara erbleichen. »Wie können Sie es wagen! Meine Mutter wurde adoptiert, weil Ihr Großvater sich weigerte, seiner Verantwortung nachzukommen. Meine Mutter hat erst spät von ihrer Herkunft erfahren. Und niemals hat sie etwas gefordert oder gewollt.«

Roberto starrte die junge Frau an, sein Bruder ergriff erbost das Wort. »Wir werden das nicht akzeptieren!«

Chiara wurde kalkweiß und blickte hilfesuchend zum Sequester.

Marcella Abata erhob sich und schnappte sich ihre Handtasche. »Mein Bruder hätte nie gewollt, dass die Fabrik in die Hände einer Erbschleicherin fällt, die keinen Sinn für die Tradition oder unsere Familie hat. Eine Fremde, ohne Bezug zu uns und unserem Erbe.«

Der Anwalt kramte in der Akte. »Die von Ihrem Bruder Luigi eingerichteten Firmenbeteiligungen bleiben selbstverständlich bestehen, und auch die Fonds Ihrer Kinder und Ihr Treuhandfonds sind nicht davon betroffen. Hier geht es lediglich um die Fabrik und das Vermögen von Alberto Marelli, das dieser von Luigi Marelli, seinem leiblichen Vater, geerbt hat. Es ist unmöglich, dass Sie vor einer direkten Verwandten Albertos in die Erbfolge eintreten, wenn kein entsprechendes schriftliches Testament vorliegt. Ich habe Sie lediglich für den Fall informiert, dass die gesetzlichen Erben das Vermächtnis nicht annehmen. Als Anteilseigner an der Fabrik können Sie sich natürlich mit Signora Labriola über einen Verkauf der Fabrik auseinandersetzen. Aber da die Signora nun fünfundfünfzig Prozent der Pastificio besitzen wird, ist es allein ihre Entscheidung, wie sie mit der Fabrik verfährt.«

Roberto trat zur Tür und drehte sich um. »Ich werde mir einen eigenen Erbrechtsanwalt suchen. Das wird ein Nachspiel haben!« Dann stürmte er aus der Tür, und sein Bruder folgte ihm auf dem Fuße.

Die Frauen packten ihre Taschen und eilten Richtung Tür. »Ein Skandal! Sie werden von unserer Familie nie wieder ein Mandat erhalten, so viel kann ich Ihnen versprechen, Signore Cara. Und Sie ...« Marcella wandte sich an Chiara. »Wenn Sie glauben, sich ein Familienerbe, zu dem Sie nichts beigetragen haben, unter den Nagel reißen zu können, haben Sie sich gründlich geirrt!« Mit diesen Worten rauschte die Frau aus dem Raum.

Ornella Abate blieb kurz vor Chiara stehen. »Willkommen in der Familie.« Ihr sarkastischer Tonfall stand ihrem abfälligen Gesichtsausdruck in nichts nach, dann drehte sie sich abrupt um und folgte ihrer Mutter.

Nachdem alle Angehörigen Gennaro Marellis verschwunden waren, kehrte Ruhe ein. Als Chiara ein paar Minuten später vor die Kanzlei trat, stellte sich ihr auf dem Weg zu ihrem Auto Ignazio Abate in den Weg.

»Auf ein Wort.« Seine Augen fixierten sie mit einem stechenden Blick, und Chiara umklammerte ihren Autoschlüssel fester.

»Ich glaube, nach dem Auftritt eben habe ich Ihnen nichts zu sagen«, erwiderte sie.

Ignazio legte seine Hände rechts und links an das Dach des kleinen Autos, vor dem die junge Frau stand, und keilte sie dazwischen ein. Dann senkte er den Kopf, bis sein Mund auf der Höhe ihres Ohres war. »Sie haben keine Chance gegen unsere Familie. Wir haben das Geld, um Sie in die Armut zu klagen. Sie werden keinen Cent von diesem Erbe sehen, das verspreche ich Ihnen. Schlagen Sie es aus, verzichten Sie, und ich bin bereit, mich erkenntlich zu zeigen.«

Die junge Frau stieß Ignazio von sich. Dieser gab sie frei und funkelte sie wütend an.

»Verschwinden Sie, ehe ich die Polizei rufe!«, fauchte Chiara.

Ignazio grinste, tat so, als würde er sich einen Fussel vom

Sakko schnipsen und schlenderte dann mit einem leisen, höhnischen Pfeifen auf den Lippen davon.

Chiara lehnte sich erschöpft an den Wagen. »Habt ihr alles gesehen?«, murmelte sie leise.

»Ja, Chiara. Gute Arbeit. Wir hatten dich die ganze Zeit wunderbar auf dem Bildschirm, und der Ton war auch klasse«, ertönte Lauras leise Stimme im Ohr der Praktikantin. »Fahr zum Safe House, wir warten hier auf dich.«

Chiara stieg ein, und Vito schaltete die Übertragung aus, als das Auto sich in den fließenden Verkehr einfädelte. Das Bild vom Armaturenbrett und Chiaras Händen am Steuer verschwand.

»Interessant«, bemerkte Vito mit einem trockenen Unterton an Laura gewandt. »Sie haben nicht gerade begeistert reagiert. Avvocato Cara hat seine Rolle aber auch perfekt ausgefüllt.«

»Ja, ich bin sehr erleichtert, dass sie Chiara die Tochter Maria Labriolas abgekauft haben und der Sequester dichtgehalten hat. Wer immer Gennaro angestiftet hat, wird jetzt nicht sehr glücklich mit der Entwicklung sein.«

Vito lächelte. »Das war nicht zu übersehen. Keiner hat sich über den Familienzuwachs gefreut.«

Laura seufzte und sah zu den schwarzen Bildschirmen, die auf dem Schreibtisch im Safe House standen. »Egal, wer den armen Gennaro Marelli ermordet hat: Er oder sie wird jetzt alles daransetzen, dass Chiara das Schicksal von Gennaro teilt.«

KAPITEL 33

VITO KLAPPTE DEN LAPTOP zu und lehnte sich im Stuhl zurück. Er seufzte.

»Was hast du?«, fragte Laura, die auf dem Sofa saß und auf ihrem Handy tippte.

»Chiara war sehr überzeugend als Tochter von Maria Labriola. Ich frage mich nur, ob wir damit nicht ein klein wenig über das Ziel hinausgeschossen sind.«

»Wie meinst du das?«

»Du kennst das Gesetz. Trancetti ist absolut korrekt, manche nennen ihn sogar einen Erbsenzähler. Wenn er das Video zu sehen bekommt ...«

Laura legte ihr Smartphone aus der Hand und richtete sich auf. »Er wird es nie zu sehen bekommen. Noch haben wir keinen Beschuldigten, wir haben nur Verdächtige, und wir haben dem Mörder durch Chiaras Rollenspiel eine Falle gestellt. Das ist durchaus legitim, und mehr braucht Trancetti nicht zu erfahren.«

Vito erhob sich, ging zum Fenster und schob den blickdichten Vorhang ein Stück zurück. »Was meinst du, wird passieren?«

»Warten wir es einfach ab. Die Abates werden nicht untätig zusehen, wie ihre schöne Fabrik in fremde Hände fällt.«

Vito verzog seinen Mund. »Warten, warten, warten. Das war schon immer das Schlimmste bei solchen Einsätzen. Du sitzt einfach herum, und nichts geschieht.«

Das Safe House, ein kleines konspiratives Häuschen, alt und heruntergekommen, lag abseits der Stadt in der Nähe des Parco di Villa Solaria in der Via Mula. Hier wurden normalerweise Zeugen oder Verdächtige untergebracht, die einen besonderen Schutz benötigten. Und auch wenn das Gebäude und das verwilderte Grundstück nach außen hin etwas anderes ausstrahlten, so steckte es dennoch voll modernster Überwachungstechnik. Kameras, Bewegungsmelder, stille Alarmanlagen, und im oberen Stockwerk ein Regieraum mit mehreren Bildschirmen, hinter denen Conte und zwei Spezialisten der Personenschutzeinheit Platz genommen hatten. Den elektronischen Augen entging nichts. Wenn sich jemand dem Gelände auch nur näherte, wurde er durch die aufwendigen Systeme entdeckt.

Chiara saß, augenscheinlich allein, im Erdgeschoss in einem Zimmer und ließ die Flimmerkiste laufen, um durch die nur leidlich bedeckten Scheiben, natürlich aus schusssicherem Panzerglas, nach außen hin klarzumachen, dass jemand zu Hause war.

Außerdem hatten Fraccinelli und Annina draußen auf der Zufahrtsstraße in einem zivilen Wagen Stellung bezogen und mimten ein Liebespaar. Alles schien sicher, dennoch hatte Vito Bauchschmerzen ob der unsicheren Lage und des untätigen Wartens auf das, was geschehen würde. Sicherlich, zwei Zivilstreifen, sechs Beamte im Haus, dazu Fraccinelli, Annina, Laura, Conte und er selbst – sie hatten für alle Fälle vorgesorgt. Doch Vito traute dem Frieden nicht. Chiara hatte ihre Rolle überzeugend gespielt, aber damit einen oder mehrere potenzielle Mörder, die kaltblütig ihren Plan verfolgten und bereits einmal oder vielleicht sogar mehrmals getötet hatten, verärgert.

»Ich sehe, dass du dir Sorgen machst, aber hier stehen alle Gewehr bei Fuß, und niemand kommt ungehindert an Chiara heran.«

»Was ist, wenn sie einfach abwarten, erst einmal ruhig bleiben und nichts tun? Wir können nicht ewig in diesem Haus bleiben.«

»Die Abates?«, fragte Laura und schüttelte den Kopf. »Hast du nicht den Hass in ihren Augen gesehen? Vor allem bei Ignazio dachte ich, jetzt geht er Chiara an den Hals. Die werden nicht warten, sie werden nicht zusehen, wie ihnen ihr schöner Plan zwischen den Fingern zerrinnt. Ich bin sicher, es passiert schon heute Nacht.«

Vito ging zurück zum Sessel und ließ sich darin nieder. »Dein Wort in Gottes Ohr.«

Laura erhob sich, ging zur Kommode und schenkte sich einen Kaffee aus der Thermoskanne ein. »Willst du auch?«

»Hast du auch einen Doppio?«

»Ich bin froh, dass wir überhaupt Kaffee haben.«

Vito lächelte und schaute ein klein wenig entspannter aus als zuvor. »Was glaubst du, wer steckte mit Gennaro unter einer Decke?«

Laura zuckte mit den Schultern und nahm einen Schluck. »Marcella Abate stünde in der Erbfolge an nächster Stelle nach Gennaro, aber Ornella scheint sich sehr für die Fabrik zu interessieren. Sie war zwar in meinen Augen die Ruhigste bei unserem Theaterstück, aber wie sagt man so schön, stille Wasser sind tief.«

»Ich nehme auch einen Kaffee«, entschied sich Vito und erhob sich.

Nachdem er sich Kaffee in den Pappbecher eingeschenkt hatte, prostete er Laura zu. »Ornella, sagst du?«

»Ornella, Robert, Ignazio oder alle vier zusammen. Ich weiß es nicht, sie sind alle verdächtig.«

Vito blickte zu Boden. »Und genau das macht es uns ja so schwer.«

»Eine Person auf einem Roller nähert sich«, tönte eine krächzende Stimme aus dem Mikro des kleinen Funkgeräts.

Laura und Vito liefen in den vorderen Bereich des Gebäudes.

»Es handelt sich um eine Vespa, Farbe Blau«, quakte die Stimme des Beobachtungspostens erneut. »Eine Person mit weißem Helm.«

»Eine blaue Vespa?« Vito runzelte die Stirn. »De Luca?«

Laura winkte ab. »Quatsch, der sitzt doch wegen Diebstahl und Hehlerei.«

Sie eilten in den ersten Stock, wo Conte und die beiden Kollegen hinter den Bildschirmen der Überwachungskameras saßen.

»Habt ihr ihn auf dem Schirm?«, fragte Vito.

»Monitor drei«, entgegnete einer der Techniker vom Personenschutz und wies auf einen der zehn Bildschirme. Er hatte kaum ausgesprochen, da tauchte ein einzelner Scheinwerfer auf der ansonsten menschenleeren Straße auf.

»Kennzeichen 5C ACX«, erfolgte eine erneute Lautsprecherdurchsage. »Kommt jetzt in Richtung der Zufahrt, verringert seine Geschwindigkeit.«

»Können wir den Halter des Mopeds feststellen?«, fragte Vito in die Runde.

»Ich frag es ab«, antwortete ein glatzköpfiger Personenschützer, der vor einem Laptop saß.

»Der hält an«, bemerkte Laura und wies auf den Bildschirm.

Das Bild sprang um und zeigte den Zugang zum Grundstück, auf den der Rollerfahrer, der Statur und dem Bewegungsmuster nach eine männliche Person, schnurstracks zuging.

»Sollen wir eingreifen?«, fragte Conte und blickte Vito fragend an.

»Wir warten.«

Der Rollerfahrer, der noch immer den weißen Helm trug, öffnete die kleine Gartentür und lief über die Steinplatten auf die Haustür zu. Auf seinem Rücken war ein Rucksack zu erkennen.

»Was macht der da?«, fragte Laura und starrte gebannt auf den Bildschirm.

Der Mann nahm den Rucksack vom Rücken und zog ein Kuvert hervor, das er neben der Tür in den Briefkasten steckte, dann klingelte er.

»Was sollen wir tun?«, fragte Conte.

»Wir warten!«, wiederholte Vito.

Der Lautsprecher knackte, und Chiaras Stimme erklang im Flüsterton. »Soll ich aufmachen?«, fragte sie.

Vito beugte sich vor und drückte die Taste auf dem Sprechgerät. »Bleib im Zimmer, aber mach das Licht im Flur an.«

Kurz darauf flammte das Licht auf, und der Rollerfahrer wandte sich kurz um. Dann ging er unbeirrt über den Zugangsweg zurück zu seinem Roller, stieg auf, wendete und fuhr davon.

»Das Moped ist auf den Nachtboten-Express-Service zugelassen«, berichtete der glatzköpfige Kollege. »Ist nicht gestohlen gemeldet.«

»Okay, wir lassen ihn fahren«, ordnete Vito an. »Schauen wir mal, was er im Briefkasten hinterlegt hat.«

Conte erhob sich. »Das mache ich, schließlich weiß man nie, was man heutzutage alles geliefert bekommt.«

Chiara meldete sich erneut über Lautsprecher, doch Vito beruhigte sie. »Geh zurück ins Wohnzimmer, wir kümmern uns darum.«

Kurze Zeit später betraten auch sie das Wohnzimmer, in dem Chiara bei gedimmtem Licht auf der Couch saß.

»Alles klar, das war nur ein Expressbote«, beruhigte Vito die Praktikantin. »Geht es dir gut?«

Chiara nickte zwar, doch ihre Aufregung war nicht zu übersehen.

Laura setzte sich neben sie und nahm sie in den Arm. »Wir sind bei dir, dir kann nichts passieren.«

Conte betrat das Zimmer. Er hatte Handschuhe übergestreift und hielt das weiße Kuvert in der Hand. »Ich habe es überprüft, es ist sauber. Kein Sprengstoff oder eine andere chemische Sauerei. Da ist nur ein Zettel drinnen.«

»Was steht darauf?«, fragte Vito neugierig.

»Ich habe ihn nur durchleuchtet, nicht gelesen.«

»Worauf wartest du?«

Conte ging zum Tisch und schnitt vorsichtig das Kuvert auf. Dann nahm er den darin liegenden Bogen Papier heraus.

»Wir müssen uns treffen. Heute noch. In einer Stunde in der Pastificio. Unser Start war nicht besonders, aber jeder muss jetzt über seinen Schatten springen. Wir werden uns bestimmt einigen, es wird Ihr Schaden nicht sein. Niemandem ist mit einem langen und teuren Rechtsstreit gedient ...«

Conte legte die Nachricht auf den Tisch und schaute auf, nachdem er sie vorgelesen hatte.

Vito atmete tief ein. »Das können wir vergessen, in der Kürze der Zeit haben wir keine Möglichkeit für eine ausreichende Überwachung in der Firma, das ist mir zu gefährlich.«

»Die Nachricht ist sehr wohlwollend formuliert«, überlegte Laura laut. »Aber den Abates ist nicht zu trauen.«

Chiara fuhr sich über die Stirn. »Ich fahre dorthin, sonst war alles umsonst«, sagte sie entschlossen.

Vito schüttelte den Kopf. »Das können wir nicht zulassen. Das ist zu gefährlich.«

»Wir könnten sie verkabeln«, meldete sich Conte zu Wort.

Vito wies mit dem Kopf nach oben. »Aber wir sind nur zu sechst, die Leute vom Personenschutz werden da nicht mitmachen. Wir wären auf uns allein gestellt. Ich habe ...«

»Ich will das tun, wir sind so weit gekommen, diese Chance dürfen wir nicht einfach ungenutzt lassen.«

Vito warf Laura einen fragenden Blick zu. »Was meinst du?«

Laura zuckte mit den Schultern. »Wenn wir jetzt abbrechen, wird Marcella das Erbe antreten und sich und ihre Familie für vier Morde belohnen, ich will gar nicht daran denken.«

Chiara erhob sich und trat an Vitos Seite. »Ich werde das schaffen, so wie in der Kanzlei, ganz bestimmt, und wenn ihr auf mich aufpasst ...«

Das Funkgerät unterbrach ihren Satz. Fraccinelli meldete sich. »Wir haben den Fahrer überprüft, ein Expressbote vom Nachtbotenservice am Bahnhof. Der Mann ist schon siebzig und unbescholten. Der Auftrag kam online und wurde mit Paysafe bezahlt«, berichtete der Assistente. »Sollen wir ihn auf die Questura bringen?«

Vito griff zum Funkgerät. »Personalien aufnehmen und fahren lassen!«

»... wir müssen das Risiko eingehen, wir können doch keine Mörder ungeschoren davonkommen lassen«, fuhr Chiara fort.

Vito strich sich durch die Haare und blickte zu Laura, die kurz nickte. Schließlich wandte er sich Conte zu. »Okay, aber das mit der Verkabelung muss klappen, da darf nichts schiefgehen.«

KAPITEL 34

LAURA STIEG IN DEN WAGEN, schnallte sich aber nicht an, sondern versuchte, auf der Rückbank eine halbwegs bequeme, liegende Position zu finden. Es war nicht einfach, und nachdem sie eine grobe Ahnung hatte, wie sie sich später verbergen würde, ohne einen Bandscheibenvorfall zu riskieren, setzte sie sich wieder auf.

Den kleinen hellblauen Fiat mit den Rostflecken und den Beulen, der Chiara schon am Morgen als Gefährt gedient hatte, würde niemand mit der Polizei in Verbindung bringen. Es war die perfekte Tarnung für ihr Vorhaben: Der erste Wagen einer jungen Frau ohne nennenswerte finanzielle Mittel.

»Ist es sehr unbequem?«, fragte Chiara und startete den Motor. Ihre Hände zitterten, als sie den Zündschlüssel umdrehte.

Laura grinste schief von der Rückbank in den Rückspiegel, in dem sich ihre Blicke trafen. »Da dich niemand beschattet hat, kann ich noch ein paar Kilometer aufrecht sitzen, also wird es schon gehen.«

Laura würde im Wagen von Chiara und ständig in ihrer Nähe sein. Vito war mit Fraccinelli und Annina mit Conte vorgefahren. Sie wollten sich eine gute Position sichern, um die Fabrik überwachen zu können.

Laura hatte einen Knopf im Ohr, um mit den Kollegen vor Ort Kontakt zu halten. Chiara war so gut verkabelt, dass sie wahrscheinlich ein eigenes elektromagnetisches Feld erzeugte. Außerdem trug sie wie Laura eine schusssichere Weste. Trotzdem war Laura nicht wohl dabei, die unerfahrene Kollegin als Köder zu nutzen. Aber es schien nun einmal die beste Option. Zudem hatte Chiara auf ihrer Mitwirkung bestanden und alle überzeugt, dass sie der Aktion gewachsen war. Sie mussten jetzt schnell handeln, um den Mörder von Gennaro zu überführen, denn der Sequester würde die Inszenierung sehr bald auffliegen lassen müssen. Immerhin war es seine Pflicht, den rechtmäßigen Erben zu informieren. Seine Mitwirkung verdankte sich ohnehin einzig und allein Vitos Überredungskünsten.

»Meinst du, sie wollen sich wirklich einigen?«, fragte Chiara Laura mit nervöser Stimme.

Laura machte sich so klein wie möglich und rollte sich auf der Rückbank zusammen. »Unmöglich ist nichts, aber das hätte man dann auch morgen beim Anwalt besprechen können. Wozu sich mitten in der Nacht in einer Pasta-Fabrik treffen?«

Chiara nickte und schwieg. Die Scheinwerfer des Fiats zerschnitten die Dunkelheit, als sie sich Camaioni näherten.

Laura drückte sich enger auf die Sitzbank und hielt den Kopf unten. Es kribbelte in ihren Beinen.

»Wir sind gleich da.« Chiaras Stimme klang belegt.

»Keine Angst, ich bin in deiner Nähe.«

Der Fiat fuhr um eine Kurve und wurde langsamer, nun war fast nur noch das leise Brummen der Lüftung im Auto zu hören. Chiara stellte sie aus. Stille füllte den Wagen, schwer und drückend wie eine unangenehme Prophezeiung.

»Das Tor ist offen«, murmelte Chiara so leise, dass Laura es kaum hören konnte.

»Fahr rein, aber ganz vorsichtig. Wenn das Tor offen steht, können Vito und die anderen jederzeit nachkommen.«

Chiara legte den zweiten Gang ein und rollte langsam auf das Betriebsgelände. Laura sah von ihrer Position aus das Pförtnerhäuschen vorbeiziehen. Sie tastete nach ihrer Waffe und atmete tief durch.

»Vito, seid ihr da?«, murmelte sie ins Mikro. Doch sie hörte nur ein Knacken und leises Rauschen. Was war da los? Sie hatten die ganze technische Ausrüstung akribisch getestet, es hatte keinerlei Probleme gegeben.

»Sie müssten hier in der Nähe sein.« Chiara war hörbar nervös.

»Bestimmt sind sie da. Nur eine kurze Störung, das kommt vor. Wir können jetzt nicht wieder weg, sonst schöpft unser möglicher Täter Verdacht. Sie sind bestimmt in der Nähe und hören uns. Auf Vito und Fraccinelli ist Verlass.« Es fiel ihr schwer, zuversichtlich zu klingen.

»Da vorne ist eine offene Tür, in der Produktionshalle brennt Licht.« Chiara spähte in die Dunkelheit hinaus.

Der Fiat kroch förmlich an den Silotürmen vorbei und auf das Produktionsgebäude der Fabrik zu. Lauras Gedanken überschlugen sich. Sie näherten sich unaufhaltsam dem Treffpunkt. Eine Gestalt trat wie ein Scherenschnitt in die hell erleuchtete Tür und winkte kurz, bevor sie wieder im Inneren der Halle verschwand.

Wer von den Abates wartete dort auf Chiara? Und was plante der- oder diejenige? Dieser Ort ließ nichts Gutes erahnen.

»Wir müssen uns ja nicht beeilen. Fahr in die Nähe der Tür, aber ganz langsam. Park dann dort, aber so, dass ich auf der anderen Seite noch im Dunklen aussteigen kann, ohne dass man es von drinnen sieht. Verhalte dich einfach, als wärst du vorsichtig und die Situation dir nicht geheuer.«

»Das fällt mir nicht schwer. Das alles hier erinnert mich ein bisschen an dieses Hotel aus *Shining* mit dieser offenen Tür.« Chiaras Stimme zitterte, aber sie lenkte das Auto zielsicher in die Nähe der Lichtquelle. Sie parkte so, dass die Hecktüren des Fiats im Dunklen lagen, vor einer Wand der Lagerhalle.

Laura spürte ein Prickeln, eine Mischung aus gespannter Erwartung und Nervosität angesichts dieser schaurigen Szenerie. Ihre Instinkte sagten ihr, sie sollten schleunigst verschwinden, aber sie waren kurz davor, den Täter zu stellen. Sie durfte die ganze Aktion jetzt nicht aufgrund einer vagen Ahnung abbrechen.

»Ich steige aus und gehe langsam zum Eingang, in Ordnung?« Chiaras Stimme bebte vor Anspannung.

Noch immer hatten sie nichts von Vito gehört. Aber sie

kannte ihn, er war mit Sicherheit ganz nah und hatte alles im Blick. Kurz überlegte sie, ihn anzurufen, verwarf den Gedanken aber sofort wieder. Die Gefahr, dass sie dann entdeckt wurde, war zu groß. Der Lichtschein des Handys würde ihre Anwesenheit auf der Rückbank verraten.

»Ich steige jetzt aus, okay?«

Laura warf einen kurzen Blick auf die dunkle Umgebung und versuchte, die richtige Entscheidung zu treffen. »Nein. Warte noch einen Moment.«

»Wenn wir warten, wird man Verdacht schöpfen. Dann war alles umsonst. Ich bin vorsichtig, und du bist ja dicht hinter mir.«

Laura musste ihr recht geben und seufzte leise. »Dann aber ganz langsam. Bleib beim Auto, nimm dir Zeit für jeden Schritt und sichere dich ab. Ich bin immer in deiner Nähe, *si*?«

Chiara nickte und öffnete die Fahrertür. Langsam stieg sie aus und stand im nächsten Moment neben dem Auto. Laura selbst warf einen vorsichtigen Blick hinaus, aber bis auf das hell erleuchtete Rechteck war nichts zu erkennen. Sie öffnete die hintere Tür auf der Beifahrerseite und zwängte sich in die Dunkelheit zwischen Wagen und Halle.

Chiara trat auf die offene Tür zu und verharrte. »Hallo? Ist da jemand?«, rief sie laut, fast ein wenig zu schrill und mit einem nervösen Unterton.

Lauras Nackenhaare stellten sich auf. Chiara entfernte sich viel zu weit! Die Commissaria duckte sich tiefer in die Dunkelheit und spähte am Heck des Fiats vorbei. Niemand zu sehen, nur Chiara, die sich dem Eingang näherte.

»Nicht hineingehen! Warte!«, zischte Laura aufgebracht.

Mit einem weiteren Schritt trat Chiara in die offene Tür und den hellen Lichtkegel, der sie jetzt einhüllte. Laura richtete sich auf und eilte leise um den Fiat herum. In der Dunkelheit hastete sie auf die andere Seite zur Außenwand der Produktionshalle. Vor dessen offener Tür verharrte Chiara wie ein Reh im Scheinwerferlicht. Sie warf einen kurzen Seitenblick zu ihr, Laura war sich nicht sicher, ob sie sie in der Dunkelheit überhaupt sah. Trotzdem schüttelte sie vehement den Kopf, um die Kollegin von ihrem Vorhaben abzuhalten. Doch offenbar sah Chiara das nicht.

Plötzlich drang ein greller Schrei durch die Nacht. Laura zuckte zusammen. Ein Hilfeschrei. Er kam aus dem Innern des Gebäudes.

Bevor sie wusste, was geschah, sah Laura, wie Chiara, offenbar in einer instinktiven Reaktion auf den Hilferuf beherzt die Halle betrat.

Laura drückte sich flach an die Wand und lauschte mit klopfendem Herzen und schweißnassen Händen. Sie vernahm Chiaras Schritte im Gebäude, offenbar entfernte sie sich schnell von der Tür. Nun stürmte auch Laura voran, zum Eingang. Als sie fast an dem hellen Rechteck angekommen und somit nahe genug war, um einen Blick in die Halle zu werfen, fiel die große Stahltür mit einem dumpfen Knall ins Schloss. Es klang wie das Schließen eines Sargdeckels.

Laura erstarrte, vollkommen von Dunkelheit eingehüllt. Dann schüttelte sie das lähmende Gefühl des Entsetzens ab und begann, sich an der Tür entlangzutasten. Doch ihr Versuch, eine Klinke zu packen, um die Tür erneut zu öffnen, blieb erfolglos. Es gab keinen Türgriff – nur einen runden Knauf, der sich nicht drehen ließ. Ihr lief es eiskalt über den Rücken.

Chiara war in der Halle, allein auf sich gestellt, und schwebte in höchster Gefahr. Laura stolperte an dem Gebäude entlang, suchte eine Möglichkeit, hineinzugelangen. Aber da war kein Fenster, keine andere Tür. Nichts.

Sie sah sich um, starrte in die Nacht und lief schließlich um das Gebäude herum. Vor ihr tauchte eine Laderampe in der Dunkelheit auf, die wie ein großer Schlund mit einem kleinen roten Licht vor ihr lag, fast wie ein schlafendes Monster. Laura zog ihr Handy heraus und drückte auf Wahlwiederholung, gleichzeitig hastete sie zur Laderampe. Sie musste in das Gebäude gelangen. Chiara war in Gefahr.

Vito meldete sich. »Vito? Hörst du mich? Chiara ist in der Produktionshalle. Ich bin ausgesperrt. Beeilt euch! Ich komme nicht zu ihr hinein!«

KAPITEL 35

VITO UND FRACCINELLI parkten an der Rückseite des Areals, unmittelbar neben der Bahnstrecke auf dem Hof der benachbarten Lederwarenfabrik.

Conte hatte mit Annina auf der westlichen Seite unweit eines Waldweges seinen Beobachtungsposten bezogen. Sie waren eine Viertelstunde früher als Chiara und Laura aufgebrochen, um sich in Stellung zu bringen und eine Position mit einem guten Überblick über das weitläufige Gelände der Pastificio einzunehmen.

Fraccinelli hatte den zwischen zwei hohen Palettenstapeln hinter der Lagerhalle abgestellten Wagen als Erster entdeckt. Der silberfarbene Alfa Spider Cabrio mit dem schwarzen Verdeck war auf die Pastificio zugelassen, wie Fraccinelli in der Zwischenzeit herausgefunden hatte. Er meinte, sich zu erinnern, dass Ornella Abate bei einem seiner letzten Besuche hier in diesem Wagen vom Hof gefahren war.

»Ornella, interessant«, knurrte Vito grimmig und drückte

erfolglos auf den Sendeknopf seines Sprechgeschirrs, außer einem statischen Rauschen war nichts zu hören. »Verdammt«, fluchte er leise. Offenbar konnte er weder zu Conte noch Laura Kontakt aufnehmen. Ärgerlich riss er sich den Kopfhörer vom Ohr.

»Wir haben es in Florenz getestet«, sagte Fraccinelli. »Hier sind wir im Tal und vermutlich kilometerweit vom nächsten Sendemast entfernt. Soll ich das Funkgerät ...«

»In Lauras Wagen gibt es keins«, fiel ihm Vito ins Wort. »Aber ich könnte Conte verständigen, er kann aus seiner Position den vorderen Bereich des Geländes einsehen.«

»Okay, versuch es.«

»Es könnte tatsächlich Ornella sein«, bemerkte Fraccinelli. »Ihr würde ich es am ehesten zutrauen.«

»Das Auto gehört zur Firma, hast du gesagt, dann könnte wohl auch jeder aus der Familie es nutzen«, gab Vito zu bedenken.

Fraccinelli griff zu seinem Funkgerät und rief Conte. Als dieser antwortete, konnte auch Vito Contes Stimme leise über den winzigen Lautsprecher hören.

»Mein Headset funktioniert nicht«, beschwerte der sich.

»Das haben wir auch festgestellt«, bestätigte Vito, nachdem Fraccinelli die Sprechtaste gedrückt hatte.

Plötzlich drang Anninas Stimme aus dem Gerät. »Laura und Chiara haben die Produktionshalle betreten, in der Licht brannte.«

»Okay«, entgegnete Vito. »Könnt ihr euch ungesehen zum anderen Ende der Halle vorarbeiten? Und dann Kommunikation übers Handy!«

»Wir versuchen es«, hörte er Conte sagen.

Vito wandte sich Fraccinelli zu. »Wir teilen uns auf. Übernimm du die kleine Zwischentüre, die zu der Bank am Arno führt, und ich versuche, mich zur Lagerhalle vorzuarbeiten.«

»Alles klar, Commissario«, antwortete Fraccinelli und öffnete leise die Beifahrertür.

Als Vito losging, fasste er an seine Beretta im Schulterhalfter. Bei der Überprüfung der Abates hatte sich herausgestellt, dass der verstorbene Ehemann von Marcella eine größere Waldfläche südlich von Bargino besaß und dort zu Lebzeiten auch das Jagdrecht gehabt hatte. Nicht alle Waffen von verstorbenen Jägern fanden am Ende den Weg ins *ufficio amministrativo*.

Vito umrundete den Wagen und wartete, bis Fraccinelli in der Dunkelheit verschwand. Dann überquerte er den Hof der angrenzenden Lederwarenfabrik und schlich geduckt und im Schatten der Lagerhalle zum knapp zwei Meter hohen Zaun, der die Pastificio einfasste. Eine Tür oder ein Tor gab es auf dieser Seite nicht. Das Gelände vor ihm lag in absoluter Dunkelheit, zudem war der Blick auf das Fertigungsgebäude durch die Lagerhalle der Nudelfabrik versperrt. Aber auch er konnte deshalb nicht gesehen werden, also fasste er sich ein Herz, krallte sich mit den Händen im Maschendrahtzaun fest und überwand das Hindernis. Seine Finger schmerzten, als er gebückt auf die Lagerhalle zuhielt.

Vito schlich dicht an der Wand entlang. Er erreichte die Ecke und bewegte sich in Richtung Produktionshalle, bis er von der Ecke des Gebäudes einen Blick riskieren konnte.

Der altersschwache Fiat stand kaum zehn Meter von der Rückseite des Fertigungsgebäudes entfernt. Am Wagen war die Beifahrertür angelehnt, die Tür auf der Fahrerseite stand weit offen.

Wo blieben Laura und Chiara?

Er wartete eine Weile und starrte auf den menschenleeren Hof.

Verdammt, hatte Laura noch nicht bemerkt, dass die Verbindung über das Sprechgeschirr ausgefallen war? Hatten sie etwa beide das Gebäude betreten, ohne sich ihrer Rückendeckung zu versichern?

Vito wurde heiß und kalt zugleich. Gebückt schlich er auf den blauen Fiat zu und ging dort in Deckung. Er warf einen Blick ins Innere, doch der Wagen war leer. Er starrte auf die geschlossene Tür.

Wie konnten die beiden nur so unvernünftig sein und sich ohne Absprache in tödliche Gefahr begeben?

Er umrundete den Wagen und hatte beinahe die Wand der Produktionshalle erreicht, als sein Handy vibrierte.

»Vito? Hörst du mich?«, hörte er Laura hektisch fragen. »Chiara ist in der Produktionshalle. Ich bin ausgesperrt. Beeilt euch! Ich komme nicht zu ihr rein!«

»Wo bist du?«

»An der Rückseite der Produktionshalle, dort ist eine Laderampe, rechts von ...«

»Warte dort auf mich, ich komme!«

»Bring einen Wagenheber oder etwas Ähnliches mit, wir müssen das Tor aufstemmen, es lässt sich nicht bewegen.«

»Einen Wagenheber?«

»Ja, im Kofferraum des Fiats ist einer.«

»Alles klar.«

Vito öffnete den Kofferraum, nahm den Wagenheber und ein Stemmeisen, das danebenlag, und spurtete los. Sie mussten so schnell wie möglich zu Chiara, die sich womöglich allein mit einem Mörder in dieser Halle befand. Im trüben Schein einer roten Lampe sah er Laura, wie sie verzweifelt versuchte, die Lamellen des Tores hochzuschieben.

»Wir müssen da rein!«, sagte sie mit gepresster Stimme.

Vito platzierte den Wagenheber direkt vor dem Rolltor.

»Geh ein Stück zur Seite!«, sagte er und schob das Stemmeisen unter das Tor.

»Ich versuch jetzt, das Ganze ein Stück anzuheben, und du schiebst den Wagenheber darunter!«

Laura nickte und trat einen Schritt vor.

Vito drückte und drückte, Zentimeter um Zentimeter öffnete sich der Spalt weiter.

Endlich konnte Laura den Wagenheber in die Öffnung schieben, und nach einigen Umdrehungen mit der Kurbel konnten sie hineinkriechen.

Drinnen herrschte völlige Dunkelheit, kein Ton zu hören. Mit der Taschenlampe ihres Smartphones suchte Laura den Raum ab. Säcke mit Hartweizengrieß, Paletten mit Olivenöl.

»Da lang«, sagte sie, als der Lichtstrahl auf eine Tür fiel.

Vito zog seine Pistole aus dem Halfter und folgte ihr. Sie hatten Glück, die Tür war nicht verschlossen. Vorsichtig zog er sie auf. Vor ihnen lag ein langer Flur. »Jetzt weiß ich wieder, wo wir sind«, sagte er. »Wir müssen nach rechts, dort geht es in die Büros.«

Sie waren keine drei Schritte gegangen, als plötzlich ein lautes Brummen ertönte.

»Ist das der Flaschenzug?«, fragte Laura, doch Vito schüttelte den Kopf. »Nein, das Geräusch kenne ich, das kommt aus der Fleischerei. Wir müssen in die andere Richtung.«

Das Brummen wurde lauter, als sie die Tür am Ende des Flures erreichten.

KAPITEL 36

VITO WAR VORAUSGELAUFEN und öffnete eine Tür, aus dem Raum drang nun infernalisch lauter Lärm. Es war ein metallisches Reißen und Kreischen. Dort drinnen hatte jemand offenbar eine der Maschinen für die Produktion eingeschaltet.

Wer auch immer dieses Höllengerät gestartet hatte, war mit Sicherheit noch in der Nähe und stellte eine Gefahr für sie beide und Chiara dar.

»Warum ist der verfluchte Cutter an?« Vito brummte es mehr zu sich selbst.

Laura hatte Mühe, ihn zu verstehen. »Wir müssen Chiara finden«, antwortete sie, genauso leise und kaum hörbar. Die Angst um die junge Frau schwang in den Worten mit. »Wenn ihr etwas passiert ...«

Vito nickte grimmig. Laura ließ das Licht ihres Handys durch den Raum gleiten, über rote Kisten, Edelstahlbehälter und ... sie erstarrte. Auf dem langen Förderband, das zu dem großen, metallischen Mischer führte, lag jemand. Ein Bein hing an der Seite herunter. Es war Chiara.

»Vito!«

Er stieß einen lauten Fluch aus. »Wir müssen sie da runterholen!«

Die Maschine war dazu da, Fleisch in feines Brät zu verwandeln.

»Ich hole sie runter, und du versuchst, dieses Ding abzustellen!«

»Sei vorsichtig, Laura, der Täter ist möglicherweise immer noch hier!« Vito eilte an der Anlage vorbei, die Waffe noch immer in der Hand, und verschwand in der Dunkelheit.

Laura blickte zum Förderband, es lag in etwa zwei Meter Höhe. Laura kam nicht an Chiara heran. Sie konnte sie nicht herunterzerren, die Verletzungsgefahr war zu groß.

Chiara regte sich nicht. Mit ohrenbetäubendem Lärm bewegte sich das Förderband langsam, aber stetig in Richtung Cutter.

Laura entdeckte an einer Seite der Maschine eine Metallleiter. Über sie konnte sie Chiara mit etwas Glück erreichen. Sie blickte sich noch einmal um, die vielen Fleischkisten und Wagen voller Brät boten reichlich Verstecke für die Person, die hier ihr Unwesen trieb, aber sie musste das Risiko eingehen.

Laura kletterte nach oben, die Kälte der Edelstahlstreben drang durch bis auf ihre Knochen. Das Adrenalin und die Angst um ihren jungen Schützling ließen ihre Hände feucht werden. Sie rutschte fast ab, griff fester zu, ignorierte die

Vibration der Maschine und den Lärm der sich im Cutter drehenden Messer.

Als sie oben ankam, befand sich Chiara direkt am Rand des Cutters. In den Augenwinkeln sah Laura die Klingen, unwirklich blitzend im dunklen, brüllenden Schlund.

Im nächsten Moment bemerkte sie eine Beule auf der Stirn der bewusstlosen Chiara, Blut rann aus ihrer Nase und glänzte feucht auf ihrem Gesicht. Noch zwei Meter. Sie streckte sich, warf einen kurzen Blick nach unten und erkannte schemenhaft, wie jemand hinter ein paar Kisten hervorkam.

»Vito, pass auf, wir sind hier nicht allein!«, schrie Laura, ohne Chiara dabei aus den Augen zu lassen. Sie konnte nur hoffen, dass Vito sie gehört hatte.

Laura bekam Chiaras Arm zu fassen, ihr Körper glitt über das Band auf sie zu. Mit einer Hand hielt sich Laura an der obersten Sprosse der Metallleiter fest, mit der anderen bekam sie das Holster der Kollegin zu fassen. Sie zog, so fest sie konnte, daran. Der Körper fiel vom Band, Lauras Schmerzensschrei erfüllte den dunklen Raum und übertönte sogar die Maschine.

Sie hielt Chiara krampfhaft fest, das glatte Leder ihres Holsters schnitt ihr ins Fleisch und drohte ihr unter den Händen wegzugleiten. Chiaras Körper schwang hin und her und prallte mehrfach gegen die Außenwand des Cutters. Doch nun betrug die Entfernung zum Fußboden für die Bewusstlose nur noch einen halben Meter. Laura ließ Chiara los. So schnell es ihre lädierte Schulter zuließ, stieg sie die restlichen Sprossen hinunter.

Wo war Vito? Warum hatte er die Maschine noch nicht ausgeschaltet?

Als sie wieder festen Boden unter den Füßen hatte, eilte sie zu Chiara und drehte sie behutsam auf den Rücken. Dann suchte sie nach ihrem Handy und musterte das Gesicht der Bewusstlosen mit der Taschenlampe. Es war ziemlich lädiert, aber Chiara atmete. Laura ertastete einen überraschend kräftigen Puls am Hals. Die Erleichterung ließ ihre Glieder schwer und träge werden.

Laura wehrte sich gegen die Reaktion ihres Körpers. Das hier war noch nicht ausgestanden. Sie zog ihre Dienstwaffe hervor, blickte sich misstrauisch um und lauschte.

Wo zum Teufel war Vito? Konnte sie es riskieren und Chiara hier allein lassen, um ihn zu suchen?

KAPITEL 37

VITO FÜHLTE SICH BENOMMEN. Er erinnerte sich. Er hatte Conte angerufen und ihm gesagt, was in der Halle los war. Er sollte Verstärkung anfordern. Auf der Suche nach der Steuerung des Cutters, mit der sich das Gerät abschalten ließ, hatte sich Vito in der Dunkelheit an der Wand entlanggetastet.

Dann war er in der Dunkelheit gegen etwas Metallenes gestoßen, ins Straucheln geraten und mehrere Meter tief gestürzt.

Offenbar hatte er das Bewusstsein verloren. Noch durcheinander hielt Vito krampfhaft seine Waffe fest, als er sich nun wieder aufrichtete. Vorsichtig tastete er sich voran und streckte dabei seine Hände aus, um nicht erneut gegen ein Hindernis zu prallen. Er folgte den metallenen Streben, kam auf eine Treppe, tastete sich Stufe um Stufe nach oben, bis er eine Empore mit einem Schaltpanel erreichte.

Er drückte den roten Notschalter. Langsam ebbte der

Lärm der Maschine ab, wie bei einem Hubschrauber, bei dem der Motor nach der Landung abgeschaltet wurde. Und ähnlich wie die Rotorblätter beim Heli kamen die rotierenden Messer des Cutters langsam zum Stillstand.

Vito atmete tief durch, als endlich Ruhe herrschte. Er wandte sich um und wollte nach Laura rufen, da erblickte er einen Schatten. Er bewegte sich hinter einem Gitter auf eine Tür zu, die wohl in die benachbarte Halle führte. Vito rannte in die Richtung. Im Schein der Rundumleuchte, die er offenbar mit dem Notschalter aktiviert hatte, konnte er erkennen, dass die Person die übliche Schutzkleidung für diesen Bereich sowie eine entsprechende Haube trug. Er hatte sie fast eingeholt.

»Stehen bleiben!«, rief er. »Polizei, drehen Sie sich langsam zu mir um.«

Wie zu einer Salzsäule erstarrt, blieb die Gestalt stehen.

»Umdrehen!«, forderte Vito erneut.

Blitzschnell wandte sich die Person um, und im nächsten Augenblick hatte sie, nach einem großen Satz nach vorne, die Spitze eines Schraubenziehers auf Vitos Brust gerichtet.

Obwohl sie zusätzlich zur Schutzkleidung einen Mundschutz trug, erkannte Vito sofort, wer es war. Er hielt die Waffe im Anschlag und zielte auf den Oberkörper. »Wollen Sie mich genauso erstechen, wie Gennaro seine Opfer erstochen hat?«

Keine Antwort.

»Hat Gennaro Ihnen gezeigt, wie es geht, oder war es umgekehrt, Signora Abate?«

Die Frau zischte etwas Unverständliches und hob den Schraubenzieher noch ein Stück höher.

»Gennaro ... Gennaro, dieser Kretin, er hat nicht einmal gemerkt, was um ihn herum vorgeht. Er hätte sich einfach bestehlen lassen. Ich musste ihm erst einmal zeigen, wie man sich wehrt!«

»Legen Sie den Schraubenzieher auf den Boden«, sagte Vito ruhig. »Sie haben keine Chance. Ich trage übrigens eine Schutzweste, und meine Waffe ist geladen.«

Die Frau ließ den Schraubenzieher fallen und schob den Mundschutz nach unten. »Ich habe nichts getan, Sie haben nichts gegen mich in der Hand«, herrschte sie Vito an. »Lassen Sie mich gehen!«

Vito lächelte, als er seine Handschellen aus dem Hosenbund zog. »Signore Marcella Abate, ich verhafte Sie wegen Mordes und wegen Mordversuchs. Und auch wenn Sie es nicht glauben wollen, Sie werden nicht ungeschoren davonkommen.«

Noch bevor die Frau antworten konnte, flammte das Licht in der Halle auf. Laura trat hinter der Maschine hervor. Auch sie hatte ihre Waffe gezückt. »Alles klar bei dir, Vito?«

»Lage sicher, wie geht es Chiara?«

»Sie ist okay, Conte und Fraccinelli sind bei ihr.«

Vito atmete tief ein und reichte Laura die Handschellen, während er noch immer mit der Waffe auf Marcella Abate zielte. »Wärst du so nett?«

Laura steckte ihre Waffe weg und griff nach den Handschellen. »Mit dem größten Vergnügen«, sagte sie und trat an

Marcella Abate heran. Sie zog ihr die Hände auf den Rücken, dann schnappten die Handschellen zu.

Inzwischen war der Innenhof der Pastificio hell erleuchtet, einige Polizeiwagen standen herum. Laura begleitete Chiara im Rettungswagen ins Krankenhaus.

Vito schaute den beiden uniformierten Carabinieri hinterher, die Marcella Abate in Handschellen zum Streifenwagen führten.

»Sie ist uns in die Falle getappt«, bemerkte Fraccinelli süffisant. »Endlich ist der Fall gelöst, und wir können Feierabend machen.«

Vito schüttelte grimmig den Kopf. »Von wegen Feierabend«, knurrte er. »Wir haben sie auf frischer Tat festgenommen, das heißt, jetzt geht es erst richtig los.«

Fraccinelli schaute ihn fragend an.

»Ich will, dass der Rest der Familie in einer Stunde auf der Questura sitzt«, fuhr Vito fort. »Außerdem soll sich Conte das Haus und ihr Büro vornehmen.«

Fraccinelli schaute auf seine Armbanduhr. »Aber es ist bald Mitternacht, und brauchen wir dazu nicht den Beschluss des Gerichts?«

Vito winkte ab. »Schon mal was von Gefahr in Verzug gehört? Ich ordne das an, lassen wir Trancetti schlafen und überraschen ihn morgen mit unseren Ergebnissen.«

Fraccinelli runzelte die Stirn, ehe er salutierte. »*Sì*, Commissario, wird erledigt!«

KAPITEL 38

ZWEI TAGE WAREN seit der Festnahme von Marcella Abate vergangen. Hoffentlich Zeit genug, um die Frau zum Nachdenken zu bewegen. Chiara hatte inzwischen das Krankenhaus wieder verlassen dürfen. Sie hatte nur leichte Verletzungen, der Verdacht auf Gehirnerschütterung hatte sich zum Glück nicht bestätigt.

Noch in der Nacht der Festnahme waren Ornella und Roberto Vitos Anordnung gemäß zur Questura gebracht worden. Ignazio, so hatte sich herausgestellt, war bereits am Tag der Testamentseröffnung nach Luzern geflogen, zum Fotoshooting für seine neue Modekollektion am Vierwaldstätter See. Zuvor hatte er allerdings einen Anwalt in Empoli aufgesucht und ihn mit der Vertretung seiner Familie im Erbstreit gegen die vermeintliche Miterbin beauftragt.

Ornella war schlafend im Haus angetroffen worden und äußerst überrascht, als Conte mit seiner Truppe auftauchte. Roberto hatten die Kollegen der Stadtpolizei kurz vor Mitternacht im angesagten Space Club in der Via Palazzuolo festgenommen, er war sturzbetrunken gewesen.

Sie fielen beide aus allen Wolken, als sie von der Festnahme ihrer Mutter und den Begleitumständen erfuhren. Gegen drei Uhr durften sie die Questura wieder verlassen. Die Verdachtsmomente gegen sie hatten sich nicht erhärtet.

Für Laura, Vito und den Rest der Crew war der Tag erst im Morgengrauen zu Ende gegangen. Doch es hatte sich gelohnt.

»Dort ist ein Parkplatz frei«, sagte Laura, als sie auf das Gelände des Sollicciano-Gefängnisses einbogen, in dem Marcella Abate seit ihrer Überstellung am gestrigen Tag einsaß. Diesmal parkten sie neben der Frauenabteilung der Haftanstalt. Hier gab es keine graue Mauer, das Gelände war lediglich mit einem hohen Zaun eingefasst. Mit Stacheldraht zwar, jedoch wirkten das dahinterliegende satte Grün des frisch gemähten Rasens und die kleinen, einstöckigen Gebäude mit dem pastellroten Anstrich deutlich freundlicher als die Umgebung, in der sie vor ein paar Tagen De Luca aufgesucht hatten.

Bevor Vito Laura zum großen Tor folgte, holte er seine Umhängetasche aus dem Fond des Alfas.

Eine Viertelstunde später saßen sie Marcella Abate gegenüber, die das schmucklose blaue Kleid einer Gefangenen trug. Ihre hochgesteckten Haare saßen einwandfrei, und das dezente Makeup ließ sie jünger erscheinen, als sie tatsächlich war.

Das Vernehmungszimmer hingegen unterschied sich

kaum von dem, in dem Laura und Vito De Luca vernommen hatten.

»*Buona giornata*, Signora Abate«, grüßte Vito die Frau, die ihren Kopf hocherhoben hielt und ihn abfällig musterte.

»Ich hoffe, es geht Ihnen gut?«

Laura ordnete die Unterlagen der Akte und blickte auf, als Vito seine Frage stellte.

»Signora?«, fragte er noch einmal, da sie schwieg.

Laura runzelte die Stirn. »Wollen Sie einen Rechtsbeistand? Sollen wir Avvocato Cara zu diesem Gespräch hinzurufen?«

Sie riss abwehrend beide Hände in die Höhe. »Bleiben Sie mir bloß mit diesem *Traditore* vom Leib. Seit Jahren lebt er von unserem Geld. Und wenn es darauf ankommt, dann fällt er uns in den Rücken!«

Vito warf Laura einen vielsagenden Blick zu. Offenbar musste man sie nur ordentlich anstacheln, um sie zum Sprechen zu bringen.

»Wir zeichnen dieses Gespräch auf, das ist Ihnen doch klar?«, fragte Laura zur Sicherheit.

Marcella Abate verschränkte die Arme vor ihrer Brust. »Tun Sie das, ich habe nichts zu verbergen. Nicht nur, dass man mich in dieser Nacht gegen meinen Willen fotografiert und wie eine Verbrecherin behandelt hat. Man hat auch noch Fingerabdrücke von mir genommen, mir mit einem flusigen Stab in meinem Rachen herumgepinselt und mich dann in eine dunkle Zelle geworfen. Aber Sie können mir meine Würde nicht nehmen. Ich bin unschuldig. Ich habe nichts getan.«

Vito räusperte sich. »Sie haben versucht, eine Kollegin von uns zu ermorden. Das ist deutlich mehr als nichts, würde ich sagen.«

Marcella blickte mit verschränkten Armen zu Seite. »Diese elende Schlange, sie hat versucht, mir meine Firma zu stehlen.« Die Miene der Frau sprach Bände, auch wenn sie sich bemühte, konnte sie ihre Wut nicht verbergen.

»Ihre Firma?«, wiederholte Vito. »Ich weiß, dass Sie damals, als Ihr Vater starb, ausgebootet wurden. Sie haben sich in der Firma abgerackert und alles von der Pike auf gelernt, und dann hat plötzlich Ihr Bruder Luigi das Unternehmen geerbt, und Sie wurden mit ein paar Almosen abgespeist.«

Marcella Abate atmete tief ein. »Ich hätte Ihre Kollegin nicht umgebracht, ich hätte das Band gestoppt. Ich wollte ihr nur zeigen, was es bedeutet, sich mit den Marellis anzulegen.«

»Aber das haben Sie nicht, das Band lief weiter«, wandte Laura ein.

»Weil ich erschrak, ich dachte, dass Einbrecher in die Firma eingedrungen sind, und hatte Angst.«

»Haben Sie mir deswegen den Schraubenzieher vor die Brust gehalten?«, fragte Vito. »Wie oft hatten wir uns zuvor schon gesehen, und das Wort Polizei war laut und deutlich zu hören.«

»Ich ... ich ... habe die Kontrolle verloren ... ich wollte ...«

Vito winkte ab. »Lassen wir das«, unterbrach er die Signora. »Kommen wir zu den drei Frauen, die Gennaro ermordet hat ...«

Sie richtete sich auf. »Damit habe ich nichts zu tun!«

Vito griff in seine Umhängetasche, zog die medizinische Enzyklopädie hervor und legte sie vor sich auf den Tisch. »Sie kennen das Buch?«

Marcella Abate beugte sich vor und warf einen kurzen Blick darauf, ehe sie den Kopf schüttelte.

»Sie sollten es aber kennen, es stammt aus Ihrer Bibliothek. Insgesamt sind es acht Bände.«

»Und wenn schon«, zischte sie.

»Wir haben es zusammen mit der Tatwaffe in Gennaros Wohnung gefunden. Es war aufgeschlagen. Genau auf der Seite mit der Darstellung eines menschlichen Torsos, inklusive der Anordnung der inneren Organe.«

»Dann hat er es bei einem seiner Besuche offenbar einfach mitgenommen, ohne mich zu fragen.«

»Unser Kollege von der Spurensicherung hat sich ordentlich ins Zeug gelegt und das Buch untersucht. Und siehe da, wir haben Gennaros, aber auch Ihre Fingerabdrücke darauf gefunden.«

Sie lachte. »Haben Sie nicht mehr gegen mich in der Hand, Commissario? Wenn das Buch aus meinem Besitz stammt, dann habe ich es sicherlich schon einmal in der Hand gehalten. Unsere Reinemachefrau arbeitet zuweilen etwas oberflächlich, und ich kann keinen Schmutz ertragen. Da lege ich eben ab und zu selbst Hand an.«

Vito drehte das Buch um und schlug es an der grünen Markierung auf. Es war die Seite mit dem Bild des menschlichen Torsos und hatte durch die chemische Behandlung eine leicht lila Färbung angenommen. Direkt an der Stelle, an der sich die Leber befand, prangte ein aufgeklebter gelber Pfeil.

»Dort wurde Ihr Fingerabdruck gesichert«, erklärte Vito. »Haben Sie sich auch speziell für die Leber interessiert?«

Die Frau überlegte kurz, schwieg allerdings und wandte den Kopf ab.

»Das war es, was Sie gemeint haben, als Sie in der Nacht in der Pastificio sagten, dass Sie Gennaro erst einmal zeigen mussten, wie man sich wehrt.«

Sie zuckte mit den Schultern, als ginge sie das alles nichts an.

»Gennaro hat das Stilett einen Tag vor dem Tod von Maria Labriola in einem Geschäft gekauft, in dem sich Ihr verstorbener Ehemann auch mit Waffen für die Jagd versorgt hat.«

Sie lächelte erneut. »Gennaro verkehrte früher oft in unserem Haus. Ab und zu ging er auch mit meinem Mann auf die Jagd.«

Vito nickte. »Ja, Sie waren so etwas wie seine Ersatzmutter, nachdem seine leibliche früh verstarb und sein Vater nicht viel von ihm wissen wollte. Und dann liefern Sie ihn ans Messer, obwohl er Ihnen vertraut hat. Wahrscheinlich nur Ihnen. Was hatten Sie vor? Sollte Gennaro für Sie die Frauen aus dem Weg räumen?«

Sie machte große Augen. »Was für ein Blödsinn!«

»Wir haben Caras Liste auf Ihrem Handy gefunden. Sie haben sie abfotografiert. Es nutzt nichts, wenn man sie löscht, unsere Techniker wissen, wie man gelöschte Dateien wiederherstellt. Gennaro hatte keine solche Liste.«

Ihre Augen verengten sich zu Schlitzen. »Niemand stiehlt mir die Firma, nur weil Luigi seinen Hosenstall nicht geschlossen halten konnte!«

»Was hatten Sie vor, reden Sie schon!«

»Ich habe nichts mit den Morden zu tun«, wiederholte sie.

»Sie haben das Messer in Gennaros Wohnung platziert, damit wir es finden«, sagte Vito ruhig.

»Waren meine Fingerabdrücke etwa auch da drauf?«, fragte sie spöttisch.

»Nein, nur die von Gennaro und Blut der Opfer«, entgegnete Vito. »Aber wir haben eine Zeugin, die Sie am Tag, als Maria Muti starb, im Boboli-Garten gesehen hat. Am frühen Nachmittag, so gegen zwei.«

Marcella wiegte den Kopf hin und her. »Das kann sein, ich bin oft in der Stadt unterwegs. Es ist reiner Zufall. Ich wusste nicht, dass die Frau dort arbeitet.«

»Mag sein, aber wir können Ihnen nachweisen, dass Sie Gennaro am Tag seines Todes aus der Firma angerufen haben. So gegen halb sechs. Sie haben ihn in die Firma bestellt. Hatten Sie sich zu diesem Zeitpunkt schon dazu entschlossen, ihn ein für alle Mal loszuwerden?«

»So ein Blödsinn!«

»Wir haben Ihre Fingerabdrücke auf dem Telefonhörer Ihres ehemaligen Büros gefunden. Und einen Schlüssel haben Sie ja immer noch.«

»Das hat gar nichts zu bedeuten. Ab und zu bin ich dort, aber Gennaros Tod war Selbstmord. Ihr Kollege hat es selbst gesagt.«

»Irrtum, Signora. Die Reinemachefrau ist sich sicher, den Hörer in Ihrem Büro am Tag von Gennaros Tod gründlich abgewischt zu haben, und danach hat sie dort niemand mehr gesehen. Sie waren dort, und Sie haben telefoniert!«

»Sie haben nichts gegen mich in der Hand«, antwortete sie schnippisch.

»Wir haben übrigens auch noch eine halb leere Packung Buccal-Tabletten in Ihrem Nachttisch gefunden«, fuhr Vito fort. »Das Medikament wurde Ihrem Ehemann verschrieben, als er am Ende die Schmerzen nicht mehr ertragen konnte.«

»Was hat das mit Gennaro zu tun?«

»Hören Sie auf, das wissen Sie genau! Das Medikament enthält Fentanyl, und das haben wir in rauen Mengen in Gennaros Blut gefunden. Zusammen mit dem Alkohol.«

Marcella Abate blickte vor sich auf den Tisch. Vito schwieg und gab ihr Zeit zum Nachdenken. Laura beobachtete sie ebenfalls sehr genau, blätterte aber scheinbar desinteressiert in der Akte.

»Es könnte natürlich auch sein, dass Roberto ... oder Ignazio ... nein, wahrscheinlich Ornella oder sogar alle drei davon wussten«, bemerkte Laura beiläufig.

Marcella richtete sich auf, wie eine Schlange, die zum Zubeißen bereit war. »Lassen Sie meine Familie aus dem Spiel!«, zischte sie.

»Damit wir uns klar ausdrücken, Signora Abate«, fuhr Laura gelassen fort. »Die Sache mit unserer Kollegin ist eindeutig, und auch aus der Nummer mit Gennaros Frauenmorden kommen Sie nicht mehr heraus. Das Buch spricht eine eindeutige Sprache. Sie waren es auch, die Gennaro in die Firma beordert hat. Aber wenn Sie ihn nicht aufgeknüpft haben, dann muss es jemand aus der Familie gewesen sein.«

Die Frau sank in sich zusammen. Schließlich atmete sie tief ein.

»Ja, ich habe es getan, aber lassen Sie meine Kinder aus dem Spiel.«

»Warum?«, fragte Vito. »Hatten Sie nicht eigentlich geplant, Gennaro ans Messer zu liefern und seine Taten aufzudecken, dann wäre er aus der Erbfolge gestrichen worden und Sie hätten die Firma übernehmen können?«

Sie schlug die Hände vor das Gesicht. »Dieser Wicht, er hat das Erbe noch nicht einmal angetreten, da verkauft er bereits die Fabrik. Und ausgerechnet an Barelli, unseren Konkurrenten, mit dem wir uns schon vor Jahren überworfen haben. *Questo rospo ingrato.*«

Vito runzelte die Stirn. »Wie kann man etwas verkaufen, das man noch gar nicht besitzt?«

»Nach dem Tod Albertos war eigentlich klar, dass er erben wird. Er hat die Option auf sein Erbe verkauft, und dann tauchte Cara auf und faselte etwas von einer Maria Rossi, und plötzlich war alles anders. Gennaro kam zu mir und hat mich um Rat gefragt, und ich habe ihm gesagt, dass er dafür sorgen muss, dass es keine Miterbin gibt. Von Barelli hat er mir natürlich nichts erzählt. Er meinte nur, er brauche Geld, um irgendwelche Schulden zu begleichen. Aber er könne sich vorstellen, als stiller Teilhaber mit zwanzig Prozent im Hintergrund zu bleiben. Ich sollte die Firma leiten.

Doch dann erfuhr ich von dieser Option, und das machte mich wütend. Ein zweites Mal wollte ich mich nicht ausbooten lassen, das hatte ich mir geschworen.«

»Und dann haben Sie ihn umgebracht«, fügte Vito hinzu.

Sie nickte. »Es war leicht, er war schon betrunken, als er in der Firma ankam. Den bitteren Geschmack der Tabletten hat er im hochprozentigen Alkohol überhaupt nicht bemerkt. Die Flasche habe ich versteckt und am nächsten Tag in den Arno geworfen. Seine Flasche, mit der er schon in der Fabrik ankam, habe ich natürlich liegen lassen. Ich habe mich befreit gefühlt, als er dort oben an der Decke hing.«

»Sie wissen, dass Sie vermutlich nie mehr in Freiheit leben werden?«

Sie sah zu Boden und schwieg für einen Moment. Schließlich sah sie wieder auf und blickte Vito ins Gesicht. »Was wird nun aus der Firma?«

Vito zuckte mit den Schultern. »Das werden andere entscheiden, aber eines dürfte Ihnen klar sein: Es wird Ihnen ebenso wie Gennaro ergehen: Sie werden aus der Erbfolge gestrichen. Das Gesetz verbietet es, sich Vorteile durch ein Vergehen oder gar ein Verbrechen zu verschaffen.«

Ein leichtes Lächeln huschte über ihr Gesicht. »Ich weiß, aber ich habe es ohnehin für meine Kinder getan«, sagte sie, und irgendwie schien sie sogar ein klein wenig erleichtert.

Vito blickte Laura an. »Damit schließt sich wohl der Kreis.«

Als sie eine halbe Stunde später mit dem Geständnis

von Marcella Abate in der Tasche das Gefängnis verließen, schlug Vito vor, noch einen Kaffee in der Nähe zu trinken, doch Laura lehnte ab.

»Lass uns zurück nach Florenz fahren«, sagte sie. »Ich finde die Umgebung hier nicht sehr einladend.«

EPILOG

BEGEISTERT LIESS LAURA ihren Blick durch die Markthalle schweifen. Sie freute sich, dass Vito sein Versprechen, sie zu begleiten, wahrgemacht hatte. Die gewaltigen korbähnlichen Lampen über ihren Köpfen bewunderte sie genauso ausgiebig wie die Auslagen, an denen sie vorbeischlenderten. Auf der umlaufenden Galerie im ersten Stock entdeckte sie große Grünpflanzen zwischen den Ständen. Touristen und Einheimische sorgten für ein stetiges Stimmengewirr, das wie die perfekte musikalische Begleitung wirkte.

»Das können auch nur Frauen.« Vitos gebrummte Worte waren nicht so leise, dass Laura sie nicht hören konnte.

»Was?«, fragte sie gut gelaunt. Dabei betrachtete sie einen Gemüsestand, an dem ihr Zucchini und Auberginen in allen Größen und diversen Farben ins Auge fielen. Die kleinen, runden Exemplare konnte man mit Sicherheit perfekt füllen.

»Dieses Gedränge hier genießen. Ich würde lieber oben im Café einen Doppio trinken. Es ist viel zu früh für samstags!« Sie grinste breit und mitleidlos. »Versprochen ist versprochen. Du bist mein Begleiter und Führer.«

Vito hob den Einkaufskorb hoch mit einer Geste, als wäre er daran gefesselt. »Ich weiß. Aber wehe, das Essen, das du aus der heutigen Beute zauberst, bekomme ich nicht zu Gesicht. Wie wäre es? Du kaufst ein, wir kochen später bei mir und essen zusammen zu Abend?«

Laura überlegte kurz, sie hatte zwar eine lose Verabredung, konnte diese jedoch absagen. Also nickte sie. »Wollen wir Chiara dazubitten?«, fragte sie ihn.

Er schüttelte den Kopf und schmunzelte amüsiert. »Du wirst es nicht glauben, aber sie geht heute mit Fraccinelli zum Spiel gegen Milano. Es hat sich herausgestellt, dass beide glühende Anhänger des AC sind. Sie haben sich nach Chiaras Entlassung aus der Klinik unterhalten, Fraccinelli hatte sie aus dem Krankenhaus abgeholt.«

Vitos Gesicht verdunkelte sich kurz, als er an die Nacht in der Pastificio zurückdachte.

»Fraccinelli hat zwei Karten für das Spiel und Chiara spontan dazu eingeladen.«

Laura freute sich, dass sich die junge Praktikantin so weit gut erholt hatte und sogar einen Fall mit aufgeklärt hatte. Ihr würden nach ihrem Abschluss viele Türen offenstehen.

»Gut, dann nur du und ich, Vito.«

Sie schlenderten weiter, ließen sich von der Menge langsam an den Auslagen vorbeitreiben.

»Hast du es schon gehört?«, fragte Vito.

Laura hielt an einer Käsetheke, um einen Pecorino zu kaufen. Es dauerte ein wenig, bis der Verkäufer sich mit der Tatsache abfand, dass die junge Frau im weißen Leinenkleid nur an Käse und nicht an einem Flirt interessiert war.

»Was soll ich gehört haben?« Laura wich einer Signora aus, die mit einem riesigen Blumenstrauß durch die Menge eilte, und hielt dann an einem Stand an, an dem Orangen und andere Zitrusfrüchte zu kleinen, bunten Pyramiden aufgestapelt waren. Der betörende Geruch der Orangen hing schwer in der Luft, und Laura suchte schon die süßesten aus.

»Ornella Abate hat die Firmenleitung der Pastificio übernommen. Ihre Brüder sind Gesellschafter. Offenbar hatten die Kinder tatsächlich keine Ahnung, was ihre Mutter getan hat. Avvocato Cara hat ihnen das Erbe vorgestern freigegeben, nur knapp eine Woche nach Marcellas Geständnis. Sie ist natürlich von der Erbfolge ausgeschlossen, deshalb konnte das Ganze so schnell an ihre Kinder gehen.«

Laura hielt in ihrer Suche nach der perfekten Frucht inne. »Das ist auch nur richtig, dass diese Frau keinen Euro von dem Vermögen sieht und in der Firma nichts mehr zu sagen hat. Sie war bereit, einen von uns in einen riesigen Fleischwolf zu werfen, nur um sich die Firma unter den Nagel zu reißen. Sie hat Gennaro zu Morden angestiftet und angeleitet, für die er alleine niemals den Mut oder die richtigen Mittel gehabt hätte. Trancetti wird sie schnellstmöglich wegen ihrer Beteiligung bei den Morden an den Frauen, dem Mord an Gennaro und dem Mordversuch an Chiara vor Gericht bringen und die Höchststrafe fordern.«

Vito nickte. »Ja, sie war fest entschlossen, die Firma wieder in ihren Besitz zu bringen. Der Gedanke, eine fremde Frau, eine uneheliche Tochter ohne Bezug zu Pasta und der Tradition, könnte ihr das Erbe streitig machen, war für sie unerträglich. Vor allem, weil sie schon drei Marias und Gennaro aus dem Weg geräumt hatte.«

Nach wie vor waren die Zeitungen voll mit Informationen zu dem Fall, der die Florentiner Leserschaft fesselte.

Vito zuckte mit den Schultern. »Und alles nur, damit ihre Kinder die Tradition fortführen können und die Fabrik in der Familie bleibt. Zumindest dieser Wunsch ist am Ende in Erfüllung gegangen, auch wenn sie nur noch aus dem Gefängnis an allem teilhaben kann. Am Ende hat sie doch ihren Willen bekommen. Manchmal wissen Eltern eben nicht, wann sie aufhören sollten.«

Laura schnaubte. »Ja, das kenn ich nur zu gut. Meine Eltern sind immer noch nicht darüber hinweg, dass mein Bruder Mediziner geworden ist und ich zur Polizei gegangen bin.«

Vito taxierte sie aufmerksam. »Höre ich da eine leichte Verbitterung heraus?«

Laura ging nicht darauf ein, reichte der Verkäuferin vier Orangen und zwei Zitronen und bezahlte. Dann ließ sie die Früchte in den Korb fallen, der an Vitos Arm baumelte.

»Nein, keine Verbitterung. Es ist nur anstrengend, immer zu hören, dass man Erwartungen nicht erfüllt hat und schuld daran ist, dass das Familienerbe nicht weitergeführt wird. Und die Tatsache, dass ich adoptiert bin, macht die Sache auch nicht besser.«

Vito lächelte. »Du bist eine gute Polizistin. Obwohl der Gedanke, dich mit nackten Beinen in einem Bottich mit Trauben herumstapfen zu sehen ...«

Laura rollte die Augen. »So arbeitet man heute nicht mehr. Das machen jetzt Maschinen.«

Vito folgte ihr, sie hielt zielstrebig auf einen Stand mit frischem Biogeflügel zu. »Schade. Dann ist es wohl besser, wenn du Verbrechen aufklärst. Da habe ich mehr davon.«

»Du hast ja immerhin die Familientradition fortgeführt. Dein Vater war Anwalt, und auch du vertrittst das Rechtssystem.«

Er antwortete nicht und wartete, bis sie ihre Bestellung bezahlt hatte. Der Korb an seinem Arm wurde um ein weiteres Paket reicher. »Was essen wir denn?«, fragte er, um von Lauras Bemerkung abzulenken.

»Selbst gemachte Ravioli mit einer Orangen-Huhn-Füllung.«

Vito lachte auf. »Ich dachte nicht, dass es Pasta geben wird. Ich hatte geglaubt, von Teigwaren hättest du nach diesem Fall erst mal die Nase voll.«

Laura stimmte in sein Lachen ein. »Ein paar Morde halten mich doch nicht von einer Pasta fern. Ich brauche nur noch frische Eier.« Laura sah sich suchend um, während Vito sie mit einem amüsierten Grinsen im Gesicht musterte.

»Ich weiß, wo du die bekommst. Und danach geht es nach oben ins Café. Du kannst doch auch von dort das Treiben hier unten bewundern, sì? Gönn einem alten Mann eine Verschnaufpause.«

Laura schmunzelte. »Das klingt gut. Und was wollen wir zum Nachtisch essen?«

Vito blickte seine Kollegin schelmisch an, bevor er antwortete: »Kastaniencreme.«

GLOSSAR

all'inferno	zur Hölle (Fluch)
biscotti	Kekse
briccone	Bengel
buona giornata	Guten Tag
buongiorno	Guten Morgen
buona sera	Guten Abend
Candidato Ispettore	Anwärter(in)
Cantuccini	italienisches Mandelgebäck
cara	Liebling
cazzate	Blödsinn
che cosa?	Was?
con piacere	Mit Vergnügen
Cornetti al Cioccolato	Schokohörnchen
Corte d'assise	Schwurgericht
cosa posso fare per lei?	Was kann ich für Sie tun?
Cozze al vino bianco	Muscheln in Weißweinsauce
dannato	Verdammt (Fluch)

doppio	Doppelter Espresso
Ispettore	Inspektor (Dienstrang)
maledetto inferno	Verdammte Hölle (Fluch)
Marocchino	italienische Espresso-spezialität
Negroni	bitter-süßer Cocktail
la polizia è qui	Die Polizei ist hier
impossibile	unmöglich
Mozzarella di Bufala Campana	Büffel-Mozzarella
panna acida	saure Sahne
Panzanella	toskanischer Brotsalat
pastificio	Teigwarenfabrik
pazzo	verrückt
Pecorino toscano	toskanischer Pecorino-Käse
per favore	bitte
Polizia Municipale	zivile italienische Gemeindepolizei
polpa di granchio	Krabbenfleisch
Poste Air Cargo	italienische Frachtfluggesellschaft
Primo Assistente	Erster Assistent (Dienstrang)
Primo Dirigente	Leitender Polizeidirektor
questo rospo ingrato	diese undankbare Kröte
Questura	Polizeirevier
Ragù di cinghiale	Bandnudeln mit Wildschweinsoße

raviolacci	Ravioli in »Briefmarken«-Form
Ravioli giganti	Riesenravioli
salotto	Wohnzimmer
Scroppino	Eis-Cocktail
scusi	Verzeihung
senza senso	ohne Sinn
sicuro	sicher
traditore	Verräter
Tramezzini	Sandwich (Plural)
Ufficio amministrativo	Verwaltungsbüro
un attimo	Moment
Unità operativa medico legale	Rechtsmedizin/ Forensik
va bene	einverstanden
Vaffanculo!	Leck mich am Arsch! (Fluch)